비밀

서하진 소설집
비밀

초판 발행_2004년 5월 4일
3쇄 발행_2004년 7월 26일

지은이_서하진
펴낸이_채호기
펴낸곳_㈜**문학과지성사**
등록번호_제10-918호(1993.12.16)

서울 마포구 서교동 395-2호 (121-840)
편집_338)7224~5 FAX 323)4180
영업_338)7222~3 FAX 338)7221
홈페이지_www.moonji.com

ⓒ 서하진, 2004. Printed in Seoul, Korea

ISBN 89-320-1504-X

* 지은이와 협의하여 인지는 생략합니다.
* 이 책의 판권은 지은이와 문학과지성사에 있습니다.
  양측의 서면 동의 없는 무단 전재 및 복제를 금합니다.
* 잘못된 책은 바꾸어드립니다.

서하진 소설집

비밀

문학과
지성사
2004

차 례

뱃전에서　7
알 수 없는 날들　35
그 겨울의 포장마차　68
아내는 소설가　91
사심(邪心)　113
비밀　142
낯선 방　167
불꽃 없이 끓는 방　201
미련함에 대하여　225

해설_ 호리병 속의 새에게도 날개가 있는가·우찬제　248

작가의 말　269

뱃전에서

1

 문이 열리고 습기 먹은 바람이 후끈, 밀려들었다. 어두운 하늘 한가운데서 빗방울이 후드득 떨어지고 있었다.
 "건기(乾期)라더니, 그렇지도 않은 모양이구나."
 비가 오는 것이 내 탓이기라도 한 양 아버지가 나를 힐끗 쳐다보았다. 입국 수속이 오래 걸린 때문이었다. 무엇이 잘못되었는지 우리 앞의 여자 하나가 손짓, 발짓을 하며 심사대에서 시간을 끄는 동안 아버지는 흠흠, 헛기침을 하다, 거 참, 하며 혀를 차다가 기어이 내게 좀 가봐라, 원 뭣들을 하는 건지, 하며 짜증을 냈다. 아버지의 눈빛에 떠밀려 나는 지칫지칫 여자의 옆으로 다가갔다. 유리 칸막이 너머의 푸르스름한 제복의 남자가 검은 유리알 같은 눈으로 나를 째려보았다. 여자는 중국 사람인 것 같았다. 영어를 한 마디도 하지 못하는 듯 검색대에 앉은 남자가 무어라 물을 때마다 여자는 줄곧 노 잉글리시, 노 잉글리시, 앵무새처럼 되풀이했다. 나는 자리로 돌아와 가방을 챙겨 들었다.
"체류하는 동안 어디 머물 건지 안 썼나 봐요, 이대로는 통과되지 않는다는데도 저 여자가 통 말을 못 알아듣네요. 아무래도 줄을 옮겨야겠어요."
예상대로 아버지는 버럭 역정을 냈다.
"맹꽁이 같은 것들, 어디 있을 건지 안 쓰면, 누가 이런 나라에서 살기라도 한단 말이가. 기다린 시간이 얼만데 지금 줄을 옮긴단 말이고. 니 가서 저 여자는 놔두고 우리 먼저 해달라 캐라."
우리 뒤의 사람들은 이미 짧은 줄을 찾아 자리를 옮기고 있었다. 말해보나 마나 안 될 거니까 그냥 저쪽으로 가자, 고 하려다 나는 다시 가방을 내려놓고 여자의 옆에 넌지시 끼어들었다. 아버지에게는 직접 눈으로 확인시키는 것이 더 빠를 것이었다. 심사대의 남자가 당신은 왜 자꾸 그러냐는 듯 나를 쳐다보았다. 나는 공손하게 들리길 바라면서 가능한 한 천천히 말했다. 우리는 너무 오래 기다렸다, 문제가 있다면 잠시 보류하고 우리 먼저 해주면 안 되겠느냐. 내 말이 미처 끝나기도 전에 남자는 별 같잖은 소리 다 듣겠다는 표정으로 노, 한마디 하고 고개를 돌렸다.
수속이 끝날 때까지 아버지는 내가 참는다, 그래, 참아야지, 하는 표정으로 입을 꾹 다물고 있었다. 기다리는 일은, 아버지가 가장 질색하는 것 중 하나였다. 많은 일에 서툴렀지만 특히 아버지는 누군가를, 무엇인가를 기다려야 한다는 사실을 참지 못했다. 기다릴 필요가 없는 생활에 익숙한 탓이었다. 아버지의 손짓 하나, 말 한마디, 설핏 던지는 눈초리 한 번에도 사람들은 기민하게 움직였다. 아버지에게 힘이 있었을 때, 아버지를 기다리게 하는 것은 거의 죄악이라 할 수 있었다.

다행히도 여행사 직원은 금방 우리를 찾아냈다. 그는 머리를 바짝 치켜 깎은 씨름 선수 같은 몸집의 남자였다. 가방을 받아 드는 남자에게서 시큼한 땀냄새가 났다. 미니 밴에 오르는 사람은 달랑 우리 둘뿐이었다. 다른 일행 일곱 명이 예정을 바꾸어 베트남에 머물기로 한 때문이라는, 그 간단한 설명을 하는 데 가이드는 거의 오 분을 소비했다. 그는 말이 느리고, 적절한 우리말을 찾지 못해 애를 먹는 것 같았다.

"박군이라 했나?"

공항을 벗어나면서 지금 가실 곳은…… 하고 막 설명을 시작하는 가이드를 아버지가 불렀다.

"예, 박민숩니다."

그가 씩씩하게 대답했다.

"캄보디아에 온 지는 얼마나 됐나?"

"그게, 실은 이제 석 달 됐습니다. 괌에 있다가 거기 태풍이 오는 바람에 손님이 끊겨서…… 거기다 제가 영어가 안 돼서요……"

그는 최소한 솔직하기는 한 모양이었다.

"그러면 자네나 우리나 모르기는 마찬가지니까 뭐 길게 설명할 것 없고, 저 사람들은 사흘 동안 같이 다닐 건가?"

아버지가 운전하는 남자와 조수석의 캄보디아인 가이드를 가리켰다. 가무잡잡한 얼굴, 마른 체형의 두 사람은 쌍둥이처럼 닮아 보였다.

"예, 뭐 신경 쓰실 것 없습니다. 여기 폴리시가 현지인 가이드 안 끼면 안 되는 거라서 따라다니는 거니까요. 안내는 제가 다 알아서 할 겁니다."

"다 알아서 한다?"

아버지가 말꼬리를 잡으며 박의 눈을 똑바로 쳐다보았다. 상대를 단박에 장악하는, 아버지 특유의 대화 방식이었다. 일순 차 안의 공기가 촘촘해진 듯한 느낌이 들었다.

"그건 그렇고, 자네 우리 안내하려면 뭐 알아야 할 것 아닌가. 준비된 책자 같은 거 없나?"

박이 엉겁결에 손에 들고 있던 프린트물을 내밀었다.

"그거는 자네 손때 묻었을 테니 한 부 복사해서 내일 아침까지 내 방에 갖다놓으라꼬."

이제 차 안에서 할 일은 마쳤다는 듯 아버지는 몸을 길게 기대고 눈을 감았다. 박이 긴장된 얼굴로 나를 바라보았다. 사흘이 지날 때까지 그는 몇 번이고 더 저런 표정을 지어야만 하리라. 노인 하나, 여자 하나. 그는 어쩌면 손쉽게 사흘을 보내리라 예상했을 것이었다. 열린 창으로 비를 머금은 끈끈한 바람이 들어왔다. 꼬마등을 매단 나무들이 길 양쪽에 줄지어 서 있는 길은 한적했다. 나무들 너머로 불 켜진 창이 드문드문 지나갔다. 호텔에 도착할 때까지 아버지는 눈을 감고 있었다. 잠드셨나 생각했지만 차가 멈추자마자 아버지는 눈을 뜨고 다 왔나, 하고 말했다.

주니어 스위트라 해도 방은 넓지 않았다. 깨끗이 정리되어 있었지만 어쩐지 먼지 냄새가 나는 듯한 방이었다. 테이블과 소파와 작은 책상이 사람 하나가 겨우 지나갈 만큼의 공간을 두고 나란히 놓여 있었다. 짐을 정리하는 동안 아버지는 화장실 문을 열어보고 옷장을 점검하고 벽에 붙은 스위치는 모조리 올렸다 내려보고 마지막으로 텔레비전 리모컨을 들고 이리저리 채널을 돌리고 있었다. 알아들을 수 없는 언어, 일렁거리는 화면이 등 뒤에서 지나갔다. 온전한 화면은 단 하나, 축구 중계뿐이었다. 잠옷을 꺼내놓고 나는

다 됐어요, 하고 말했다.

"집에 전화해라. 니 엄마 잠 못 잔다."

"여기 객실에서는 국제 전화가 안 되고 프런트에 가야 하는데, 그냥 내일 하지요."

아버지가 입을 꾹 다물고 나를 쳐다보았다.

"너무 늦기도 했고요, 엄마 주무실 것 같아요."

아버지가 알았다, 그만 자거라. 할 때까지의 시간은 무척 길었다. 아버지는 참는 김에 한 번 더 참자, 하는 표정이었다. 나는 인사를 하고 옆방으로 통하는 벽 한가운데의 문을 열었다.

2

앙코르와트는 내 여행 계획의 첫번째 행선지였다. 우기를 피한 겨울, 나는 태국 국경을 넘어 비포장도로를 흔들리며 달리고 온몸에, 머릿속까지 먼지로 가득 채운 채 앙코르와트에 도착하고 싶었다. 폐허가 된 성탑 사이를 거닐고 버려진 돌멩이에 저물도록 걸터앉아 있고 싶었다. 가능하다면 한 해의 마지막 날, 프놈 바켕 언덕에서 마지막 넘어가는 해를 보고 싶었다. 계획에는 물론 아버지와의 동행 같은 것은 포함되어 있지 않았다. 앙코르와트, 라고 말했을 때 아버지는 뭐? 어디라꼬? 앙코르와트면 그게 캄보디아 아이가. 그런 나라에 뭐 하러 갈라 카노, 하고 질색을 했다. 아버지에게 캄보디아는 크메르루주와 킬링 필드의 나라, 무지막지한 빨갱이의 나라였다.

아버지는 여행이란 모름지기 품위가 있어야 한다고 믿었다. 골프와 미식(美食)을 즐기며 쌓아놓은 영향력을 확인하는 과정. 그런 아버지가 프놈 바켕 따위에 관심을 가질 리가 없다고 속단한 것은 내 불찰일지도 몰랐다. 거기 언덕에서 내려다보는 석양이 기가 막히게 아름답다더라고, 그곳에서 좀 쉬다 오겠다고 했을 때 아버지는 비스듬한 시선으로 나를 쳐다보다 내일 사무실 이양한테 전화해라, 내 자리도 잡아라 캐라, 하고 말했다.

여행의 계획은 대폭 수정되었다. 사무실의 이양이 가장 짧고 안전한 이동 거리, 가장 편안한 호텔과 비행기 좌석을 마련하는 동안 내가 한 일은 오래전의 예약을 취소한 것뿐이었다. 어머니는 병원 언니에게 전화를 걸어 상비약과 말라리아 예방약을 준비하고 한겨울에 여름옷을 챙기려니, 원, 하면서도 말리는 시늉조차 하지 않았다. 어쩌면 어머니와 아버지는 딸이 낯선 곳을 헤매며 영영 돌아오지 않을까 두려웠던 것일까. 아니라면 아버지도 석양을 바라보며 그처럼 오래도록 앉아 있고 싶었을까.

그즈음 아버지는 매일 쓴 약 삼킨 듯한 얼굴이었다. 식사 중에도, 함께 텔레비전을 보다가도 에이, 하며 벌떡 자리에서 일어나 방으로 들어갔다. 새벽이 되어도 지하의 러닝 머신 돌아가는 소리가 들리지 않았으며 아버지는 주말의 바둑 모임, 휴일의 골프 회동에도 참석하지 않았다. 무엇보다 아버지는 신문을 읽지 않았다. 맹꽁이 같은 것들이…… 아버지는 하루에도 몇 번씩 그렇게 중얼거렸다. 할복자살 해야 될 것들이, 하는 경우도 있었다. 언니와 형부, 오빠와 새언니가 번갈아 집을 들락거리며 부산을 떨었지만 아버지의 기분은 조금도 나아지지 않았다. 식욕이 없다고, 가슴이 답답하다고, 잠을 잘 수가 없다고 호소하는 아버지에게 병원 언니는 매일이다시피 호출을 받고 달려오곤 했다. 나는 공연히 주눅이 들어 아버지가 오시는 소리가 들리면 인사를 하자마자 부리나케 방에 틀어박혀 꼼짝하지 않았다.

모든 일은 그날 새벽, 수수께끼 같은 선거가 끝난 시각에 시작되었다. 기타를 치며 눈물을 흘리던 남자가 양팔을 번쩍 치켜들었을 때, 매서운 눈매를 누그러뜨리며 웃던 다른 사람이 목이 메어 말을 잇지 못했을 때 아버지와 내 입에서 똑같이 으음, 신음 소리가 새어나왔다. 그런 결과를 전혀 예상치 못했다면 거짓말일 것이었다. 선거가 있기까지 매일 집에는 살얼음판을 딛는 듯한 긴장감이 감돌았다. 가족들 중 누구도 드러내놓고 우려를 표시하지는 않았다. 긴장이 최고조에 달한 것은 미국의 큰오빠가 전화를 걸어온 날이었다. 큰오빠는 그곳 현지에서의 정보 분석에 따르면 모든 경우의 수를 다 따지더라도 미세하게 밀린다, 고 말했다. 그는 보수적인 일간지의 주미 특파원이었다. 큰오빠가 간간이 전하는 말들이 틀린 경우는 거의 없었지만 아버지는 미세한, 이라는 대목에 기대를 걸었다.

3

나를 깨운 것은 종소리였다. 동요에 나오는 학교 종이 바로 저런 소리가 아닐까 싶은, 짧고 가벼운 파장의 종소리가 울리고 이어 왁자한 아이들의 말소리가 들렸다. 발코니 밖의 담 바로 너머 학교가 있었다. 여덟시가 못 된 시각이었지만 이미 운동장에는 땡볕이 가득 내리쬐고 있었다. 발코니에 서서 무리 지은 아이들을 바라보노라니 마치 긴 밤을 샌 듯 무기력한 느낌이 들었다.

아버지는 이미 말끔히 옷을 차려입고 박이 갖다놓은 안내문을 읽고 있었다. 내게 잘 잤나, 한마디 하고는 아버지는 서너 장의 종이를 차례로 넘기며 꼼꼼히 읽었다. 아버지는 무엇이든 읽기를 좋아했다. 어떤 일을, 어떤 사람을 아무런 사전 준비 없이 맞이하는 것은 아버지에게는 용납할 수 없는 일에 속했다. 그 정보들이 아버지의 생각을 바꾸거나 시선을 달리하게 만드는 일이란 많지 않았다. 아버지는 넘치는 정보들을 나름대로 해석하고 자신의 견해를 가다듬고 굳건히 하는 데 유감없이 활용했다. 안내문에 따르면 아침 식사는 여덟시 삼십분이었다. 정확히 여덟시 이십오분이 되었을 때 아버지가 자리에서 일어났다. 문을 열자 기다리던 가이드 박이 허리를 꺾으며 편안히 주무셨습니까, 하고 깍듯이 인사를 했다.

앙코르 톰에 들어설 때부터 박은 내내 머쓱한 표정을 지어야 했다. 입구에서 박이 잠깐 서시죠, 하더니 여기 다리에서 사진 한 장 찍으시죠, 했지만 아버지는 마, 됐다, 그냥 가자, 하고 내처 걸어갔다. 박은 나를 한 번 쳐다보고는 종종걸음으로 아버지를 따라잡았다. 아버지는 동서남북, 사방으로 향한 얼굴의 불상들을 올려다보며 서 있었다.

"거 참, 대단타, 저 표정이……"

드디어 제 할 일을 찾았다는 듯 박이 설명을 시작했다.

"이 불상들은 빛을 비추는 데 따라 표정이 변한답니다. 성을 둘러싼 해자의 총 길이는 113미터이며, 네 개의 문으로 바깥 세상, 그러니까 일반인과 신들의 세계와 구분 짓는……"

박의 말을 끊으며 아버지가 물었다.

"저 돌들은 다 어디서 가져왔다던가? 내 보기에는 돌이 좀 물러 보이는데."

그게 그러니까, 하며 책자를 뒤지던 박이 멍청한 얼굴로 아버지를 쳐다보았다.

"저 사람들은 뭐 하는 거가? 보수 작업을 하는 모양인데 저건 새 돌들이가?"

다리 밑에 옹기종기 모여 있는 사람들을 가리키며 아버지가 물었다. 서너 명의 사람들이 한 무더기의 돌더미를 둘러싸고 서 있었다. 어디에도 연장 같은 것은 보이지 않았다.

"아, 쟤네들이오?"

박이 말을 이었다. 그거라면 자신 있다는 어투였다.

"쟤네들은 지난번 왔을 때도 꼭 저 모양으로 서 있었어요. 쟤네 일하는 거 보면 진짜 속 터져요, 일을 하는 건지 노는 건지."

아버지는 박을 물끄러미 바라보다 흠, 헛기침을 하고 사원 안으로 걸음을 옮겼다.

긴 회랑을 따라 음각 판화 같은 벽화가 이어져 있었다. 벽화는 천년의 세월, 그 끝없는 침식에도 훼손되지 않은 표정들을 간직하고 있었다. 이것 좀 봐라, 하고 아버지가 한 지점을 가리켰다. 전투를 치르는 장면 한가운데 밥을 짓는 여자와 아이들이 있는 부분이었다.

"싸움은 싸움이고 밥은 먹어야 한다는 건가 보지요."

내가 말했다.

"그러게 말이다. 이 사람들이 본래 기질이 솔직한 모양이라. 거창하기만 한 게 아이구만."

아버지의 표정이 조금 누그러졌다. 그 틈을 타서 나는 여기 좀 이렇게, 하고 아버지를 세워놓고 사진을 찍었다. 아버지는 언제나 그렇듯 부동 자세였다.

회랑 안쪽은 거의 황무지였다. 무너진 돌무더기가 여기저기 함부로 흩어져 있고 돌들은 팬 자리마다 검푸른 이끼를 품고 있었다. 마치 외계의 어느 곳에 온 것 같은 느낌이었다. 중앙 본전으로 들어가자 매캐한 향이 코를 찔렀다. 작은 불상이 있고 때에 전 주황색 가사를 입은 승려가 있었다. 승려는 우리를 향해 앞니가 빠진 시커먼 잇몸을 드러내며 웃었다. 어린 남자아이가 내게 향 묶음을 내밀었다. 아버지는 내게 니, 잔돈 있나, 하고 물었다. 독실한 불교도라 할 수는 없었지만 아버지는 불전함을 그냥 지나치는 법이 없었다. 나는 불전에 일 달러를 놓고 아이에게도 한 장을 건넸다.

오후의 관광지는 타프롬 사원이었다. 수백 년 동안 방치된 건물들이 무자비한 나무들에 의해 침식된 곳. 버려진 씨앗이 틔운 싹이 자라나 거대한 나무가 되고, 그 줄기들은 건물을 그악스러운 뱀처럼 휘감고 있었다. 그것은 놀라운 광경이었다. 바싹 마른 듯 희디흰 나무 둥치들 위로 눈 닿는 저 끝에 푸른 잎들이 하늘을 가리고 있었다. 나무들이 지금도 여전히 자라고 있다는 사실이 믿어지지 않았다. 부서져내릴 듯, 흘러내릴 듯 위태로운 돌 사이사이로 틈입해 있는 나무줄기. 동탑문 내부의 거대한 나무 기둥 아래에서 한 무리의 사람들이 사진을 찍었다. 서 있는 사람들 머리 위로 똬리를 튼 나무 둥치가 막 덮쳐내릴 것만 같았다.

"이곳이 바로 영화 「툼레이더」의 촬영 무대였어요. 그 왜, 안젤리나 졸리 나온 영화 있잖아요."

박은 자못 흥분한 기색이었다.

"저기 저 장소에서 그 여자가 사라졌었잖아요. 그래픽 화면 같았지만 진짜였걸랑요, 그게."

아버지가 나를 툭 치며 물었다.

"자가 대체 뭐라 카고 있노."

나는 뭐 별것 아니라고 말했다. 안젤리나 졸리가 갔던 길을 따라 우리는 사원의 굽이를 돌고 돌았다.

사원을 벗어나는 길. 나무 그늘 아래 옹기종기 모여 있던 아이들이 우리 앞으로 우우 몰려들었다. 여섯 살? 일곱 살? 어쩌면 더 어린 아이도 있는 것 같았다. 아이들의 손에는 저마다 조악한 사진첩과 얇은 천 조각들이 들려 있었다. 허벅지 아래 다리가 없는 한 아이가 목발을 짚고 다가와 손을 내밀었다.

"주지 마세요, 쟤네들 죄 몰려와요."

박의 만류에도 불구하고 나는 그 아이에게 지폐 한 장을 건네주었다. 아이가 또각또각 목발 소리를 내며 나를 따라왔다. 그 아이의 뒤로 곧 긴 줄이 생겨났다.

"그러게 주시지 말라니깐."

박이 힐끔 나를 쳐다보며 말했다. 허, 그 녀석들 참. 얼마만큼 가다 아버지는 짜증이 난 듯 걸음을 멈추고 앞을 막아서는 아이들을 똑바로 내려다보았다. 아버지는 단지 멈추어 섰을 뿐이었지만 앞을 막았던 아이는 겁먹은 기색으로 주춤 뒷걸음질을 쳤다. 박이 부르자 어디선가 나타난 현지인 가이드가 아이들을 향해 무어라 소리를 질렀다. 아이들은 더 이상 우리 뒤를 좇지 않았다.

4

나는 아버지를 두려워했다. 거의 본능적인 두려움이었다. 아버지는 내게도 오빠들에게도 큰소리로 야단을 치지 않았다. 손찌검을 하거나 견디기 힘든 벌을 세우는 것도 아니었다. 아버지는 언제나 바쁜 사람이었으므로 집에 머무르는 시간이 많지 않았고 집에 있을 때라도 우리들과 마주 앉아 이야기를 나눈다거나 하는 일은 상상하기 힘들었다. 무언가 잘못한 일이 있을 때, 성적이 떨어졌을 때 어머니는 우리에게 아버지 아실라, 한마디만 하면 족했다. 우리들은 재빨리 잘못을 뉘우치고 반성했으며 성적을 다시 올리기 위해 밤 새워 공부했다. 소심하고 자긍심이 강한 편이었으므로 내가 아버지의 노여움을 사는 일은 거의 없었다고 할 수 있었다. 그를 알게 되기까지는.

그를 처음 보았을 때 나는 내게 무슨 일인가 일어났다는 것을 알았다. 그는 거침없고 솔직하면서도 한없이 다정한 사람이었다. 그는 선동가였고 또한 시인이었다. 나는 그때까지 그런 사람을 만난 적이 없었다. 내게 상냥하고 예의 바르지만 헤어지고 나면 무슨 말을 나누었는지, 어떤 일을 했었는지 기억나지 않는 사람들과는 달랐다. 그를 만나고 돌아오면서 나는 그와 나눈 말 한마디, 그가 지었던 표정 하나, 그의 눈빛 한 조각까지도 선명히 떠올렸다. 그와의 만남이 잦아질수록 나는 내 편협한 시각을, 반쪽의 세상만을 보고 살아온 날들을 되돌아보게 되었으며 매일 아침 새로운 기분으로 깨어났다. 거울을 보는 시간이 길어지고 거울 속의 나를 보노라면 까닭 없이 눈물이 흘러나왔다.

그를 가장 먼저 보게 된 언니는 그 사람은 안 돼, 하고 잘라 말했다. 그의 외모, 그의 가정, 성향, 출신지, 어느 것 하나 거슬리지 않는 것이 없다는 거였다. 나는 마치 그때까지 알지 못했던 사실인 양 언니의 말을 들었다. 피할 수 없는 이별이 기다리는 것을 알면서도 나는 그를 만나고 만났다.

졸업을 앞둔 가을, 어느 날 아버지가 나를 불렀다. 아버지는 내게 그의 이름을 대며 그를 아느냐고 물었다. 나는 그렇다고 대답했다. 아버지는 그가 교내 시위를 주동하고 수배자 명단에 올라 있다는 사실을 알고 있느냐고 물었다. 나는 그렇다고 대답했다. 아버지는 더 이상 내게 아무것도 묻지 않았다. 나는 졸업식에 참석할 수 없었다. 때마침 언니의 혼담이 무르익고 있었다. 나는 어머니와 나란히 앉아 이불을 만들고 베갯잇을 누볐다. 만발한 꽃들 사이로 형형색색의 나비가 날아오르는 정경이 눈을 어지럽혔다. 앞치마를 두르고 분주히 오가면서도 어머니는 내게서 잠시도 눈을 떼지 않았다. 밤이 되어 잠들면 내 몸 어느 부분인가 금속처럼 굳어지는 꿈을 꾸었다. 그는 이따금 전화를 거는 눈치였지만 내게까지 연결되지 않았다. 나는 내 안으로 기어 들어갔다. 거기 어두운 동굴 속의 벽 모서리에 겨울잠을 자는 벌레처럼 나는 매달려 있었다.

5

잠든 누에들은 귀여웠다.
"외곽으로 가면 야생 뽕이 지천이에요. 그래서 이곳에는 누에치기가 발달했죠."
관리인이 나직한 목소리로 설명을 했다. 드물게 유창한 영어를 구사하는 사람이었다. 잠실(蠶室)마다 번호가 붙어 있고 그 방에는 자라나기 위해 누에들이 잠들어 있다고 했다. 가려진 커튼 사이로 맑은 햇살이 비쳐드는 방은 따뜻하고 정겨운 느낌에 싸여 있었다.

"그러니까 저 노란 고치에서 명주실이 나온단 말이잖아요."

끓는 물 속에 동동 떠 있는 노란 고치들을 가리키며 박이 말했다. 반짝이는 검은 피부의 여자아이가 솥에 막대를 넣고 천천히 저었다. 여자아이 오른쪽의 물레는 마치 장난감처럼 보였다. 가느다란 명주실이 막대를 거쳐 삐걱거리는 물레에 감기고 있었다. 우리는 통통한 벌레들의 고치가 여자아이의 손에서 실로 자아져 타래가 되는 모습을 지켜보았다. 옆방에서 철커덕 철커덕 베틀 소리가 들려왔다. 문이 열리자 색색의 비단을 짜던 여자들이 일제히 우리를 쳐다보았다.

"이 아이들은 스물두 살이 되면 더 이상 이 일을 못 합니다. 손끝이 무디어지거든요."

둘째 날 오전이었다. 예정에 없던 실크 공장 방문은 아버지의 뜻에 따라 이루어졌다. 그날 아침 호텔 식당에서 아버지는 옆자리의 남자가 입은 수직(手織) 실크 남방에 오래 눈을 주고 있었다. 은은한 광택이 감도는 미색 남방을 입은 남자의 얼굴이 환히 빛나는 것 같기는 했다. 옷에 관한 한 아버지는 까탈스럽달 만치 높은 안목을 지니고 있었다. 잠옷조차도 아버지가 정한 일정 규격에 맞지 않는 것은 입지 않았다. 맨 위의 단추를 채우면 쇄골이 삼분의 일쯤 보이도록, 단추가 너무 위에 있어도, 아래로 처져 있어도 안 되며 단추는 반드시 네 개여야 하며 재질은 순면일 것이며 허리춤은 끈으로 조절할 수 있어야 하며 등등. 옷차림은 곧 그 사람을 말한다고 아버지는 믿었다. 신언서판(身言書判)이야말로 아버지가 사람을 판단하는 기준이었다. 나는 결국 그 남자에게 옷을 산 곳을 물었다.

그곳에서 아버지는 두 벌의 셔츠를 샀다. 군데군데 수직 특유의

옹이가 박힌 투박한 질감의 실크 셔츠는 아버지에게 잘 어울렸다. 아버지는 흡족한 듯 부드럽고 온화한 얼굴이 되었다. 관리인이 엄지손가락을 치켜세웠다. 창마다 푸른 차양이 드리워진 잠실 앞에 서서 아버지는 두 장의 사진을 찍었다. 흰 셔츠에 부서지는 햇살에 눈이 부셨다.

먼지 나는 비포장도로를 달려 돌아오는 길, 아버지는 벌판 저 너머를 가리키며 이런 곳에 집 한 채 있으면 좋겠다, 고 말했다. 검은 소 떼가 풀을 뜯고 있었다. 나는 흰 셔츠를 입은 아버지가 벌판 한 가운데의 나무 집에 사는 광경을 떠올렸다. 이상한 느낌이 들었다.

"까짓 것 한 채 사시죠, 뭐. 여기 집이래야 몇 푼 하나요. 제가 한번 알아볼까요?"

박이 끼어들었다. 아버지는 아무 대꾸도 하지 않았다. 머쓱해진 박이 시계를 들여다보다 운전수를 재촉했다. 오전 일정에 차질이 생겼다는 거였다. 피곤한 듯 눈을 감고 있던 아버지가 호텔로 가자, 점심 먹고 앙코르와트든지는 오후에 가자, 하고 말했다. 박이 어리둥절한 표정을 지었다. 나는 입술에 손가락을 갖다대고 조용히 하라는 시늉을 해 보였다. 어깨를 으쓱하고 돌아앉은 박은 곧 끄덕끄덕 졸기 시작했다. 자전거를 탄 여자아이들이 우리를 스쳐 지나갔다.

식사를 마치자마자 아버지는 니 엄마한테 전화해라, 나는 한숨 자야겠다, 하고는 방으로 들어갔다. 막 나갈 참이었던 듯 어머니는 바쁘게 전화를 받았다. 날씨는 괜찮은지, 너무 덥지는 않은지, 식사는 할 만한지, 어제와 똑같은 질문이 오가고 전화를 끊으려 할 즈음 어머니가 말했다. 어제, 이서방이 전화했더라. 니 없다니까 섭섭은 눈친 게, 그게…… 이서방은 아직 맘이 없지 않은 모양이더라. 나는 말없이 수화기를 내려놓았다. 어머니는 알지 못했지만 그가 전화한 것은 다른 이유 때문일 것이었다. 그는 곧 재혼할 예정이었다. 어머니는 이제 더 이상 그를 이서방이라 부를 일이 없을 터였다.

6

　남편을 처음 만났을 때를 기억한다. 그는 어제 사 입은 양복바지가 웬일인지 실밥이 터졌다며 비죽, 옷을 헤집고 그 안의 푸르스름한 다리를 보여주었다. 나는 조금 웃었다. 추운 날이었다. 청담동의 카페에서 차를 마시고 나왔을 때 그는 차가 없다는 것을 몹시 미안해했다. 택시를 잡으려는 그를 내가 말렸다. 그냥, 전철 타고 가자고 말하자 그는 거의 감동받은 얼굴이 되었다. 그를 사랑하지 않았지만 나는 그와의 결혼을 망설이지 않았다. 나는 집을 떠나고 싶었으며 달리 내게 길이 있을 리가 없었다. 나는 그를 사랑할 준비가 되어 있다고 믿었다. 어쩌면 그토록 어리석을 수 있었는지.
　아무 일도 일어나지 않는 날이 계속되었다. 남편은 내게 친절했으며 나는 그의 의견을 존중했다. 다툼이 일어날 일은 언제나 원천봉쇄되었다. 그는 섬세했지만 따지는 것을 좋아하지 않는 사람이었으며 나 또한 그러했다. 우리는 그야말로 인격적인 관계를 유지했다. 먼 친척처럼, 이웃의 어떤 사람처럼. 만나면 반가워하고 헤어지면 잊어버리는 사이. 그리고 어느 날 그 일이 일어났다.
　순한 사람들이 그렇듯 남편은 용의주도한 편이 아니었다. 여자의 흔적은 곳곳에 숨어 있었다. 늦은 밤의 어색한 변명, 갑작스러운 출장, 휴일마다 넘치는 업무량…… 어느 날 나는 양복 자락에 밴 희미한 향수 냄새를 맡았다. 사향 냄새를 닮은 은은한 향이었다. 남편은 뻔뻔한 편도 되지 못했다. 그 여자는 아무도 아니라고 남편은 말했다. 그가 거짓말을 한다고는 생각되지 않았다. 여자를 만나고 그 여자와 밤을 지내고 아무 일 없었던 듯 내게로 오는 그가 파렴치하다는 생각도 들지 않았다.

"그 여자인가요?"

내가 물었다. 나는 그렇다고 해주기를 바랐다. 결혼 전 그가 만나던 여자, 내게 전화를 걸어 그를 놓아주라고 애원하던 여자.

"다른 사람이야. 한 사람이 아니야, 당신이 생각하는, 그런 일이 아니야."

맥이 쭉 빠지고 휘청 어질머리가 일고 가슴 깊은 곳에서 찬 바람이 불었다. 남편이 너무나 가여웠다. 울지 마, 하고 남편이 말했다.

"당신에게 할 말이 없는 건 아니야."

남편이 말했다. 그가 하고자 하는 말을 나는 이미 알고 있었다.

"나는…… 당신은…… 그만두자."

그러고는 끝이었다. 그는 나를 쳐다보지 않았다.

어쩌자고 이 남자와 결혼을 했던 것일까. 이혼을 결심하고서야 나는 남편에게 한없이 미안해졌다. 어리석은 일이라는 것을 몰랐다고는 할 수 없었다. 나는 그저 언젠가는 말간 정신으로 남편을 바라고 그를 기다리고 그와 아이를 낳고 작은 일로 다투면서 늙어갈 수 있을 거라고 믿고 싶었다. 나는 너무도 이기적이었다.

아버지는 불처럼 급한 성격이었지만 막상 돌발적인 사태에 직면하면 신기할 만큼 냉정해졌다. 때문에 나는 어머니보다 먼저 아버지에게 이혼, 이라는 말을 꺼내야 한다고 생각했다. 어머니는 세상 어떤 일에도 끝이 있다, 세월이 약이다, 라고 믿는 사람이었다. 나는 결코 오래 끌고 싶지 않았다. 사무실에 찾아갔을 때 아버지는 이미 내가 온 이유를 알고 있었다.

"이서방이 어제 전화를 했더라."

나는 이양이 가져다준 뜨거운 차를 한 모금 마셨다.

"오늘 온다는 걸 내가 말렸다. 니 이야기 먼저 들어볼라꼬."

"그 사람 잘못이 아니에요, 아버지."

"그러니까, 말을 해봐라 말이다."

결코 겉으로 드러낼 수 있는 일이 아님에도 나는 아버지에게 이야기를 해야 했다. 아버지에게 무언가를 숨기는 일은 불가능했다.

"니가, 내 보기에는 이서방이 일 벌이기를 기달린 것 같다. 맞재?"

"……"

"이서방은 니 하자 카는 대로 하겠다 카드라. 일단 지 잘못이 있으니, 니가 없던 일로 하면 우선은 넘어갈 수 있는데……"

"……"

"이서방이, 그리 미련한 사람이 아이다. 모진 성품도 아이고, 니도 성품이 보드라우니 한 번만 더 참고 지내봐라. 좀 지내보고…… 내, 니 시집보낼 때 그런 걱정이 안 든 게 아이다. 니가 맘을 못 잡고 휘황하이, 정신을 놓고 사까 봐, 노상 걱정이랬다. 니가 집에 올 때마다 웃어도 웃는 것 같잖고…… 한 삼 년 잘 지낸다 싶드이……"

나는 가까스로 눈물을 참고 있었다. 예, 아버지, 한 삼 년 다시 또 살아볼게요, 하고 싶은 충동이 일었다. 아무 일 없는 듯, 다 잊은 듯 세 해를 살았듯 다시 그런 나날을 보낼 수도 있으리라는 생각이 들었다. 그렇게 삼 년, 다시 또 삼 년…… 어느 순간 내게도 다른 날이 있지 않을까 싶었다. 그것은 습관이었다. 오랜 세월 아버지의 뜻을 거스르지 않으려는, 착한 아이로 남고 싶은 본능이었다. 가슴이 찢어질 듯 아팠다.

"니 꼴이 말이 아이다. 우선 집에 가그라, 가서 한 사날 다시 생각해보고 얘기하자."

아버지는 등받이에 몸을 기대고 눈을 감았다. 나는 조용히 일어나 방을 나왔다. 밖에는 비가 내리고 있었다. 비를 맞으며 나는 덕수궁의 긴 담을 따라 걸었다. 포졸 차림의 남자들 서넛이 열을 지어 나를 지나갔다. 수문장의 교대식이 있는 모양이었다. 나는 교대식이 끝날 때까지 서서 그들을 지켜보았다. 앳된 얼굴의 남자아이 하나가 빗속에 서 있는 나를 물끄러미 쳐다보았다. 비에 젖은 꽃잎들이 난분분 떨어져내렸다. 나는 샛길을 따라 계속 걸었다. 정동교회를 지날 때 누군가 부르는 찬송가 소리가 흘러나왔다. 높고 청아한 그 소리를 들으며 나는 오래 서 있었다. 슬프지도 후회가 되지도 않았다. 내게는 마음이라는 것이 없는 것 같았다.

그날 밤부터 나는 몹시 앓았다. 열에 들떠 가위눌리는 밤이 이어졌지만 나는 아침이면 일어나 밥을 짓고 몸을 움직였다. 어느 순간이지럼증이 일고 심장의 고동이 거세지면 나는 가만히 앉아 고통이 지나가기를 기다렸다. 가슴의 통증이 어깨로, 머리로 옮아가고 이윽고 관자놀이가 툭툭 뛰기 시작하면 그대로 숨이 멎을 것만 같은 때도 있었다. 찬 바람이 머릿속을 가르는 느낌이 들고 몸을 가누기 어려웠어도 나는 끊임없이 움직였다. 그러지 않으면 죽을 것만 같았다. 며칠째인가, 남편이 돌아온 것, 문을 열고 그를 맞은 것, 그리고 무언가 그가 내게 물은 것으로 내 기억은 끊어졌다. 눈을 떴을 때 나는 응급실의 침상에 누워 있었다. 벽에 걸린 링거 병에서 똑똑 맑은 액체가 떨어졌다. 아이 울음소리, 발소리, 누군가를 부르는 소리…… 한밤의 응급실은 소란스러웠다. 남편은 내 발치의 의자에 앉아 벽에 기댄 채 잠들어 있었다. 축 늘어진 얼굴 피부. 구겨진 셔츠. 그는 야위고 지쳐 보였다. 땀에 젖은 머리카락 몇 올이 그의 이마에 달라붙어 있었다.

7

밀림을 탈출한 왕자는 강탈당한 아내를 찾으러 간다. 마왕에게 가는 길은 험난하다. 넘어도 넘어도 끝없이 이어지는 산, 거센 파도. 왕자는 불지옥을 지나고 피의 바다를 건넌다. 마침내 왕자는 마왕을 물리치고 아내를 되찾는다…… 전투는 생생하지만 벽화 속의 인물들은 전혀 고통스러운 얼굴이 아니었다. 신들의 전쟁에는 아픔도 없는 것일까. 앙코르와트의 부조(浮彫) 속 전쟁은 마치 축제 한마당 같았다.

"이 시절에야 사는 게 다 전쟁이었겠지. 전쟁 해야 먹고 살 일 있었을 거고. 사람이란 게 원래 힘이 남아 있는지 맨날 확인해야 되는 족속이라꼬. 그르이 맨날 싸워야지."

아버지는 하나하나 벽화를 훑으며 천천히 지나갔다.

늘 싸워야만 사는 것 같은 인생. 싸움의 상대를 정하고 그를 향해 적개심을 불태우며 그것에서 동력을 얻는 그 부류에 아버지도 속해 있지 않았을까. 아버지는 이제 거기서 벗어난 것일까.

"저기를 올라간단 말이가?"

중앙 사당으로 향하는 가파른 계단을 가리키며 아버지가 물었다.

"저쪽 남쪽 계단에는 난간이 있걸랑요. 가보시면 생각보다 괜찮아요. 신들이 사는 곳이라 고개 푹 숙이고 들어오라는 거랩니다, 그게."

박이 눈짓으로 나를 재촉했다. 녹슨 철제 난간을 붙잡고 한 걸음 한 걸음 옮기는 동안 숨이 차올랐다. 폭이 좁았지만 아버지는 의외로 수월하게 위로 위로 올라갔다.

중앙 사당은 여신들의 천국이었다. 아름다운 얼굴, 풍만한 가슴의 여신들이 막 벽에서 튀어나올 듯 생생한 표정으로 우리를 맞았다. 천오백여 개 여신상의 머리 모양, 손의 형태, 옷차림과 얼굴 표정이 제각기 다르다고, 그중에 맘에 드는 것 하나 골라보라고 박이 말했다.

"자는 와 저리 찡그리고 있노."

아버지가 어두운 표정의 여신상을 가리켰다.

"뭐, 맘에 들지 않는 일이 있나 보지요."

아버지가 나를 슬쩍 쳐다보았다.

"다 갖추었다 싶어도 딴 생각 있는 거는 사람이나 신이나 똑같은 모양이재. 나는 자가 제일 맘에 든다."

나는 아버지가 맘에 들어하는 여신상을 바라보았다. 그녀는 한 손을 배꼽 아래 두고 다른 한 손을 머리 위에 치켜든 춤추는 자세를 취하고 있었다. 허리춤에 치렁치렁 매달린 보석들, 팔에 휘감긴 긴 천 자락, 휘황찬란한 화관을 쓴 머리, 어깨위로 드리워진 긴 머리카락…… 그녀가 나를 마주 쳐다보았다. 수심이 가득한 얼굴로 춤추는 여신. 돌로 빚은 눈에서 막 눈물이 흘러내릴 것만 같았다.

"어유, 큰일 났네. 저 줄 좀 보세요."

박의 기겁한 목소리가 들렸다.

남쪽 계단으로 내려가려는 사람들이 긴 행렬을 이루고 있었다.

"저 줄에 서서 기다려야 된단 말이가?"

기가 막힌다는 듯 아버지가 말했다. 와글와글 소란스럽기만 할 뿐 행렬은 거의 움직이지 않았다. 이대로라면 두 시간은 걸릴 것 같았다.

"진작 이렇다는 말을 했으믄 여 안 올라왔을 거 아이가. 저거를 무슨 수로 기다린단 말이고."

아버지가 박을 노려보았다. 당장 고함을 지를 기세였다. 박이 슬금슬금 내 뒤로 피하며 작은 소리로 말했다.

"해 지기 전에 프놈 바켕까지 가야 되걸랑요. 이 줄 기다리다가는 해 다 넘어가요. 동쪽으로 내려가시면 안 될까요?"

깎아지른 듯 급경사를 이룬 동쪽 계단에도 내려가는 사람들이 있기는 했다. 아래를 보지 않은 채 계단 하나하나를 손으로 잡고 거의 매달리다시피 내려가는 사람들이 아찔하게 눈에 들어왔다. 도저히 아버지가 내려갈 수 있는 곳이 아니라는 생각이 들었다. 나는 아무래도 자신 없다는 표정을 지어 보였다. 아버지가 박에게 불쑥 물었다.

"여기로 내려가다가 떨어져 죽은 사람 있나? 자네 들어봤나?"

박이 고개를 휘휘 저었다.

"어디, 가보자 뭐. 저거 기다리는 거보다야 낫겠지."

"이렇게 하시면 됩니다."

박이 계단 한쪽으로 몸을 붙이고 계단 위로 엎어진 자세를 취해 보였다. 박이 맨 아래, 그 다음에 내가, 마지막으로 아버지가 계단을 내려가기 시작했다. 손에 잡히는 돌계단이 금세 우수수 스러질 것 같았다. 다리가 후들후들 떨렸다. 아버지가 발을 딛는 기척에 톡 작은 돌덩이 하나가 내 머리를 때렸다. 야야, 니 괜찮나. 위에서 아버지의 음성이 들렸다. 예, 아버지, 괜찮으세요? 나는 위를 쳐다보았다. 수직으로 눈 닿는 곳에 아버지가 보였다. 아버지는 막 한 발을 내려디디는 찰나였다. 들어올린 다리 사이로 아버지와 내 눈이 마주 닿았다. 불끈 핏줄이 불거진 이마가 보였다. 아버지는 떨고 있는 것 같았다. 아찔 현기증이 일었다. 할 수만 있다면 나는 아버지를 업어 내리고 싶었다.

"위 쳐다보지 마세요."

이미 바닥에 내려선 박이 소리를 질렀다. 머리 위 아버지의 거친 숨소리를 들으며 나는 남은 계단을 마저 내려갔다. 땅을 디딘 아버지가 긴 한숨을 내쉬었다.

"고생하셨죠? 등산하신 셈 치시죠, 잘 내려오시던데요?"

박이 씽긋 웃으며 말했다. 도무지 기가 죽지 않는 신기한 사람이었다. 쯧쯧 혀를 차면서도 아버지는 더 무어라 나무라지는 않았다.

프놈 바켕 언덕 아래 도착했을 때 해는 이미 뉘엿뉘엿 지고 있었다. 빨리 올라가면 해 떨어지기 전에 닿을 수 있다고, 어서 가자고 박이 우리를 재촉했다. 아버지와 나는 돌무더기가 발부리에 차이는 길을 허위허위 올라갔다. 도중에 가파른 계단이 앞을 막았지만 이제 그 정도는 아버지에게도 내게도 장애가 되지 않았다. 우리는 마치 이제 세상 마지막 빛을 볼 사람처럼 결사적으로, 씩씩거리며, 단 한 숨도 쉬지 않고 언덕을 올랐다.

해는 사라지고 낙조가 지고 있었다. 방금 기를 쓰고 내려온 앙코르와트의 뾰족한 성탑이 눈에 들어왔다. 저 멀리 은빛으로 반짝이는 곳이 인공 호수인 모양이었다. 내가 기대한 광경은 아니었지만 이상하게도 섭섭한 마음이 일지 않았다. 내 옆에 선 아버지가 가쁜 숨을 몰아쉬며 좀 늦었구나, 하고 말했다. 마지막 남은 빛에 기대 사람들이 사진을 찍었다. 한 무리의 젊은 청년들이 돌더미에 앉아 노래를 불렀다. 아버지와 나는 이끼 낀 돌 위에 걸터앉아 청년들의 노래를 들었다. 느리고 조용한 곡이었다. 어디선가 풀벌레가 울었다. 붉은 기운을 머금은 구름이 천천히 흘러갔다.

8

　이혼 서류를 접수한 며칠 후 나는 그에게로 갔다. 그러지 않아야 한다고 생각했지만, 그것이 잘못임을 알았지만 나는 그렇게 했다. 나는 그의 위로를 바라지 않았다. 나는 그저 그를 보고 싶었다. 그는 충격을 받은 것 같았다. 멍한 표정으로 그랬구나, 그랬구나, 하다가 나도 이혼해야 할까? 하고 농담처럼 말했다. 가슴이 아팠지만 나는 내색하지 않았다.
　나를 만나고 함께 있고 싶어했지만 그는 너무나 바빴다. 지금은 너무 바빠서, 내가 제정신이 아니어서, 라고 그는 말했다. 나는 그를 이해했다. 그는 막 소속 당을 탈당하고 다른 후보의 선거 캠프에 합류했던 참이었다. 그가 소속했던 당에서 그는 배반자였으며 새로운 캠프에서는 용단을 내린 선지자였다. 그 후보와 함께 찍은 그의 사진이 연일 신문지상을 오르내렸다. 빗발치는 비난과 새로운 시대를 예감한 발 빠른 행보라는 찬사가 번갈아 그의 홈페이지를 도배했다. 이건 공정한 게임이야, 하고 그는 말했다. 이제 세상은 달라졌다고도 말했다. 그가 지원하는 후보가 단일화에서 패배

했을 때 그는 낙담했지만 희망을 버리지 않았다. 여전히 그는 세상의 중심을 향해 나아간다고 믿었다. 선거만 끝나면, 이 상황만 종료되면, 그는 자주 그렇게 중얼거렸다.

그 일이 일어나지 않았다면 그는 달라졌을까. 그가 말했듯 우리는 다시 시작할 수 있었을까. 마지막 순간 그의 후보는 단일화를 백지로 돌린다고 발표했다. 그 일은 막판 코미디라 불렸다. 그날 밤늦게 전화를 걸어온 그가 소식 들었니? 이제 다 끝났어, 하고 말했다. 그는 취한 것 같았다. 지금 인터넷 들어가 봐, 난리도 아니야, 이게 대체 무슨 일이니, 내가 무슨 짓을 한 거니…… 그의 말은 오래오래 내 귓전을 맴돌았다. 내가 대체 무슨 일을 한 거니. 이제 다 끝났어……

나는 앙코르와트에 있습니다, 라고 썼다가 나는 편지를 찢었다. 이곳 하늘에는 별이 많아요, 라고 썼다가 나는 다시 종이를 찢었다. 나는 어쩌면 돌아가지 않을지도 몰라요, 라고 썼다가 줄을 북 긋고 새로운 종이를 올려놓았다. 당신이 떠나가도, 이제 다시는 내게 오지 않아도 나는 괜찮아요, 나는 잘 살아갈 것입니다, 라고 썼다가 나는 한참 종이를 내려다보았다. 글자들이 내 앞에서 춤을 추었다. 나는 종이를 길게 찢어 휴지통에 넣었다.

그를 보내야 한다, 나는 생각했다. 아니, 어쩌면 이미 그는 떠났을 것이었다. 아직 그는 내 휴대폰 번호를 기억하고 있고 아직 그는 내게 전화를 걸지만 그는 떠나간 사람이었다. 어느 날 그는 사무실을 나서면서, 아, 그 여자가 저기서 나를 기다렸지 생각할지도 모른다. 배꽃이 핀 언덕을 넘어 다소곳이 숨어 있던 작은 호수, 따가운 볕을 받으며 낚싯대를 걸었던 오후를, 바람이 불 때마다 일렁이는 물살 위에 하늘하늘 떨어져내리던 벚꽃 잎을, 그가 띄우던 물수제비를 문득 생각하겠지만 그러나 더 자주 그는 나를 잊고 살 것이었다. 열흘, 한 달, 그러고는 계절이 지난 후에 아, 이처럼 오래되었나 싶어지면 슬픈 목소리로 전화를 걸어올 것이었다. 마땅히 슬퍼야 한다는 생각 때문에 어쩌면 그는 정말 슬퍼질 것이었다. 전화를 받으면서 나 또한 슬퍼질지도.

그를 보내기 위해서는 그를 잊어야 한다는 것을 나는 알고 있었다. 내 마음 한 자락에 남아 있는 그를 끊어내야 한다는 것, 꿈속에서라도 그를 생각하지 않아야 한다는 것을 알고 있었다. 명주실처럼 가는 마음 한 줄기라도 남아 있다면, 어느 날 약한 바람에 흔들린 실 끝이 거리를 지나, 시간을 넘어서 어디에 있든 그에게 가 닿고 말 것임을. 나는 내 가슴 깊숙한 곳의 녹슨 상자 속에 그와의 기억을 가두어야 했다. 그 출구 없는 장소에서 그것이 풍화되어 한 줌 가루로 변하는 날이 있을 것이라고 나는 생각했다. 꼭 그럴 것이다.

지금이 아니라면 나는 평생 그를 떠날 수 없을 거라고 생각했다. 그를 떠나지 않는다면 그와 나는 죽을 때까지 괴롭히면서, 서로를 갉아먹으면서 살 것이었다. 매일매일 누군가 목을 비트는 듯한 고통 속에서 눈을 뜨고 잿더미 같은 어둠 속에서 떨며 잠들 것이었다. 설령 어느 순간 심장이 고동치는 희열, 강력한 자장이 닿은 듯 온몸이 떨리는 기쁨에 몸을 맡길지라도 그 사그라진 기쁨 위에는 그만큼의 증오가 먼지처럼 쌓여갈 것이라고 나는 생각했다.

가슴이 아팠다. 긴 쇠꼬챙이가 가슴 저 깊숙한 곳을 후벼 파는 것 같았다. 나는 양팔로 가슴을 그러안고 책상 위에 얼굴을 묻었다. 쿵쿵 심장의 고동 소리가 들렸다. 오열이 터져나올 것만 같은 입을 꼭 틀어막은 채 나는 오래오래 앉아 있었다.

9

호수는 잔잔했다. 아버지는 땡볕이 내리쬐는 뱃전에 앉아 박이 빌려온 낚싯대를 드리우고 있었다. 낚싯대래야 휘어진 막대에 나일론실을 묶은 것이었다. 이따금 통통 소리내며 배가 지날 때면 일렁이는 물결 따라 배가 흔들리고 아버지의 등도 따라 흔들렸다. 배가 지나간 자리에 긴 기름띠가 생겼다. 기다리는 것을 질색하는 아버지가 낚시는 대체 어떻게 하는 것일까. 모자를 썼다고는 하지만 볕이 너무 따가웠다. 나는 아버지에게로 가서 뭐가 좀 있는 것 같으냐고 물었다. 아버지는 별로, 하며 고개를 저었다.

배를 저어온 소년이 물끄러미 우리를 쳐다보다 훌훌 옷을 벗더니 탁한 물속으로 뛰어들었다. 까만 머리가 물속으로 사라졌다 솟아올랐다. 자맥질을 하는 아이를 현지인 가이드가 불러 무언가를 물었다. 박이 뱃전으로 몸을 내밀며 말했다.

"물속에는 고기가 무지 많다는데요?"

"고기가 원래 사람 알아본다고. 야들이 객지에서 왔다고 괄세하는 모양이지."

아버지는 태연했다.

"괜찮으냐? 어제…… 늦게까지 앉아 있드라마는."

나는 화들짝 놀라 아버지를 쳐다보았다.

"안 주무셨어요?"

아버지는 내 쪽을 보지 않았다.

"그래, ……편지는 다 썼나?"

"……"

"오래…… 걸렸다. 그만하면, 마, 니도 할 만큼 했다."

"……"

"저 나무들 좀 봐라."

아버지가 강물에 잠긴 나무를 가리켰다. 허리까지 잠긴 흔적이 있는 나무들이 물속에 뿌리를 내리고 서 있었다. 메콩 강이 역류한 흔적이었다. 우기가 되면 나무들은 가지 끝만을 내민 채 뿌리를 박고 서 있을 것이었다. 휩쓸리지 않으려 안간힘을 쓰지만 더러는 가지들이 부러지고 더러는 둥치째 뽑히기도 할 것이었다. 아버지가 내 어깨에 손을 얹었다. 손은 열기로 뜨거웠다.

"어르신 고기 한 마리 잡으실 때까지 기다릴라 했는데, 안 되겠는데요. 탑승 시간에 맞춰야 되걸랑요."

등 뒤에서 박의 목소리가 들렸다. 아버지는 손을 털고 자리에서 일어났다. 서슬에 배가 출렁, 흔들렸다. 자맥질하던 소년이 다시 올라와 키를 잡았다. 나는 뱃전에 앉아 해를 향해 얼굴을 내밀었다. 온몸이 뜨겁게 달아올랐다. 가슴속이 더워지며 눈물이 솟구쳤다. 탈탈탈 소리내며 배가 앞으로 나아가기 시작했다.

알 수 없는 날들

1

 늦은 봄 어느 날, 그 일은 내게 찾아왔다. 처음 나타난 증세는 눈꺼풀이 파르르 떨리는 것이었다. 오후가 되면서 등줄기에서 목 뒷덜미로 무언가 치밀어오르는 느낌이 들었다. 그 느낌은 몹시 섬뜩했다. 그 무언가가 정수리 끝까지 밀려 올라가고 어느 순간 탁, 머릿속이 터질 듯한 기분이 되는 것이었다. 다음 날부터는 밤이면 가슴이 뻐근하다 갑갑해지고 숨을 쉬기 힘든 증세가 더해졌다. 내 몸 안에서 지금껏 잠들어 있던 괴물이 깨어나 머릿속과 모든 장기를 휘젓고 돌아다니는 것 같았다. 이제는 무슨 일이 일어날까. 잠자리에 누워 눈을 감고 숨을 고르노라면 아침이 와도 다시는 일어나지 못할 듯한 막막한 두려움이 일었다.
 서른다섯 해. 행복하다고도 불행하다고도 할 수 없는 날들을 살았으며 앞으로도 죽 그러하리라고 나는 생각하고 있었다. 사는 일이 특별히 버겁거나 부담스러운 것이 아니었듯 죽음에 대해서도 각별한 공포 같은 것은 생기지 않았다. 오래 문 밖에서 기다린 누군가를 맞아들이듯 나는 통증을 받아들였다. 어쩐지 언젠가 이런 일이 일어나리라는 것을 알고 있었던 듯한 기분이었다. 다만 예상보다 그 일이 조금 빨리 찾아왔다는 느낌이 들었을 뿐. 가슴의 통증이 일주일을 넘겼을 때 나는 아파트 아케이드 안의 병원을 찾아갔다.

"글쎄요, 대개 근육통일 경우가 많기는 한데 일단 가슴 사진을 찍고 심전도를 체크하도록 하죠."

의사는 대단히 싹싹한 사람이었다. 나는 간호사의 지시대로 색이 바랜 뻣뻣한 가운을 입고 양팔을 벌리고 숨을 참아야 하는 가슴 사진을 찍었으며 오징어의 빨판을 닮은 고무 흡판 몇 개를 가슴에 붙이고 양 발목과 손목에 긴 줄이 달린 네 개의 집게를 꽂은 후 심전도 검사를 받았다. 십 분쯤 지나 의사가 나를 불렀다.

"가슴은 깨끗하고요, 심전도도 이상이 없어요. 혹 머리 쪽에 의심이 가면 MRI나 CT를 찍어보시는 것도 좋겠지만 제 소견으로는 뭐, 별일 없을 것 같은데요? 원하시면 진료 의뢰서를 써드리지요."

나는 그에게 의뢰서를 부탁했다. 봄볕이 따가운 날이었다. 나는 선글라스로 눈을 가리고 모자를 깊숙이 눌러쓴 채 거리를 걸었다. 막 입주를 마친 아파트의 상가에는 산뜻한 외양을 자랑하는 안경점과 와이너리, 애견용품점, 보디 라인을 관리하는 뷰티 숍들이 나란히 들어서 있었다. 강아지 미니를 위해서 비스킷을 사고 있을 때 휴대폰이 울렸다. 지훈의 어머니였다. 그녀는 목소리가 왜 그러냐, 기분은 괜찮으냐, 아침은 무얼 먹었느냐고 물었다. 나는 토마토 주스와 삶은 검은콩, 베이글 반쪽이었던 아침 식단을 그녀에게 일러주었다. 점심은 좀 기름진 것으로 하는 것이 좋겠다, 심심하면 회

사로 나오면 밥 사주겠다고 말한 그녀가 친절하게 덧붙였다. 얘, 오늘 택배로 약이 갈 거다. 빼먹지 말고 챙겨 먹어라. 그녀는 언제나 내 친어머니처럼 살갑게 굴었다. 나와 함께 있을 때는 아들 이야기는 한 마디도 입에 올리지 않았다.

전화를 끊은 후에도 나는 한동안 애견용품점에 머물러 있었다. 고양이 한 마리가 내 주변을 맴돌다 손을 내밀자 훌쩍 달아났다. 구석진 곳에서 말티즈가 하얀 몸을 말고 앉아 눈을 동그랗게 뜨고 나를 쳐다보고 있었다. 만약 내가 죽는다면 누가 가장 슬퍼할까. 당장 큰 변화를 겪을 사람은 역시 지훈일 터였다. 섹스를 나눈 지 해가 지났으므로, 다른 파트너가 적지 않으므로 그 문제가 그를 괴롭히지는 않을 테지만 서툰 다림질은 그를 성가시게 할 것이다. 다른 모든 일에 너그러운 지훈은 옷에 관한 한은, 속옷까지도 반듯하게 다린 것만을 입는 사치스러운 습성을 갖고 있었다. 게으른 그로서는 미니를 돌보고 두 개의 사이프러스 화분에 물을 주는 것도 힘겨운 일일 것이다. 시들다 말라 죽은 나무가 떠오르고 잠깐 슬픔 비슷한 느낌이 가슴을 스쳤다. 무엇보다 그는 내가 끓여주는 러시아 수프를 그리워하리라. 그러나 수프를 먹지 못하게 되더라도 그가 얼마나 슬퍼할지, 나는 알 수 없었다.

2

다음 날은 비가 내렸다.
"싸우면서 돈도 벌고, 쟤네들은 진짜 좋겠다."
지훈은 텔레비전에 사로잡혀 있었다. 51인치 대형 화면 가득 클

로즈업된 남자의 얼굴. 그 얼굴은 고통으로 일그러져 있었다. 아래에 깔린 남자에게 바야흐로 최후의 일격이 가해지는 찰나였다. 그가 가장 흥분하는 부분이었다. 관중석의 휘파람 소리와 함성이 마치 현장에 있는 듯 생생했다. 눈을 부릅뜨고 화면을 노려보는 지훈의 숨소리도 점차 거칠어졌다.

"나 병원 가."

그는 내 말을 듣고 있지 않았다. 한 가지 이상을 동시에 하지 못하는 남자들의 일반적인 습성. 그럴 때 그는 보통의 남자였다. 문이 닫힐 때 등 뒤에서 그의 환호성이 들렸다. 그가 응원하는 파이터가 이긴 모양이었다.

비 때문인지 지하주차장을 빠져나가는 데도 무척 오랜 시간이 걸렸다. 서두르지 않으면 약속 시간을 맞추지 못할 것 같았다. 나는 깜박이도 켜지 않고 차선을 바꾸어가며 사납게 차를 몰았다. 너나 나나 택시 몰아도 될 거라고 지훈은 말했었다. 빠르게 달리지만 브레이크 밟기를 싫어하고, 시야를 멀리 두되 이 분 간격으로 백미러를 확인하는 운전 습성이야말로 지훈과 내가 유일하게 닮은 부분이었다. 돌아가서 할 일 없으면 택시나 한 대씩 굴리자고 지훈은 말했었지만 그런 일은 일어나지 않았다. 그의 어머니는 귀국하는 아들을 위해 빈틈없이 준비를 해두고 있었다. '궁전'이라는 이름을 단 새 아파트와 이름만 있을 뿐 출근 같은 것은 하지 않아도 좋은 직함과 탕진하기에 얼마간의 시간이 필요한 금액이 입금된 통장.

귀국 후 그가 몰두하는 일은 주식과 K1, 프라이드, UFC 등의 이종격투기뿐이었다. 따지고 재는 일을 질색하는 그가 어떻게 주식 투자를 하는지 신기했지만 희한하게도 그는 큰 손해를 입지 않았다. 나는 말이죠, 뭐 재고 따지고 그러는 거 질색이에요. 처음 만났을 때 그가 한 말이었다. 그때나 지금이나 그는 달라지지 않은 얼굴, 똑같은 몸무게, 전혀 변하지 않은 생활 습성을 유지하고 있었다.

대학 병원 대기실은 세상 모든 사람들이 모이는 곳이다. 어리고 젊고 나이 든 남자와 여자들. 약을 받기도 전에 이미 쓴 약을 삼킨 듯한 표정의 사람들이 앉거나 더러 서 있었다. 내과 의사는 MRI를 찍고 싶다는 내 말에 무심히 고개를 끄덕이고는 머리가 아픈 증세가 언제부터 시작되었느냐고 물었다. 봄부터, 라고 했다가 나는 사실은 아주 오래전부터라고 고쳐 말했다.

"오래전 언제입니까?"

오래전 언제일까. 아마도 십 년 전쯤, 이라고 나는 말했다. 의사가 빙그레 웃음을 지었다.

"그때부터 똑같은 정도라면 MRI를 찍을 이유가 없을 것 같은데요. 이상이 있다면 벌써 무슨 일이 났겠지요. 가슴이 답답하고 숨쉬기 어려운 증상은, 그건 언제부터지요?"

봄부터, 라고 나는 말했다. 이번에는 자신 있게 말할 수 있었다.

"무슨 특별한 스트레스를 받은 일이 있었습니까?"

그런 것은 없었다고 나는 말했다. 직장인인지, 아이는 있는지, 몇 시에 일어나는지, 식사는? 소화는? 배변은? 생리는? 의사는 그런 사소한 것들을 묻고 무언가를 적어넣고는 한동안 생각에 잠기는 듯했다.

"본인이 원하니까 일단 MRI를 찍읍시다. 그거, 좀 시끄럽지만 아프거나 뭐 그런 것은 아니니 어려울 것 없어요. 위장에 대해서는 장이나 위 내시경을 볼 수도 있고, 너무 번거로우면 복부 초음파 정도로 할 수도 있는데 어떻게 하시겠습니까?"

그는 메뉴판을 들고 재료와 맛을 차례로 설명하는 친절한 웨이터 같았다. 나는 그가 권하는 대로 복부 초음파를 선택했다.

"간호사가 검사 일정을 잡아줄 겁니다. 그때 다시 뵙죠."

몸이란 우는 아이와도 같은 것이다. 울음으로써 자신의 존재를 알리는 젖먹이처럼 몸 안의 장기들이 아플 때에야 비로소 아, 너 거기 있었구나, 하면서 머릿속을, 간을, 위장을 생각한다. 어쩌면 내 몸의 세포들은 한꺼번에 바이러스의 공격을 받고 있는지도 모를 일이었다. MRI를 찍어서 뇌에 커다란 혹이 발견된다면, 혹은 폐 어느 곳엔가 구멍이 뚫렸다면 차라리 반가울 것 같았다. 제거하거나 메울 수 없다면, 그것이 나를 죽음에 이르게 한다면, 그렇다면 고통스러울까.

나는 지훈에게 병원엘 다녀왔으며 몇 가지 검사를 할 것이라고 말했다.

"왜, 너 어디 아프냐?"

그의 눈과 입이 동그래졌다. 잠시 망설이다가 내가 말했다.

"글쎄, 모르겠어."

"젊은 애가 아프기는. 너 너무 심심해서 그래. 그러니까 내가 같이 운동하자고 했잖아. 내일부터 당장 연습장에 등록해라."

그로서는 매우 성실한 반응이었다.

"내가 골프 시작하면 너 귀찮을 거야. 데리고 다녀야 할 거 아냐."

그가 싱긋 웃었다.

"그렇기는 하네."

그는 곧 보고 있던 인터넷의 주식 시황으로 돌아갔다. 간섭을 싫어하고 간섭하지 않는, 그의 표현대로라면 지훈은 자유주의자다.

편견을 버리고 바라본다면 그는 솔직하고 장난기가 많은, 귀여운 남자라고 할 수 있었다.

결혼 전 우리는 단 두 차례 만났을 뿐이었다. 시트콤의 한 장면 같은 만남이었다.

"사귀려고 소개받는 거 아니라는 거, 알고 있죠?"

그가 처음 내게 던진 질문이었다. 내가 고개를 끄덕였던가.

"이유는, 들으셨나 모르겠지만 유학을 가려는데 결혼 안 하면 안 보내주겠다잖아요, 우리 오마니가. 우리 마마상은 엄청 부자예요. 하고 싶은 거, 원하는 거 다 할 수 있는데, 맘대로 안 되는 게 딱 하나 있죠. 바로 나. 지금부터 내 이야기 할 테니까 들어보고 아니면 이 자리에서 말해요, 나 시간 없거든요."

그런 후 지훈은 우선 자신이 게으르다는 것, 고등학교 때는 문제 아였지만 시시한 애들과 어울리지는 않았으니 걱정 말라는 것, 운동도 좀 하고 색소폰도 좀 불고 춤도 좀 추고, 뭐 그러느라고 공부를 안 했을 뿐 머리가 나쁘지는 않다는 것들을 말했다. 그의 이야기는 거기까지였다. 혹시 더 알고 싶은 것이 있는지, 원하는 바가 있으면 이야기하라는 그에게 나는 달리 알고 싶은 것은 없다고 말했다. 그가 말한 것은 대체로 이미 알고 있는 사실이었으며 혹 몰랐다 하더라도 마주 앉아 삼십 분만 이야기를 나누면 알 수 있었을 그런 것들이었다.

"어때요, 맘에 들어요?"

그가 물었다. 나는 무어라 말해야 하는지 알 수가 없었다. 그가 좋은지 싫은지 아무런 느낌이 들지 않았다. 이따금 그럴 때가 있었다. 순간적으로 머릿속이 하얗게 비고 멍해지는 상태. 그를 만날 즈음 그런 일이 잦았다.

"원하는 게 아무것도 없다는 말이에요?"

그가 눈을 둥그렇게 떴다. 나는 잠깐 생각한 다음에 말했다.

"나는 내 방이 필요해요. 그 안에서 무엇을 하든, 얼마를 있든 상관하지 않을 것도. 다른 것은 아무래도 좋아요."

그가 길게 휘파람을 부는 시늉을 했다.

두번째 만났을 때 그가 물었다.

"그럼 우리 결혼할까요?"

고작 일 주일이 지난 날이었다. 나도 모르게 웃음이 나왔다.

"좋다는 거지요, 지금?"

그는 내가 무어라 말을 잇기도 전에 휴대폰 버튼을 꾹꾹 누르고는 제 어머니를 불러냈다.

"엄마, 나 결혼해요, 내일이라도 좋아요."

그는 정말 신이 나 있는 것 같았다.

"결혼식은 엄마가 다 알아서 할 거예요. 가현씨는, 아 참, 우리 이제부터 말 트지? 내가 한 달이라도 먼저 났으니까 오빠라고 불러, 요즘은 다 그렇게 부르잖아."

나는 그의 말을 끊었다.

"그건 싫어."

그가 눈을 둥그렇게 떴다. 그는 맑고 큰 눈을 갖고 있었으며 그 눈이 자신을 돋보이게 한다는 것을 잘 알고 있었다. 나는 그 눈을 들여다보며 또박또박 말했다.

"이름을 부르기로 해. 오빠는 싫어."

그가 내 오빠에 대해 무얼 알고 있었을까. 나로서는 알 수 없는 일이었다.

3

 사흘 후 아침. 나는 커다란 기계 속에 머리를 집어넣고 검사를 받았다. 의사의 말처럼 기계 소리가, 마치 딱따구리가 두피를 쪼는 듯 시끄러웠다. 움직일 수 없도록 결박당한 몸 여기저기가 가려운 느낌이 들었다. 금속의 기계들이 가득 들어찬 이른 아침의 실내에는 스산한 기운이 감돌고 있었으며 가운 안의 팔뚝에 오스스 소름이 돋았다.
 복부 초음파를 맡은 의사는 젊은 여자였다. 여자는 내게 배에 힘을 주고, 숨을 참고, 내쉬고 할 것을 반복해서 지시하고 그때마다 찰깍찰깍 마우스를 눌러 영상을 잡았다. 머리 쪽 책상 위 모니터에 어떤 그림이 그려지고 있는지, 그것을 들여다보는 여자가 어떤 표정인지 나로서는 전혀 알 수 없었지만 그다지 궁금하지는 않았다. 이제는 일어나도 좋다고 말한 여자가 간이랑 다 깨끗하네요, 했다. 그 병원의 모든 사람들은 무척 친절하고 상냥했다.
 MRI와 복부 초음파, 혈액과 심전도 검사 결과가 모두 정상으로 나왔으니 이제 어떻게 할 것인가. 의사는 원한다면 정신과 상담을 의뢰하겠다고 말했다. 그 편이 더 도움이 될 수도 있다는 거였다. 그의 말을 믿지는 않았지만 나는 그 권고를 받아들였다. 접수부에서 받은 예약증에는 귀하가 가실 곳은 정신과, 라고 적혀 있었다. 정신도 수치로 나타낼 수 있다면, 어떤 기계가 있어 정신과 마음을 측량한다면 그 수치 또한 정상일 것이라고 나는 생각했다. 그러자 내가 가야 할 곳이 정신과라는 또렷한 느낌이 드는 것이었다.
 정신과는 영화에서 흔히 보는, 상상하던 곳과는 전혀 다른 장소였다. 기묘한 그림을 보여주거나 침대 같은 곳에 비스듬히 몸을 기대고 상담을 하는 일은 일어나지 않았다. 담당의는 섬세하고 부드러운 눈빛의 남자였다. 그 의사가 내게 처음 한 질문은 정신과에 대해 거부감이 있는가 하는 것이었다. 나는 그런 것은 없다고 말했다. 내 신상이 적힌 서류를 들여다보며 그는 몇 가지, 다른 장소에서 이미 수차례 대답했던 질문들을 했다.

"지금 봐서는 어떤 전형에도 속하지 않는 것 같아요. 이 말은…… 다시 말하면 치료가 만만하지 않을 수도 있다는 뜻이에요. 그렇다고 겁먹지는 마세요. 의사들은 원래 이렇게 말한답니다."

나는 겁먹지 않았다고 말했다.

"우선 약을 처방해드릴 테니까 머리가 아플 때, 가슴이 답답할 때만 드셔보세요. 한 열흘 지켜보고 그리고 다시 만납시다."

나는 인사를 하고 자리에서 일어났다. 방문을 열 때 그가 말했다.

"원래 그렇게 말이 없어요? 우리 이제 좀 친해져야 하는데."

두번째의 방문에서도 별다른 일은 일어나지 않았다. 의사는 내게 규칙적인 운동을 권하고 무언가 마음을 쏟을 일을 만들면 좋을 것이라고도 했다. 가슴이 갑갑한 증세가 더 심해지거나 횟수가 잦아지지는 않았는지도 물었다. 나는 그 전날 밤의 일을 말했다. 누군가 머리를 옥죄는 듯 갑갑하고 심장이 터질 듯 뛰다 어느 순간 맥이 탁 놓이는, 눈을 감으면 그대로 땅속으로 가라앉을 것만 같은 느낌. 나는 결국 마루 소파에서 새벽을 맞았다. 고개를 갸우뚱하던 의사는 처방을 달리 해보겠다고 말했다.

그 다음 만났을 때에야 의사는 정신과에서 물을 것이라고 상상했던 질문들을 했다. 그는 먼저 내게 녹음을 해도 괜찮겠느냐고 물었고 나는 상관없다고 대답했다. 그의 첫번째 질문은 지훈에 관한 것이었다.

"남편과는, 사이가 좋은 편인가요? 말하자면, 특별히 스트레스를 주는 타입은 아닌지?"

나는 그다지 망설이지 않고 그와의 관계에서 스트레스를 받을 일은 아마도 없을 것, 이라고 말했다. 의사는 보일 듯 말 듯 웃었다.

"아이는, 괜찮다면 이야기를 해보시지요. 부부 사이가 너무 좋아도 아이가 안 생긴다고들 하는데……"

생기지도 않았고, 특별히 원한 적도 없었을 것이라고 나는 말했다. 나는 지훈에게 이미 아이가 하나 있었다는 사실을 말하지 않았다. 아이는 지훈의 어머니 집에서 자라고 있었다. 결혼식을 올린 직후에 나는 그 아이의 존재를 알게 되었고 별다른 거부감 없이 아이를 인정했다. 아이를 처음 보았을 때 나 스스로도 잘 알 수 없는 친밀감이 들었다. 아이는 하얀 시트가 깔린 나무 침대 안에서 잠들어 있었다. 천사가 저럴까 싶은, 예쁜 아이였다. 나는 잠든 아이의 손을 쓰다듬었다. 보송한 아이의 손에서 젖내가 풍겼다. 지훈과 그 어머니는 감동한 것 같았다. 이따금 아이를 생각하면 슬퍼지고, 그럴 때 나는 아이를 만나러 갔다. 내가 가면 아이는 지훈을 닮은 큰 눈에 반가움을 담고 달려 나왔지만 나를 엄마라고 부르지는 않았다. 엄마가 없는 생활에 길이 든 아이에게 나는 선생님이나 이모와도 비슷한 존재였다. 지난달, 아이는 여섯 살이 되었다.

의사는 그날 많은 것을 물었다.

"일을 가진 적은 없나요? 하고 싶었던 적도?"

"친구는? 친구들과는 자주 만나는 편입니까?"

"다른 가족들과의 관계는 어떻습니까? 시가 쪽이나 친정의 가족들과는 자주 왕래가 있습니까?"

"평소에는 무슨 일을 하세요? 특별히 흥미를 느끼는, 취미 활동 같은 것이 있나요?"

대답하기 어려운 질문들이 아니었다. 나는 결혼 전 형부의 은행에서 임시직으로 잠깐 일했고 곧 미국으로 갔으므로 친구들과의 연락은 거의 두절되었으며 시어머니는 대단히 우아한 사람이고 언니 부부를 제외하고는 모든 친정 식구들이 해외에 있고 책 읽는 것을 좋아하며 자주 혼자 영화를 보러 간다고 차례로 대답했다.

의사는 오래 말이 없었다. 나는 그만 방을 나가고 싶었다. 그에게 미안한 일이었지만 그 모든 과정이 부질없다는 생각이 들었다. 잠깐 들어볼까, 하더니 그가 테이프를 되감고 재생 버튼을 눌렀다. 그가 묻고 내가 답하는 시간은 짐작보다 무척 짧았다.

"가현씨, 이렇게 불러도 괜찮지요?"

좀 이상한 느낌이었지만 나는 고개를 끄덕였다.

"녹음된 목소리가 예쁜데요. 어떤 기분이 드세요?"

별다른 느낌이 없었으므로 나는 무어라 말해야 좋을지 알 수가 없었다. 그것은 그저 사실들을 이야기하는 평범한 대화였다.

"내 생각을 이야기하자면, 이래요. 대개의 상담에서는 내가 묻고 대답을 기다립니다. 말하자면 휴지(休止) 부분이 있지요. 가현씨는 내가 물으면 지체 없이 대답해요. 물론 일상적인 일이니까, 라고 생각할 수도 있지만 그렇기 때문에 사람들은 더 오래 생각을 하는 거지요. 무슨 말인가 하면……"

"제가 너무 생각 없이 대답한다, 그런 뜻인가요?"

의사가 고개를 저으며 오히려 그 반대, 라고 말했다.

"일상적인 관계, 자신의 생활에 대해서 이것은 이런 것이고, 저건 저렇다, 고 단정을 내리고 있다는 거지요. 거기에 대한 자신의 감정이나 느낌은 늘 배제되어 있어요. 가현씨 말을 듣고 있으면 남의 이야기 하는 것 같지 않아요? 자신과 남편에 관한 일인데도 말이죠. 다시 한 번 들어볼래요?"

녹음된 대화를 다시 들었지만 별다른 느낌은 나지 않았다. 나는 그의 말을 긍정도 부정도 하지 않았다. 그가 그렇게 들었다면 그럴지도 모를 일이었다.

"표현이나 어투가 뭐 그리 중요한가 생각하겠지만 그렇지 않아요. 말하는 방식이 그 사람을 규정한다고 나는 믿는 편이죠."

당신의 믿음을 존중해줄 테니 이제 그만 나가게 해달라고 말하고 싶었다. 다행스럽게도 의사가 슬쩍 손목시계를 보았다. 밖에는 비가 거세게 내리고 있었다. 나는 주차장까지 비를 맞으면서 천천히 걸어갔다. 문득 아이가 그리웠다.

다음번에도, 그 다음 상담에서도 별다른 일은 일어나지 않았다. 가슴의 통증은 점점 잦아지고 잠들 수 없는 밤이 자주 나를 괴롭혔다. 도저히 잠이 오지 않고 숨이 막힐 듯 가슴이 답답해져도 나는 지훈을 깨우지 않았다. 대신 나는 언니가 구해준 침으로 손가락을 마디마다 찌르곤 했다. 검붉은 피가 한 방울씩 흘러나오면 이상하게도 조금씩 숨통이 트이는 듯한 느낌이 들었다. 손톱 밑 거멓게 멍든 자국이 사라질 무렵이면 기다렸다는 듯 숨 막히는 밤이 찾아오는 것이었다. 살이 내려 옷이 자루처럼 헐렁해졌으며 걸음을 옮길 때면 앙상해진 발에서 신발조차 자꾸만 벗겨져 달아날 지경이 되었다. 뭉텅뭉텅 빠져나가는 머리카락.

그사이 화분 속의 나무 한 그루가 죽었다. 똑같이 물을 주고 햇빛바라기를 시켰는데 이상한 일이었다. 마른 잎들이 떨어진 나무를 나는 햇볕 잘 드는 곳으로 옮겨놓았다. 물을 주지 않는다면 흙이 다 마르고 가벼워지고 그리고 나무는 썩지 않을 것이었다. 흰 줄기만 남은 나무는 여전히 아름다웠다. 표피의 물기가 말라 쭈글쭈글해지는 나뭇가지를 보고 있노라면 가슴이 아팠지만 나는 화분을 버릴 수가 없었다.

4

몇 번째 상담인가 기억나지 않는 어느 날, 약속이 있었지만 나는 병원으로 가지 않았다. 예약을 취소하는 전화도 걸지 않았다. 저녁 늦게 모르는 번호가 찍힌 전화가 걸려왔다. 내 담당 의사였다. 상담의가 환자를 직접 챙기는 줄은 몰랐다고 내가 말했다. 그는 자기처럼 성실한 의사에게는 드문 일은 아니라고 농담처럼 말하고는 덧붙였다. 내일 나오시죠. 통원하는 모든 환자는 예약을 해야만 하므로 그건 특별한 배려라 할 수 있었다. 특별한 환자가 되고 싶지는 않았지만 그의 말을 거역함으로써 특이하다는 인상을 주고 싶지도 않았으므로 다음 날 나는 그를 만나러 갔다.

"안색이 좋지 않네요. 어젯밤에도 잠을 못 잤나요?"

그는 내 오빠라도 된 듯 자상하게 굴었다. 일상적인, 보통의 통증이 있었던 밤이었다고 나는 말했다. 의사는 긴 한숨을 쉬고 나를 바라보았다.

"어제 말이죠, 모임에서 미현이를 만났어요."

미현은 내 언니의 이름이다. 언니는 의과대학을 졸업하고도 의사가 되지 않은, 특이한 사람이었다. 레지던트 일년차에서 그녀를 중도 하차하게 만든 것은 컴퓨터였다. 언니는 컴퓨터와 놀고 대화를 나누고 그 앞에서 밥을 먹고 잠이 들었지만 적어도 집안에서는 아무도 언니를 간섭하지 않았다. 어느 날, 나 취직했다고 말한 언니가 알려준 연봉은 또래 의사들의 서너 곱을 훌쩍 넘어서는 것이었다. 해커를 찾아내고 바이러스 백신을 개발하는 일이, 컴퓨터를 상대하는 것이 인간과 이야기하는 것보다 훨씬 자신에게 어울린다고 언니는 믿고 있었다. 언니가 의사를 붙들고 시시콜콜 내 증세를 묻는 장면은 잘 상상이 되지 않았다.

"동생이라고, 왜 말 안 했어요?"

그런 것을 꼭 말해야 하는가, 말했다면 뭔가 달라졌을 것인지 내가 물었다. 그는 허허, 웃으면서 턱을 쓰다듬었다.

"뭐, 그렇게 정색하고 물을 일은 아니고요. 그냥, 자매가 다 좀 별나다 싶었을 뿐이에요."

그와 나의 역할이 바뀐 것 같았다. 그는 선뜻 말머리를 찾지 못하고 허둥거렸다. 그날 그의 질문들은 대체로 얼마간의 생각과 판단이 필요한 것들이었다.

"가현씨는, 자신이 고집이 세다고 생각하세요?"

특별히 고집을 부려야 할 만한 일이 없었으므로 고집이 센 편인지 어떤지 잘 모르겠다고 나는 말했다.

"혹시 스스로를 무의미한 존재라고 생각한 적은 없나요?"

그런 적이 없었다면 거짓말이 아니겠느냐고 내가 말했을 때 의사는 그 빈도가 얼마나 잦았는지 물었다. 잘 모르겠지만 아마도 평균을 넘어서지는 않지 않겠는가 하고 나는 다시 말했다.

"지난날을 생각하면 잘못 살아왔다고 후회하는 일이 잦은가요?"

그 질문에 나는 대답을 하지 않았다. 나는 잘못되었든 그렇지 않든 후회는 잘 안 하는 편이다. 내게는 잘못을 뉘우치고 다시는 그러지 말아야지 하고 결심한 기억이 많지 않았다.

"미래에 대해 특별히 불안하게 여기는 편인가요?"

그렇지는 않다고 잘라 말했을 즈음 슬며시 짜증이 일었다. 이제 이곳에도 그만 와야겠다고 나는 생각했다. 그가 처방해준 작은 알약들을 먹고 나면 조금 느긋해지고 머릿속이 풀어지는 대신 내 속에 누군가 다른 사람이 들어온 듯한 느낌이 들었다. 낯설고 어색했다. 때로 나는 생각했다. 차라리 통증을 감수하는 편이 좋지 않을까.

"이제 여기 안 와야겠다고 생각하고 있죠? 지금."

의사가 기습적으로 물었다. 나는 그를 똑바로 쳐다보면서 고개를 끄덕였다. 그의 눈이 불안하게 흔들렸다. 아니라면 내 눈이 그랬을까. 그때 그가 그 말을 꺼냈다.

"오빠 이야기를 해보세요. 그 이야기를 해야만 합니다."

머릿속의 실핏줄이 탁, 터지는 느낌이 들었다. 눈앞에 희고 커다란 천이 드리워지는 것만 같았다. 나는 가까스로 손을 들어 흰 천을 걷어내고는 몸을 일으켰다. 휘청 어지럼증이 일었다. 가겠다, 말하고 나는 방문을 열었다. 의사가 황급히 따라 나오며 내 앞을 막아섰다.

"가현씨는 강하고 영리한 사람이에요. 이 이야기를 피해 가서는 좋아질 수가 없어요."

나는 그의 팔을 밀어냈다. 가슴께 그의 이름을 새긴 실낱이 조금 풀려 있는 것이 보였다. 나일론 재질의 실이라면 라이터로 깔끔하게 끝을 정리해줄 수 있을 텐데, 라는 생각이 들었다.

"나는 좋아지지 않을 거고요, 별로 그러고 싶은 생각도 없어요."
 그는 잠시 나를 바라보았지만 얌전히 내 앞에서 한 발 물러서주었다. 현관을 나서자 비를 머금은 바람이 얼굴을 때렸다. 녹음이 무성해진 길을 나는 천천히 걸었다. 아무런 생각도, 아무 느낌도 떠오르지 않았다. 매미가 요란하게 울었다.

5

 통증에도 익숙해지는가. 심장의 고동이 불규칙해질 때, 급격히 빨라지다 갑작스레 잦아들 때면 나는 눈에 보이는 듯 심장에 말을 걸었다. 그래, 이제 괜찮니? 아니면 좀더 장난을 쳐야 하겠니? 머릿속을 죄는 느낌이 강해질 때면 나는 거실 벽에 걸린 거대한 사막의 그림을 바라보았다. 뜨거운 태양과 모래 언덕. 모래 등성이를 따라 걸어가는 대상의 무리. 방사선으로 갈라진 모래의 결 위로 붉은 석양빛이 떨어져도 낙타는 타박타박 걸음을 옮기고 멀어져간다. 그림 속의 뜨거운 열기가 내게로 전해지고 그러면 나는 내 통증에 조금씩 무감각해질 수 있었다. 말을 해야 한다고, 그래야 한다고 의사는 내게 말했었다. 그는 무엇을 알고 있는 것일까. 나는 무엇을 말하지 않는 것일까. 숨이 가빠지면 나는 눈을 감고 뜨거운 모래 위를 걷는 나를 상상했다. 모래에 발이 빠지고 자주 깊숙이 가라앉았지만 나는 걸음을 멈추지는 않았다. 사막은 마르고, 황량하고, 아름다웠다. 대상의 무리는 영원히 걸음을 멈추지 않을 것이었다. 비록 오아시스가 나타나지 않을지라도.
 어느 날 아침 지훈의 어머니가 전화를 걸었다. 그녀는 현관 앞이니 지금 내려오라고 다짜고짜 말했다. 어딜 가느냐고 물었지만 가보면 안다, 그냥 시키는 대로 하면 아플 것도, 놀랄 것도 없으니 겁먹지 말라는 말뿐 그녀는 자세한 설명을 하지 않았다. 그녀가 차를 몰아 간 곳은 약수동 뒷골목이었다. 문 닫힌 음식점 앞에 삐뚜름히 차를 세운 그녀가 여기 어디쯤일 것, 이라며 내리라고 말했다.

세번째 같은 골목을 맴돌면서 지훈의 어머니는 미안한 표정을 지었다. 빗발이 차츰 굵어지고 있었다. 매사에 빈틈없는 그녀도 헷갈릴 만큼 골목들은 비슷하게 좁고 지저분했다. 검은 비닐봉지 몇 개를 겹쳐 든 여자 하나가 우리가 막 나온 골목으로 걸어 들어갔다. 골목 끝 막다른 곳에는 여관, 이라고 씌어진 낡은 나무 팻말이 비에 추적추적 젖고 있었다. 얘, 네가 다시 전화 좀 해봐라, 하고 건네준 전화기의 신호음이 울리자 뜻밖에도 가까운 곳에서 네, 하는 목소리가 들리고 저만치 걸어가던 여자가 뒤를 돌아보았다.

여자를 따라 좁은 굽이를 돌고 몇 개의 신축 원룸 건물을 지난 곳에 숨은 듯 낡은 한옥이 엎드려 있었다. 칠이 벗겨진 나무 대문이 삐걱 앓는 소리를 내며 열렸다. 우산 자락을 깊이 숙여야 할 만큼 처마가 낮았다. 미닫이를 열고 내다본 사람은 젊은 여자였다.

"이사장님, 오랜만에 오셨어요."

여자가 곱게 웃으며 인사를 건넸다.

방 안에 들어섰을 때에야 나는 여자가 일어서지 않는 까닭을 알았다. 여자는 꼽추였다. 커다란 방석을 진 듯 솟은 등에 달랑 얹힌 조그만 얼굴. 이마가 훤히 드러나도록 활처럼 세운 앞머리와 그린 듯한 반달 눈썹의 여자는 대단히 비현실적인 느낌을 불러일으켰다. 그뿐, 텔레비전과 전기밥솥과 검은 날개의 선풍기. 좁은 방 안의 풍경은 그저 여염집과 조금도 다르지 않았다. 파리 한 마리가 열린 창 앞에서 맴을 돌며 날아다녔다.

"오늘은 내가 아니고, 이 아이를 좀 봐주세요. 가슴이 답답하고 머리가 아프다네요."

지훈의 어머니의 말에 고개를 끄덕였을 뿐 여자는 내게 어디가 불편한가 묻지 않았다.

"여기 누워보세요, 한쪽 다리를 세우고, 이렇게."

나는 여자가 내민 방석 위에 몸을 눕혔다. 여자는 작고 부드러운 손으로 내 가슴과 배 이곳저곳을 지그시 누르고 두드리는 동작을 반복하다 이제 일어나 나를 따라오라고 말했다.

좁은 화장실 안에도 플라스틱 의자와 물이 담긴 푸른 플라스틱 대야가 있을 뿐 치료를 위한 다른 기구 같은 것은 보이지 않았다. 의자에 나를 앉게 한 여자가 입을 크게 벌리세요, 라고 하더니 내 입 안 깊숙이 손가락을 집어넣었다. 여자의 엄지와 검지가 목젖 부근에 닿았다는 느낌이 드는 순간 여자가, 아잇, 하면서 무언가를 끄집어내어 물이 담긴 대야에 패대기쳤다.

놀라움을 느끼기도 전에 여자의 손이 다시 입 안으로 들어왔고 연거푸 두 개의 이물 덩어리가 딸려나와 대야의 물에 던져졌다. 흰 비곗덩어리처럼 보이는 그것의 크기는 거의 풀어진 계란만 했다. 저게 대체 무엇일까. 정말 저것이 내 속에서 나왔다는 말일까. 나는 눈앞의 일이 믿어지지 않았다. 엽기적이라 할 만한 광경이었지만 내 속에서 나왔다는 그것은 생각만큼 혐오스럽지는 않았다. 마치 마술처럼 여자가 손 안에 그것을 숨기고 있다 거짓 시늉으로 끄집어내는 것만 같았다. 파란 대야 속의 그 이물질을 확인하고 싶었지만 여자는 어느새 변기에 붓고 물을 내렸다.

"양치를 하고 나오세요. 위장이 상당히 건강한 편이에요. 보통

사람들보다."

여자가 내 등을 톡톡 두드렸다.

"이분은 내장이 맑고 깨끗해요. 몸에 이상은 없는데, 안색이 썩 좋지는 않군요?"

방으로 돌아온 여자가 나를 찬찬히 바라보았다. 방 안에는 축축한 기운이 감돌고 있었다. 이런 날, 여자는 어떻게 저 좁은 욕실에서 몸을 씻는 것일까. 저 등을 씻기는 몹시 불편할 것이라는, 엉뚱한 생각이 들었다. 내 시선이 등에 닿은 것을 느꼈는지 여자가 말했다.

"생각처럼 불편하지는 않아요. 우리 어머니는 내 재주가 이 혹에서 나왔다고 했지요."

가볍고 맑은 목소리였다. 맑은 피부와 붉은 입술, 나는 내 속에 들어갔다 나온 여자의 가늘고 긴 손가락을 바라보았다. 나는 그 손을 씻기고 쓰다듬고 싶었다. 그곳에 머물면서 여자에게 걸려오는 전화를 받고 밤이면 여자의 낙타처럼 솟은 등을 만지면서 잠들었으면 싶었다. 그러면 머리를 옥죄는 통증도, 갑갑한 숨결도 잊고 깊은 잠을 잘 수 있을 것 같았다. 매일 아침이 되면 내 속엣것을 끄집어내고 또 끄집어내며 텅 비어가고 싶었다. 이처럼 낡고 어두운 곳에서 숨어 살고 싶다는 느닷없는 느낌이 들고 그 느낌이 너무 절실해서 가슴에 뻐근한 통증이 일었다.

"어떠니, 시원한 것 같니?"

지훈의 어머니가 물었다. 나는 무언가 빠져나간 느낌이 들기는 한다고 말했다. 당분간 고기를 먹지 말고 한 이틀은 자극적인 음식이나 과일도 피하라는 당부를 듣고 우리는 그곳을 나왔다.

"그게 독소라는 거야. 몸속에 쌓인 것을 저 여자의 기로 빼낸다는 거지. 저 여자가 저 계통에서는 고수라고들 해. 말은 안 했지만 나는 이따금 오거든. 왔다 가면 속이 편안해. 지저분하고, 비과학적이고…… 해서 내가, 좀 망설이기는 했는데, 네 형편 생각하면 얘, 이 참에 뭐 체면 가릴 것 있니? 듣기로는 저 여자가 미리 발견한 암 환자도 있고, 또 오랜 위장병 고쳤다는 둥, 머리가 맑아졌다는 그런 이야기가 많아."

아무런 간판도, 표지도 없는 그곳을 지훈의 어머니는 체 내리는 곳, 이라고 불렀다. 어느 때 보아도 스마트한 그녀와 그 장소는 정말이지 어울리지 않았다.

"그 여자는 아직 젊어 보이던데요?"

"글쎄, 나이는 모르겠고, 처녀라지 아마?"

여자의 박 속처럼 깨끗한 얼굴이 떠오르고 가슴이 아릿해졌다. 다른 이의 속엣것을 끄집어내면서 여자는 무슨 생각을 할까.

"내가 맛있는 죽 끓이는 집 알아. 너 부드러운 거, 영양가 많은 거 먹어야 돼."

지훈의 어머니는 빗속을 뚫고 천천히 차를 몰았다. 차 안에는 은은한 카모마일 향내가 감돌았다. 비가, 절대로 그치지 않을 기색으로 내렸다.

6

다음 날 나를 호출한 사람은 언니였다. 언니가 일러준 곳은 압구정동, 현관 앞에는 '명상의 집'이라는 간판이 걸려 있었다. 그곳에서 나를 맞은 사람 또한 여자였다. 여자는 내 손을 잡고 한동안 가만히 눈을 감고 있었다. 고요한 여자의 호흡이 내게 전해져왔다.
"긴장을 푸세요."

여자가 말했다. 전혀 긴장하고 있지 않았다고 생각했지만 나는 어깨를 축 늘어뜨리고 여자의 호흡에 맞춰주었다. 흡, 숨을 들이마신 여자가 내 정수리 위에서 후우우우, 길게 날숨을 내뿜었다. 기를 불어넣는 동작이라 했다.

"몸은 거짓을 말하지 않습니다. 지금 당신은 대단히 지쳐 있어요. 무언지, 대체 뭐죠?"

여자가 내 가슴 한가운데를 가리켰다.

"여기 무언가 쌓여 있어요. 단단한 기둥이 만져지는데…… 이건 여기서 우리들이 풀어줄 수 있는 성질의 것이 아니에요. 스스로 풀어야 하죠."

나도 모르게 웃음이 나왔다. 여자가 물끄러미 나를 바라보았다. 화가 난 얼굴은 아니었다.

"믿음이 중요한데…… 당신은 나를 믿지 않는군요."

여자의 음성은 너그러웠다. 나는 아무도 믿지 않아요. 그러나 나는 그 말을 소리내어 말하지는 않았다. 대체 무얼 믿으라는 말인가. 의사들은 내 몸 어느 곳에도 문제가 없다고 말했다. 내 머리는 말짱하며 내 가슴은 깨끗하고 심장은 지극히 정상적으로 박동하면서 매분 오천 시시의 피를 온몸으로 흘려보내고 있다는 거였다. 모든 수치들이 경계에 걸쳐 있기는 하지만―내과 의사는 그 말을 하면서 조금 웃었다―병증이라 할 만한 것은 아무것도 없다고 말했다. 그들이 권한 것은 매주 한 차례 정신과 상담을 받을 것, 그것이 전부였다.

"원하지 않으면 치료를 받지 않아도 괜찮아요. 그냥 가셔도."

여자가 빙그레 웃었다. 맵시 있게 차려입은 한복. 약간 들린 앞섶에 가지런히 모인 여자의 손이 깎은 듯 예뻤다. 그곳의 사람들은 그녀를 청로도인이라 불렀다.

나는 여자의 앞을 물러나 마루로 나왔다. 두 명의 남자가 이른바 치료라는 것을 받고 있었다. 마른 인형처럼 가냘픈 몸매의 여자 하나가 등에 올라가 자근자근 밟을 때마다 엎드린 남자의 입에서 으음, 신음 같은 소리가 흘러나왔다. 또 다른 치료사는 역시 도인처럼 보이는 건장한 남자였다.

"얘, 너도 들어가서 옷 갈아입어. 저 방에 가운이랑 있어."

언니가 나를 재촉했다. 나는 못 이기는 척 언니의 말을 따랐다.

"눈을 감고 빛을 상상하세요."

남자가 말했다. 그는 내 등을 손바닥으로 천천히 눌렀다.

"빛이 머리끝에서 내 몸 안으로 들어온다. 그 빛이 몸에 퍼지고 나를 편안하게 한다, 고 생각하는 거예요."

도인이 그랬듯 그도 빛을 말했다. 빛은 밖에서 오는 것이 아닙니다, 라고 여자는 말했었다. 그것은 우주로부터 비롯되지만 내 안에 본래 있는 거지요. 타고난 빛을 잃어버리고, 또한 잊어버리고 어둠과 고통 속에서 사는 것은 습(褶)이 더러운 때처럼 끼어 있기 때문이지요. 습을 제거하는 것은 다름아닌 나 자신입니다. 호흡만으로도 우리는 우주의 운기를 끌어올 수 있어요. 내 몸과 대화하고 그 속에 가려진 본래의 빛을 찾아내는 거지요. 그 말을 할 때 여자의 얼굴은 마치 빛을 받은 듯 환하게 보였다. 여자는 내 가슴에 손을 얹었다. 당신의 온몸의 세포는 하나하나 작은 꽃잎과도 같아요. 당신의 손바닥을 보세요. 마음의 열정이 이처럼 붉은데 당신은 스스로를 가두고 있어요. 열어주세요, 놓아주세요, 본래의 빛을 가리지 마세요…… 누군가, 무언가 있군요. 내게는 그 눈이 보여요……
여자의 말들이 꽃잎처럼 귓가를 맴돌았다.

나는 나를 가두고 있는가. 나는 죽어가고 있었다. 그건 그냥 알 수 있는 일이었다. 내 몸은 음식을 받아들이지 않았다. 몇 끼를 걸러도 전혀 식욕이 느껴지지 않았으며 단 두어 숟가락을 뜬 후에는 절로 손이 내려지는 것이었다. 가만히 앉아 있으면, 숨을 쉬고 있으면 손바닥으로, 발바닥으로 내 안의 기운이 빠져나가는 느낌이 들었다.

날이 어두워지고 모든 평범한 사람들이 숨을 고르게 쉬며 잠드는 시간에도 내 머릿속에는 날카로운 화살들이 춤을 추며 돌아다녔으며 어찌어찌 잠이 들면 기다렸다는 듯 현란한 화면들이 꿈을 어지럽혔다. 나비들이 파닥이고 크고 검은 새가 긴 날개를 휘두르며 날아다녔다. 꿈속에서 나는 언제나 흰옷을 입고 있었다. 아무도, 내가 아는 어떤 이도 꿈에 나타나지 않았다. 그런 새벽, 잠에서 깨어나 거울을 보면 내 얼굴은 흙빛이었다. 그것은 마치 죽은 자의 얼굴 같았다.

이상한 것은 그처럼 잠을 자지 못하는데도 아침이면 똑같은 시간에 자리에서 일어난다는 사실이었다. 나는 밥을 짓고 청소기를 돌리고 세탁물을 맡기고 저녁이면 슈퍼에 가는, 다른 여자들이 하는 일들을 변함없이 하면서 날을 보냈다. 매일 눈꺼풀이 조금씩 처지고 매일 걸음걸이가 조금씩 더 느려지고 그러다 차차 숨이 잦아들어 어느 날 지푸라기처럼 쓰러지는 날이 오리라고 나는 생각했다. 그날을 기다리고 있는 것일까. 자신의 일인데도 나는 잘 알 수가 없었다.

6

"나는 말이야."

지훈은 조금 긴장한 얼굴이었다. 평범한 토요일, 무엇이 그를 긴장하게 했을까. 딱딱하고 어색한 음성으로 그가 천천히 말을 이었다.

"알겠지만 나는 돌려서 말 못하는 사람이야. 너 그러고 있는 거, 도저히 봐줄 수가 없어. 너 안 먹을 거면 밥 하지 마. 나는 사 먹으면 돼. 무슨 숙제하듯이 하는 밥을 꼬박꼬박 받아먹는 거, 그거 얼마나 힘든 줄 너 아냐? 그리고,"

그는 색색의 고명이 얹힌 국수 그릇을 바라보았다. 계란과 볶은 고기 위에서 잘게 썬 김밥이 녹아들고 있었다.

"지금 무슨 제사 지내냐? 이게 다 무슨 짓이야?"

그가 툭 밀치자 국수 그릇이 출렁이고 국물이 식탁 위로 흘렀다. 나는 티슈를 두 장 뽑아 식탁을 닦았다.

"말해봐. 대체 무슨 일이야. 이 정도는 아니었잖아. 며칠 그러다 말고 했었잖아. 의사 말로는 입원을 고려해야 한다던데."

뜻밖이었다. 그가 내 담당의를 만나는, 그런 성가신 일을 하다니.

"나도 웬만하면 모른 체하려 했어. 늘 별일 없었으니까. 저러다 말겠지, 했는데 이건 정도가 좀 심하잖아. 야, 내가 어이구, 우리 마누라, 대체 왜 심기가 사나우십니까, 무슨 일로 그러시옵니까, 묻고 달래주고 그러는 인간 아니라는 거, 네가 더 잘 알잖아. 그래서 좋다고 한 거 아냐, 우리."

알 수 없는 날들 59

지훈의 발치를 맴돌던 미니가 저만치 물러났다. 그가 저처럼 큰 소리를 내는 것은 실로 오랜만이었다.

"입원은 무슨. 의사가 너 좀 반성하라고 한 말일 거야. 밥이나 먹자."

나는 국수를 젓가락으로 말아올렸다.

"밥이 문제가 아니고, 너 진짜 비정상이야. 그거 알지? 너 모르는 거는 아니지?"

지훈이 눈을 부릅떴다. 목에 걸린 국수 가락이 넘어올 것 같았다. 나는 젓가락을 내려놓았다.

"내가 이런저런 말 안 하는 사람이라는 거, 너도 잘 알잖아. 의사가 무얼 아니? 내가 알아서 해. 괜찮을 거야. 밥 먹자."

나는 그릇에 고개를 박고 국수를 먹었다. 계란 고명과 채 썬 다시마 줄기가 입 안에서 따로 돌다 간신히 목을 넘어갔다. 국물까지 후룩, 다 마시고 났을 때에야 나는 지훈이 나를 바라보고 있다는 것을 알았다.

"가현아."

그가 나를 불렀다. 오랜만에 듣는 내 이름은 몹시 낯설었다. 지훈은 물끄러미 나를 쳐다보다 입술을 일그러뜨렸다.

"너, 진짜 입원할래? 그 의사 말이 너 같은 환자는 진짜 골치 아프다더라. 입원한다고 별 뾰족한 수가 있는 것은 아니지만, 어쩌면……"

잠깐 숨을 몰아쉰 그가 내친김이라는 듯 빠르게 말을 이었다.

"너 같은 케이스가 진짜 위험할 수도 있다는 거야. 우울증이 심하다는 거지. 내버려두면 무슨 짓을 할지 모른다는 거야. 자기 친구 하나가 작년에……"

나는 지훈의 말을 잘랐다.
"작년에 죽었다는 옆방 의사 이야기, 너한테도 했어? 걱정 마. 나는 떨어져 죽는, 그런 짓 안 해. 내가 미쳤니?"
지훈은 눈을 찡그리고 나를 오랫동안 바라보았다. 그 크고 둥근 눈에 천천히 슬픔이 떠오르고 눈물이 가득 차올랐다.
"너 미쳤어. 너는 아니라고 생각하니? 제정신인 애가 그렇게 안 먹고, 안 자고 그러고도 할 일 다 하고 살 수 있다고 생각해? 네가, 신선도, 도사도 아닌데. 넌 뭔가 홀렸어. 단단히 병이 났어. 나는 너, 정말 무서워. 무서워 죽겠어."
지훈의 눈에서 눈물이 툭 떨어졌다. 그는 양 팔에 얼굴을 처박고 쿨쩍쿨쩍 소리 내어 울기 시작했다. 우는 그는 어린아이처럼 보였다. 무엇이 그를 울게 하는 것일까. 내가 죽을까 봐, 내가 미쳤을까 봐, 어느 날 베란다 아래로 훌쩍 몸을 던질까 봐 그는 겁이 나는 것일까. 나도 울 수 있다면, 미쳤을까 봐, 자신도 알 수 없는 충동에 떠밀려 덜컥 떨어져 죽을까 봐 두렵고, 그래서 울 수 있다면, 그렇다면 나는 미치지 않은 것이 될까.
나는 저처럼 우는 그가 부러웠다. 나도 울고 싶었다. 눈물을 펑펑 쏟으면서, 소리 내어 통곡하고 싶다고 생각했지만 그것은 다만 생각일 뿐이었다. 내 눈에는 눈물이 차오르지 않았다. 내 속의 모든 물기가 바싹 마른 것 같았다. 나는 멍하니 앉아서 우는 그를 지켜보았다. 지훈의 어깨에 손을 얹고 팔을 쓰다듬고 파르라니 드러난 뒷덜미를 만져주어야 한다고 생각했지만 내 손은 움직이지 않았다. 누군가, 보이지 않는 곳에서 우는 그와 지켜보는 나를 가만히 쳐다보고 있다는 느낌이 들었다. 그것은 누구의 눈이었을까. 나는 잘 알 수 없었다.

7

다음 날, 비에 씻겨 말간 하늘이 아름다운 날이었다. 나는 미니와 함께 집 앞을 걷고 있었다. 길 건너에는 재건축이 예정된 아파트가 있었다. 이사를 나간 집 유리창에는 붉은 페인트로 커다란 가위표를 그려놓았다. 매일 집을 나설 때마다 나는 늘어나는 가위표를 세었다. 밤사이 가위표가 다섯 개나 늘어나 있었다. 곧 부서질 집에 사는 사람들은 어떤 기분일까. 이상하게도 그들이 새로운 집으로 다시 찾아드는 광경은 잘 상상이 되지 않았다. 집이 부서져 흔적 없이 사라지듯 그들 역시 어디론가 사라져 다시는 나타나지 않을 것 같았다. 두 집 건너 한 집씩 그려진 가위표, 붉고 선명한 저 빛깔. 가을이 다 가기 전에 저곳은 거대한 가위표의 집합지가 될 것이었다. 공터가 된 야외 주차장, 미니의 좋은 놀이터가 된 그곳에는 이른 낙엽들이 굴러다녔다. 낙엽을 쫓아 미친 듯이 달리던 미니가 누군가를 보고 컹컹 짖었다. 그곳에 그가 서 있었다.

"얘가 미니로군요."

천천히 걸어온 그가 강아지를 안아올렸다. 상담실 밖에서 보는 그는 무척 낯설었다.

"출근 안 하세요? 여긴 웬일이세요?"

그는 하하, 웃으며 낑낑대는 미니를 내려놓았다.

"원인이, 그러니까 치매였습니까? 오늘 일요일이에요. 나는 교회 출근은 안 하거든요."

베이지색 사파리에 면바지, 그는 집 근처에 산책 나온 이웃 같았다.

"남편은? 왜 혼자예요?"

나는 지훈이 새벽 골프를 갔다고 말했다. 밤에 잠자리에서 그는 내게 골프를 치러 가도 괜찮은지 물었다. 그런 질문을 한 것은 처음이었다. 나는 물론, 이라고 말했다. 지난주 생애 첫 홀인원을 한 이후 그는 골프에 거의 미쳐 있었다.

"일용할 양식 걱정 없는 사람들이 본래 더 문제가 많지요. 저기 잠깐 앉을까요?"

우리는 그가 가리킨 나무 벤치에 앉았다. 아이 둘이 저만치에서 배드민턴을 치고 있었다.

"내가 떨어져 죽을까 봐, 그렇게 걱정되세요? 왕진을 와야 할 만큼?"

그는 고개를 돌리고 나를 보다 허허, 웃음을 터뜨렸다.

"그러지 않을 사람이라는 거, 자신이 잘 알지 않아요?"

"사람들은 나를 무서워해요. 선생님도 그렇고."

"나는 거기서 빼요. 환자를 무서워하는 의사가 어디 있습니까?"

배드민턴 치는 아이들의 웃음소리가 들렸다. 미니는 아이들 쪽으로 달려갔다 되돌아오기를 반복하고 있었다.

"배드민턴 칠 줄 아세요?"

쳐본 적이 없다고 내가 말했다. 그럼 탁구는? 테니스는? 볼링은? 농구는? 내가 차례로 고개를 젓자 그가 물었다.

"도대체 할 줄 아는 것이 있기는 해요?"

나는 계산에 능하다고 말했다. 어떤 숫자, 누구의 이름도 한번 들으면 잊지 않는다고도 했다. 요리를 잘하며 청소를 프로처럼 하는 실력이 있다는 말도 했다. 옷을, 이불을, 가끔은 커튼을 만드는 솜씨가 있노라는 것도 알려주었다. 혼자서도 잘 노는 아주 유능한 재주가 있다는 것도.

"혼자서 하는 것 말고는요?"

잠시 생각하다 내가 말했다.

"남편 친구들이 정기적으로 포커를 쳐요. 우리 집에서 할 때면 끼기도 하지요."

"잘하는 편입니까?"

"그럼요. 숫자를 잘 외운다니까요. 패도 잘 읽죠."

나는 늘 돈을 잃는 편이라는 사실은 말하지 않았다. 내게 승부욕이 없기 때문이라고 지훈은 말했었다. 게임이 얼마간 진행되면 나는 흥미를 잃었고 흥미 없이 상대를 이기기는 어려운 법이었다. 그는 난감한 표정이었다. 어색한 침묵이 흘렀다. 바람에 날린 셔틀콕이 그의 발치에 툭 떨어졌다. 슬쩍 집어 든 그는 깃털 쪽을 잡고 아이들 쪽으로 멀리 던졌다. 선 채로 툭툭 발길질을 하던 그가 물었다.

"혼자 영화 보기를 즐긴다고 했지요? 혹시 같이 보러 갈 생각은 없어요?"

느닷없는 제의였다.

"「영매」라는 영화, 혹시 들어봤어요? 요즘 동료들 사이에 화제예요. 가현씨에게도 도움이 될 것 같고."

「영매(靈媒)」라면, 산 자와 죽은 자의 화해라는 타이틀을 건 영화였다. 나는 서 있는 그를 바라보았다. 해를 등진 얼굴에 그늘이 져서 그의 표정을 읽을 수가 없었다. 그가 왜 그 영화를 보러 가자고 하는지 나는 알고 있었다. 영화를 보면서 내가 어떤 행동을 할지도. 햇살에 눈이 가늘어지고 눈물이 차올랐다. 고인 눈물이 흘러내리기 전에 나는 자리에서 일어났다.

"그런 영화는 특히 혼자 보는 것이 좋아요."

나는 저만치 낙엽을 쫓고 있는 미니를 소리쳐 불렀다. 강아지를 안고 돌아설 때 그가 내 팔을 잡았다.

"잠깐만, 아직 상담 안 끝났는데……"

나는 그를 뿌리치지 않았다. 내 눈에 남아 있는 물기를 보았는가, 그가 말했다.

"우는 거, 그거 죄 아니에요."

이제 가야겠다고 내가 말했다.

"나도 갈 겁니다. 시간외 수당이 얼만데."

피식 웃음이 새어나왔다. 내 팔을 잡은 손에 힘이 느껴지고 이마 바로 위에서 그의 숨결이 고스란히 전해져왔다.

"웃는 것도, 행복한 것도 잘못 아니에요. 웃으니까 좋잖아요."

나는 이제 그만 가라고 그를 밀어냈다.

"말이죠, 의사가 권할 바는 아니지만……"

그가 주머니에서 주섬주섬 꺼내준 것은 작은 명함이었다. 거기에는 '밝은미래연구원'이라는 초록빛 글자가 찍혀 있었다.

"이게…… 뭐예요?"

"비밀인데요, 내가 가끔 가는 데예요."

그가 계면쩍은 웃음을 지었다. 차를 향해 걸어가는 동안 그는 두 번 뒤돌아보고 손을 흔들었다.

집으로 돌아온 나는 그가 주고 간 명함을 오랫동안 들여다보았다. 그곳에서 내게 할 이야기들, 그 남자인지 혹은 여자인지가 물을 질문들, 그리고 일어날 일들을 나는 이미 알고 있었다. 죽은 자와 이야기를 나누는 사람들이 어떤 고통을 겪는지 알고 있듯이. 오빠의 얼굴이 떠올랐다. 처음 우리 집으로 들어오던 날, 새엄마의 뒤에 숨은 듯 서서 나를 보던 슬픈 눈. 그날 이후 나는 오직 한 사람만을 생각하며 살았다. 내가 가는 곳 어디에나 따라오는 그의 시선, 꿈결에도 들려오는 목소리. 아픔 없이는 그를 떠올린 적이 없던 날들.

사람들은 삶이 반복된다고 말한다. 고통은, 기억은 그러하지만 나는 행복이 되풀이되는 것을 믿지 않는다. 단 하루의 기쁨, 단 한 차례의 불꽃같은 희열. 그것으로도 충분하다고 나는 생각했다. 나는 명함을 구기고, 버렸다.

8

오랜만에 만난 아이는 그사이 훌쩍 자란 느낌이었다.
"왜 안 왔어요?"
"그동안 좀 아팠단다. 보고 싶었니?"
아이가 고개를 끄덕였다. 아이도 나도 호칭 없는 대화에 익숙했다.
"요기, 머리카락이 하얘졌어요."
아이가 하얗게 바랜 내 앞머리를 신기한 듯 만졌다. 며칠 사이, 마치 염색한 것처럼 새치가 솟아난 자리였다.
"인영아."
나는 머리를 만지는 아이의 손을 잡았다. 아이가 눈을 동그랗게 뜨고 나를 쳐다보았다. 이 아이에게도 시간이 지나가고 고통이, 슬픔이 반복되리라. 어쩌면 아이가 또 다른 낯선 시선을 만나야 할지도 모른다는 생각이 나를 슬프게 했다. 나는 아이를 꼭 끌어안았다. 아이는 작은 새처럼 팔딱이며 내게 안겨 있었다. 따뜻했다.
 안에서 지훈의 어머니가 부르는 소리가 들렸다. 나는 아이를 안아 들었다. 아이는 또래에 비해 야윈 편이었다. 하지만 이제 곧 이 아이는 내가 감당할 수 없는 몸무게로 자라날 것이었다. 이 아이와 서로 이름을 갖게 되고 그에 알맞은 관계를 맺는 일이 가능할까. 그렇다면 나는 다시 살아갈 수 있을까. 작은 가슴을 안고 그 심장이 팔딱이는 소리를 들으면서 고요히 잠들 수 있을까. 통증이 사라지고 숨결이 고르게 되며 어느 날 내 머릿속의 괴물이 사라진다면, 텅 비어 허전해진 가슴이 된다면, 그렇다면 나는 나를 용서할 수 있을 것인지…… 비어 있는 가슴에 새롭고 낯선 욕망이 곰팡이처럼 피어오른다면 나는 과연 그 이물감을 견뎌낼 수 있을까. 다시 살아야 하는 날이, 그 일이 나는 얼마나 두려운 것일까. 정말이지 알 수 없는 일이었다. 내 가슴에 얼굴을 묻은 아이는 잠든 듯 고요했다. 아이를 안은 팔에 힘을 주고 나는 햇살이 내리쬐는 마당을 가로질러 천천히 걸음을 옮겼다.

그 겨울의 포장마차

1

그해 겨울, 정원과 나는 자주 눈 내리는 밤거리를 쏘다녔다. 그냥 걷기가 무료해지면 가죽옷 입은 사람 세기, 안경 낀 남자 헤아리기를 하며 걸었다. 바야흐로 가죽옷이 유행이었으므로 우리는 제법 오랜 시간을 보낼 수 있었다. 또 다른 날에는 학원 앞에 즐비한 모든 좌판을 섭렵하며 물건을 사기도 했다. 가죽 목걸이. 터키석 반지. 반짝이는 구슬을 엮어 만든 휴대폰 주머니. 비닐에 싸인 붉은 장미 한 송이. 곰 인형이 달린 열쇠고리…… 정원은 목걸이의 장식을 십자가로 할 것인지, 구슬의 빛깔은 황금색과 은색 중 어느 것이 더 좋을지 진지하게 고민하고 오백 원, 천 원을 깎기 위해 주인과 실랑이를 벌였지만 좌판을 돌아 나오면 곧 그것들을 잊어버렸다. 그녀는 그 물건들은 좁은 진열대에서 값싼 조명을 받을 때 가장 예쁘다고 주장했다. 그럼 거기 두지 왜 사느냐고 나는 묻지 않았다. 정원은 아마도 달리 할 일도 없으니, 라고 말할 것이며 그 말은 어느 정도 사실이다. 스물아홉 어정쩡한 나이의, 연인도 아닌 남자와 여자가 만나 할 수 있는 일은 생각보다 많지 않았다.

몸이 꽁꽁 얼어 더 이상 견딜 수 없을 지경이 되면 우리는 포장마차에 들르고 그곳에서 국수를 먹고 소주를 마셨다. 취한 채 비틀거리며 나오다 엉겨 붙어 쓰러진 적도 여러 번이었다. 언 바닥에 등을 대고 누워 바라본 하늘에는 별이 차갑게 반짝였다. 눈이라도 내리는 날이면 고수부지로 달려가 사람 없는 벤치에 나란히 앉아 강 위로 떨어지는 눈송이를 바라보았다. 시나브로 떨어지는 눈을 삼키며 강물은 소리 없이 흘렀다. 야, 그만 가자 하고 내가 말하면 정원은 언제나 이렇게 대답했다. 조금만 더 있자. 나는 어쩔 수 없이 몸을 웅크리고 강 건너 아파트의 불 켜진 창을 세며 그 조금만, 이 지나기를 기다렸다. 무엇이든 기다려야 할 때, 나는 무엇이든 대상을 정하고 느릿느릿 수를 세는 버릇이 있다. 늘어가는 숫자만큼 시간이 삼켜지고 그리고 그 무엇은 내게로 오거나, 혹은 지나간다고 나는 믿었다.

2

그해 겨울 들어 가장 춥다는 날이었다. 수업을 마치고 나왔을 때 휴대폰의 창에는 이제 마지막이야, 이건 진짜야, 라는 간결한 문자 메시지가 떠 있었다. 정원은 겨울이 가기 전에 떠날 예정이었다. 그 말을 믿지는 않았지만 나는 그녀를 만나러 갔다.

학원 맞은편의 편의점에서 커피를 마시면서 나는 정원을 기다렸다. 환하게 불을 밝힌 학원 간판이 눈에 들어왔다. 초라한 건물에 턱없이 큰 간판은 좀 뻔뻔스러워 보였다. 정원은 이 학원에서 네 번의 겨울을 보냈다. 학원 강사라는 직업이 자신의 인생을 낭비하게 하고 있다고 생각했지만 정원은 그 일을 그만두지는 못했다. 그녀는 평생 그 일을 하게 될까 봐 몹시 두려워했다. 정원을 기다리며 마신 커피가 몇 잔이나 될까 생각하다 나는 가판대의 신문 수를 세기 시작했다. 신문은 모두 열두 종이었으므로 나는 곧 그 옆 진열대의 초콜릿으로 대상을 바꾸었다. 라면과 일회용 식품과 천장에 가지런한 담뱃갑들과…… 나는 얼마든 그녀를 기다릴 수 있었지만 곧 정문 앞에 학생들이 하나 둘 나오는 것이 보였다.

귀에 이어폰을 꽂고 주머니에 손을 찌른 채 걸어오는 학생들 사이에서 나는 정원을 발견했다. 커다란 검은 외투를 입은 그녀는 건달처럼 몸을 흔들며 걸었다. 그녀처럼 흔들거리며 나는 마주 걸어갔다. 그녀는 못 본 새 더 여윈 것 같았다. 왔어? 그녀가 심드렁한 어조로 말했다. 학생들 몇몇이 우리를 쳐다보았다. 그들 중 하나가 그녀의 이름을 부르며 무어라 소리쳤지만 그녀는 대답하지 않았다. 그녀는 이따금 선물을 보내오는 나이 든 수강생과 이메일로 고민을 토로하는 여자아이들에게 시달리고 있었다. 끔찍한 애들이야. 나지막한 목소리에 피곤이 잔뜩 끼어 있었다. 정원은 가르치는 아이들을 언제나 끔찍해했다. 그건 나도 마찬가지였지만 나는 그런 말을 입 밖에 내지는 않는다. 우리는 일부러 팔짱을 끼고 골목을 빠져나왔다. 건물 벽에 매달린 커다란 현수막이 바람에 펄럭이는 소리가 우리를 따라왔다.

막차가 끊어질 때까지 우리는 거리를 걸었다. 정원이 그러기를 원했기 때문이었다. 그녀는 시선을 저만치 앞에 두고 걷는 일에 열중했다. 마치 세상 끝까지 걸을 사람 같았다. 옷깃을 올리고 한껏 몸을 움츠린 사람들이 저마다 빠른 걸음으로 우리를 스쳐갔다. 우리 술 마실까? 내가 물었다. 하얀 입김이 쏟아져나왔다. 그녀는 고개를 흔들었다. 그럼 밥 먹자, 나는 배고파. 입술이 덜덜 떨렸다. 조금만, 조금만 더 걷자. 그녀가 제법 단호하게 말했지만 나는 걸음을 멈추고 그녀의 어깨를 잡았다. 맹렬한 바람이 그녀의 머리카락을 함부로 흩트렸다. 잠깐 서 있는 사이에도 나는 발을 동동 굴렀다. 온몸이 차갑게 식어 있었다. 너, 감기 걸려. 저기, 포장마차에라도 들어가자. 그러고 나서 또 걷자, 응? 나는 거의 애원조로 말했다. 그녀는 나를 빤히 쳐다보다 몸을 돌려 걸어가기 시작했다. 잔뜩 목을 움츠린 뒷모습이 저만치 멀어질 때까지 나는 그 자리에 서 있었다. 뛰어가서 그녀를 잡아야 한다고 생각했지만 몸이 움직여지지 않았다. 정원의 까칠한 뺨을 만져주고 얼어붙은 손을 녹여주고 싶었지만 그러기에는 너무 추운 날이었다. 머릿속까지 얼릴 듯한 바람이 불었다. 나는 가까운 포장마차를 향해 뛰어갔다.

 뜨거운 김이 오르는 국수 그릇이 막 내 앞에 놓였을 때 휴대폰이 울렸다. 휴대폰을 귀에 댄 채 나는 한 손으로 그릇을 들어 국물을 마셨다. 너, 국수 먹는구나, 하고 정원이 말했다. 국수 먹으러 와, 진짜 맛있어, 하고 내가 말했다. 웃음소리가 들렸다. 너는 국수만 먹으면 행복하지, 하고 그녀가 말했다. 국수만 먹으면 행복한 것은 아니지만 국수를 먹을 때 나는 행복했다. 두 그릇째 국수를 비웠을 때 정원이 내 앞에 서 있었다. 아줌마, 소주 주세요, 등에 멘 가방을 내려놓으며 그녀는 능숙한 술꾼처럼 주문을 했다. 소주 한 잔을 단숨에 털어넣은 정원은 카아, 소리를 내며 탁, 소주잔을 내려놓았다. 너는 우리 마지막 만나는데 고작 국수 먹을 생각밖에 않는 거니? 두 잔을 연거푸 비운 그녀가 나를 똑바로 쳐다보며 물었다. 얼었던 뺨에 붉은 기운이 도는 정원은 아름다웠다. 나는 바보처럼 히이, 웃었다. 너 혹시 아냐? 마지막이라고 말한 게 몇 번째인지. 어처구니없다는 듯 그녀가 피식 따라 웃었다. 그래서, 언제 떠날 건데? 내가 물었다. 다음주 수요일이야. 티켓 예매도 끝냈어. 넌, 내 말을 통 안 믿지? 나는 정신이 번쩍 들었다. 다음주라고? 정원이 구체적인 날짜를 거론한 것은 처음이었다. 목간통집 딸이 파리 유학이라니, 대단하지 않냐? 그녀가 말했다. 나, 진짜 그 동네 지겨웠어. 넌 안 그랬니? 그녀가 나를 빤히 쳐다보았다.

3

목욕탕집 손녀. 치킨집 아들. 그 골목에 살던 시절 사람들은 우리를 그렇게 불렀다. 은하목욕탕은 시장 골목 입구에 있었다. 동이 틀 무렵 목욕합니다, 라고 쓰인 아크릴 간판을 세우는 사람은 정원의 할아버지였다. 그녀의 어머니는 조그만 창 너머에서 손을 내밀어 돈을 받았다. 하얀 손만으로 말간 얼굴을 상상하기 쉬웠지만 그녀는 뺨에 푸르스름한 오타 반점이 있는 검은 피부의 무뚝뚝한 여자였다. 목소리는 둔탁했으며 얼굴에 드리워진 그늘은 아무리 오래 만나도 친해지지 않을 듯한 느낌을 갖게 했다. 정원이 어머니와 시장 골목에 나타나면 사람들은 번번이 처음인 듯 그들 모녀를 쳐다보았다. 흰 얼굴의 날씬한 그녀는 조금도 어머니를 닮지 않았다. 제 아버지를 빼다 박았다, 고 사람들은 말했다. 소문을 몰고 다니는 남자. 탤런트 뺨치게 잘생긴 정원의 아버지는 시장통의 전설이었다.

닭다리에 튀김옷을 입히다 아버지는 이따금 정원의 아버지를 입에 올렸다. 남자가 봐도 참 잘생긴 남자였지. 그런 사람이 어쩌다 저 못냄이랑 살림을 차렸나 몰라. 코가 꿰인 거겠지. 덜컥 살림을 차리고도 맘을 잡지 못한 남자가 한 일은 트럭 운전이었다. 며칠에 한 번씩 집에 들른 남자는 목욕탕에서 속속들이 때를 벗겨내고 환한 얼굴로 시장을 벗어나 장안평, 번화가로 나갔다. 그가 떠나고 나면 시장에는 그 남자의 연애담이 떠돌았다. 새로 온 다방 아가씨거나 어딘가에 생겼다는 화장품집 여자, 옷가게 과부, 목욕탕에 야쿠르트를 배달하는 아줌마까지도 입방아에 올랐다. 성질조차 고약하다는 그녀의 어머니가 바가지를 긁었다는 둥, 애원을 했다는 둥 드디어 드잡이를 하다 얻어맞았다는 등등의 소문들.

우리 엄마는 지금도 가끔 그 동네 살던 이야기를 해. 말로는 참 지긋지긋했다고 하지만 어쩐지 엄마는 그때를 그리워하는 것 같아. 이상하지? 정원이 말했다. 그녀는 소주잔을 핥듯 입에 대고 있었다. 젓가락을 대지도 않은 국수는 이미 식어 있었다. 너, 좀 먹어라. 어쩌려고 그러니? 정원의 손에 젓가락을 쥐여주었지만 그녀는 이내 그것을 내려놓았다. 배가 고프질 않아. 내가 보기에 그녀는 거의 굶어 죽지 않을 만큼만 먹었다. 어릴 때부터 정원은 식욕을 억제하도록 훈련받았다. 그녀의 어머니는 날씬한 딸이 발레리나가 되길 원했다. 버스를 두 번 갈아타야 하는 발레 학원에 보냈고 냉장고에는 두꺼운 누런 테이프를 붙였다. 발레를 하던 시절 머리를 틀어올리고 꼿꼿한 걸음걸이로 골목길을 지나는 정원은 일대 모든 남학생들의 시선을 받았다.

내가 그녀와 가까워진 것은 순전히 아버지의 닭튀김 솜씨 덕분이었다. 아버지는 바삭바삭한 튀김옷과 걸쭉한 소스를 절묘하게 조화시켰다. 그렇지만 닭튀김이란 절대적인 금기 음식을 그녀가 어떻게 먹었던 것일까. 그녀를 불러들인 것 역시 아버지였다. 오후 네시쯤? 가게는 텅 비어 있었다. 낮 손님은 끊어지고 술을 마시는 사람이 오기에는 이른 시간이었다. 가게 유리 너머로 지나는 정원을 본 아버지가 문을 열고 애야, 하고 불렀다. 그녀는 영문을 알 수 없다는 듯 아버지를 쳐다보았다. 정원을 손짓해 부른 아버지는 가까이 온 그녀에게 좀 들어오너라, 하고 말했다. 마치 딸을 대하듯 천연덕스러운 태도였다. 그녀의 얼굴에는 예의 오만한 표정이 떠올라 있었지만 낯빛은 창백했다. 아버지는 그녀에게 앉기를 권하고 튀김솥에서 막 건져낸 두툼한 닭다리를 깔끔한 흰 냅킨이 깔린 바구니에 담아주었다. 콜라를 줄까? 아니면 사이다? 하고 아버지가 물었다.

그날 정원은 세 개의 닭다리와 콜라 두 잔을 마셨다. 그녀가 닭다리를 손에 들고 결대로 찢어서 한입 한입 소중한 듯 천천히 먹고 우아하게 콜라를 마시는 동안 나는 주방의 커튼 뒤에 몸을 감추고 서 있었다. 정원을 등지고 서서 아버지는 튀김솥의 찌꺼기를 걷어내고 큼지막한 양푼에 반죽을 개는 등 바삐 움직였다. 이윽고 정원이 잘게 썬 양배추와 그 위에 얹은 방울토마토까지 말끔히 먹어치우자 그제야 아버지는 정원을 돌아보며 물었다. 맛있었니? 정원이 고개를 끄덕이고 아버지의 얼굴에는 환한 웃음이 번졌다. 아버지는 문을 열고 정원을 내보내며 또 오너라, 하고 말했다. 꾸벅 절을 한 정원은 몸을 돌려 꼿꼿이 걸어갔다. 아버지와 나는 멀어지는 정원을 오래도록 지켜보았다. 아직 어린앤데, 하고 아버지가 말했다. 아버지는 정이 많은 사람이었다. 누군가를 보살피기를 좋아했으며 무엇보다 상대가 무안하지 않게 할 줄 알았다.

그후로 정원은 몇 차례 더 가게에 와서 닭튀김을 먹었지만 그 일이 오래가지는 않았다. 어릴 적부터의 지나친 금식 결과 정원의 몸은 기름기 많은 음식을 삭여내지 못하게 되었으며 그녀에게는 음식을 보고 식욕을 느끼는 일이 사라졌다. 그녀에게서 식사는 움직이기 위해 어쩔 수 없이 견뎌야 하는 또 하나의 일이 되었다. 닭다리를 뜯지 않게 된 후에도 정원은 이따금 가게에 찾아와 아버지에게 이런저런 이야기를 하다 돌아가곤 했다. 어느 날 정원의 엄마가 문을 열고 들어와 그녀를 끌고 갈 때까지는.

니네 엄마, 어떻게 허락을 하셨냐? 내가 물었다. 그녀는 빙글빙글 돌리던 소주잔을 들어 한입에 털어넣었다. 나는 국수 그릇을 내 앞으로 당겨놓고 먹기 시작했다.

4

재작년 가을 그녀는 어머니에게 여권과 통장을 빼앗겼다. 그때 정원이 가고자 한 곳은 폴란드였다. 그녀는 그곳에서 돌아온 한 남자가 감독한 영화에 매료되어 있었다. 바르샤바에서 공부하고, 언젠가는 제 손으로 만든 영화를 내게 보여주겠노라고 그녀는 말했다. 그 나라에는 유학생에게 보호자의 재정 보증을 요구하는 이상한 법이 있었다. 모든 준비를 마치고 이야기를 꺼냈을 때 정원의 어머니는 다짜고짜 딸을 밀치고 딸의 방 문을 열어젖혔다. 그녀의 어머니는 마치 압수 수색하는 형사처럼 속옷 갈피까지 속속들이 뒤졌다고 했다. 서랍들이 모조리 뽑혀 나오고 방바닥에는 그녀가 한권 한권 사 모은 책들이 널브러졌다. 서류 봉투 따위에다 여권을

둔 내가 바보였어. 정원이 말했다. 본래 내성적인 모녀는 방을 뒤지는 동안 한 마디도 하지 않았다. 어머니는 여권을 감추고 통장의 명의를 바꾸었다. 삼 년 동안 그녀가 늦은 밤까지 끔찍한 아이들을 상대로 벌었던 돈은 어머니의 수중으로 들어갔다. 정원의 계획은 연기되었다.

니네 엄마가 드디어 손을 든 거야? 뭐라고 설득했냐? 그녀의 얼굴에 묘한 미소가 떠올랐다. 나는 할 만큼 했다고 생각해. 안 되는 걸 어쩌니. 너는 알잖아. 다 봤잖아. 그녀는 주인을 불러 새로운 술병을 받았다. 그녀의 말처럼 나는 모든 것을 지켜보았다. 나는 잠자코 그녀의 잔에 술을 따라주었다.

딸을 유능한 발레리나로 만들 수 없다는 것을 깨달은 그녀의 어머니는 별 미련 없이 그 희망을 버렸다. 실망이 컸지만 그녀는 딸이 날씬한 몸매를 얻었으므로 투자가 헛된 것은 아니라고 위안을 삼았다. 그녀의 어머니는 희망 사항을 대폭 하향 조정했다. 유수의 여자 대학을 우수한 성적으로 졸업한 일등 신부감. 어머니가 원하는 대학을 졸업했지만 변두리 동네의 목욕탕집 딸이 일등 신부가 될 수는 없었다.

정원은 어머니의 권에 따라 남자를 만나고 그들과 차를 마시고 밥을 먹었다. 그 사람들이 모두 이상했던 것은 아니었다. 그들 중 두엇과는 서너 차례 만남이 이어지기도 했지만 그녀는 그 이상을 견뎌내지 못했다. 남자들은 그때마다 정원에게 알맞은 변명거리를 던져주었다. 키가 너무 작다든지 쉽게 손을 대는 천박한 취향이 있다든지 알고 보니 가계에 정신병력이 있다든지…… 마치 남의 이야기 하듯 정원은 그 일들을 내게 전했다. 진지한 표정으로, 때로 깔깔거리며 이야기하는 정원을 보고 있노라면 언뜻 그녀가 그 일들을 즐기고 있다는 느낌이 들기도 했다. 재밌냐? 내가 물으면 그녀는 금세 풀이 죽었다. 그냥, 그렇다는 얘기야. 전혀 재미있지 않아, 라는 대답이 돌아왔고 나는 미안해졌다.

그 상대가 열 명을 넘었을 때 나는 세기를 포기했다. 더 이상 새로운 이야기가 나오지 않았으므로 기억 속의 남자들과 자주 헷갈렸기 때문이었다. 그녀 어머니의 장부도 바닥이 났다. 대개의 사람들처럼 그녀는 결혼하기 위해 반드시 절절한 사랑이 있어야만 한다고 믿지는 않았다. 정원은 말했다. 뭐, 최소한 통하는 느낌이라도 있어야 할 게 아냐. 나는 반박을 하지 않았다. 최소한의 느낌이라는 것이 실은 전부일 수도 있다고, 어쩌면 그것으로 충분하다는 것을 정원도 나도 알고 있었다. 그 최소한의 느낌을 찾기 위해 자신이 지불한 것이 무엇이었는지 정원은 알지 못했다. 혹은 관심을 가지지 않았던 건지도. 술이 늘고 목소리가 거칠어진 정원은 날로 황폐해졌다.

5

두번째의 소주병이 바닥을 드러내고 있었다. 아줌마, 여기, 하는 그녀를 내가 제지했다. 정원은 게슴츠레 눈을 뜨고 나를 바라보았다. 그래도 마지막인데 시시하게 여기서 끝낼 수는 없잖아. 나, 진짜 간단 말이야. 파리 간다니까. 옆자리에서 술을 마시던 남자 둘이 그녀를 힐끔 쳐다보았다. 나는 주인을 불러 술병을 받았다. 나는 아무래도 아빠를 닮았나 봐. 아빠는 늘 그랬거든. 아침에 눈을 뜨면 어, 내가 왜 여기 있지? 하는 표정이었어. 정원의 목소리는 촉촉해졌으며 얼굴에는 고즈넉한 표정이 떠올랐다. 사흘이고 나흘이고 트럭을 몰고 다니다 돌아오면 집이 낯설기도 했겠지. 그렇지만 집을 떠나 있는 것이 버릇이 되어서 그랬던 것만은 아니었을 거라는 생각이 들어. 집에서의 아빠는 정말 조용한 사람이었어. 엄마나 할아버지가 무슨 이야기를 하거나 웃거나 그럴 때 아빠가 말을 섞는 모습을 본 기억이 없어. 나는 어쩐지 아빠가 가엾다는 느낌이 들곤 했지……. 아버지 이야기를 할 때의 그녀를 보고 있노라면 저런 얼굴, 저런 목소리의 그녀에게 어째서 이토록 나날이 힘겨운 것일까 싶었다. 사람들은 우리 엄마랑 아빠가 늘 다퉜다고 생각했겠지만 그건 소문일 뿐이야. 엄마는 아빠에게 거의 아무런 관심을 갖지 않았어. 이따금 잔소리를 했지만 엄마도 아빠가 움직일 거라고는 생각하지 않았던 것 같아. 그냥 집에 사람이 있는데 종일 한마디도 안 할 수는 없으니 말한다 하는 식이었지. 아빠는 대개 아무 반응을 보이지 않다가 갑자기, 불시에 생각났다는 듯이 휭 나가는 거야. 엄마는 그럴 줄 알았다는 듯이 바라보기만 했지. 엄마가 내게도 그렇게 대했으면 좋았을 텐데. 그녀가 고개를 깊이 숙였다.

정원의 이마가 바닥에 가 닿기 전에 나는 그녀의 어깨를 치며 물었다. 너, 그거 모르지? 동네 사람들이 니네 엄마 친엄마가 아니라고 수군거렸던 거. 그녀가 이상한 소리로 웃었다. 왜 안 그랬겠니, 그 좁은 골목에서 무슨 소문인들 안 났겠어. 그런 소문을 믿고 싶었던 적도 있었지. 불행한 사랑을 한 여자가 있어. 아이를 낳고 아이를 빼앗긴 여자는 슬퍼 울면서 떠나가는 거지. 그 여자는 어딘가에서 꽃집을 열고, 꽃을 팔면서 꽃송이마다 아이의 얼굴을 보는 거야. 화분에 물을 주면서, 연한 꽃잎을 만지면서 어린 딸을 생각하는 거야. 이따금 못 견딜 지경이 되면 몰래 학교 앞 골목에 숨어 하교하는 아이를 지켜보는…… 뭐 그런 상상 말이야…… 이상하게 들리겠지만 어릴 때 나는 네가 정말 부러웠어. 니네 엄마, 늘 앓고 계셨잖아. 조용하고 그림자 같은 니네 엄마. 따뜻한 눈으로 웃는 아빠…… 소문처럼 내게 다른 엄마가 있었으면 어땠을까. 그랬으면 무언가 달라졌을까. 정원의 낯빛이 창백해졌다. 그녀는 흘러내리지도 않는 머리카락을 자꾸만 걷어올렸다. 취했을 때의 버릇이었다. 나는 정원에게 바짝 얼굴을 들이대며 말했다. 야, 우리 엄마랑 아버지에 대한 것도 다 소문이야. 그리고 소문 속의 네 친엄마는 뭐 그렇게 고상한 여자가 아니었어. 욕쟁이였거나 깡다구가 이만저만이 아닌 아줌마였다고. 정원이 내 옆구리를 툭 쳤다.

6

소문은 바람처럼 떠돌다 사라지기를 거듭했다. 배달하는 형이 소문에다 빈약한 상상력을 덧붙여 신나게 늘어놓으면 아버지는 공연히 한숨을 내쉬며 사람들도 참, 하고 말했다. 아버지로서는 툭탁거릴 상대라도 있는 그들 부부가 부러운 것인지도 몰랐다. 이마에 늘 얼음주머니를 얹고 있던 어머니는 내가 중학교에 입학하던 해 돌아가셨다. 거듭되는 입원과 퇴원으로 아버지의 인내가 한계에 이르렀을 즈음이었다. 어머니는 내가 입학한 그 학교에서 과학을 가르치는 교사였다. 그 때문에 갓 입학한 나를 보고 선생들은 아아, 네가 목선생 아들이로구나, 하며 혀를 끌끌 찼다. 죽은 목선생 아들이라는 꼬리표는 삼 년 내내 내게서 떨어지지 않았다. 머리를 쓰다듬어주던 선생들은 내게 벌을 내릴 일이 있어도 어머니를 생각해야지, 하며 근엄한 표정을 짓는 것으로 대신했다.

어머니에 대한 특별한 기억은 없다. 늘 마늘 냄새가 났다는 것밖에는. 어머니는 생마늘을 껍질째 구워서 쭈그리고 앉아 그것들을 까먹었다. 나를 낳을 무렵 이미 어머니는 건강한 몸이 아니었다고 했다. 간을 앓고 있었다지만 정확한 병명이 무엇인지 나는 지금까지도 알지 못한다. 어머니는 오래 앓았다. 발병한 것은 내가 열 살 무렵이었지만 발병 이전에도 움직이는 것을 좋아하지 않았다. 학교에서 돌아오면 큰일을 치른 듯이 후유, 긴 한숨을 내쉬고 파리한 얼굴로 앉은뱅이책상에 앉아 책을 읽다 이른 초저녁잠을 잤다. 아버지와 나는 행여 어머니의 잠을 깨울세라 살금살금 걸으며 속삭이듯 말하는 것이 버릇이 되었다. 어머니의 잠은 깊었다. 어스름해질 때까지 깨어나지 않는 어머니와 그 머리맡에 우두커니 앉아 있는 아버지의 모습은 내 유년의 가장 익숙한 광경이었다.

어머니의 죽음 이후 나는 한동안 아버지의 얼굴을 바로 보지 못했다. 어쩌면 아버지가 어머니를 죽였을지도 모른다는 어처구니없는 망상에 나는 사로잡혀 있었다. 돌아가시기 며칠 전 안방에서 새어나오는 아버지의 목소리를 듣게 된 것은 우연이었다. 아버지는 무어라 어머니에게 말을 걸고 있었다. 이번에는 제발 고만 가게. 괴로워하는 거 더 못 보겠어. 이나마 남은 방 두 칸으로는 이제 버틸 힘도 없고…… 공사판에라도 가고 싶지만 사람들 눈 때문에 그것도 여의찮고…… 이 동네에서는 당신 모르는 사람 없는데…… 당신 이러고 있으니 수발할 사람도 있어야 하고…… 아버지는 간절하게 애원하고 있었다. 어머니의 대답은 들리지 않았다. 그 무렵의 어머니는 이미 기력이 쇠할 대로 쇠해 있어 일상적인 대화마저 불가능한 형편이었다. 몸을 덜덜 떨며 나는 방으로 돌아왔다. 아버지가 어머니의 죽음을 기다리고 있다는 사실이 너무도 두려웠다. 나 역시 그렇게 되기를 바란다는 걸 깨달은 순간 가슴이 거세게 뛰기 시작했다. 머릿속으로 세찬 회오리가 지나갔다. 나는 이불을 뒤집어쓰고 소리 죽여 울었다.

투병 중에도 어머니는 아버지나 내게 짜증을 내거나 괴로움을 호소하지 않았다. 천성이 착하고 순한 사람이었다고 아버지는 말했지만 나로서는 쉽사리 동의하기 어려웠다. 웬일인지 나로서는 어머니가 착한지 어떤지 도무지 알 수가 없었다. 어린아이 특유의 단순한 판단을 생각한다면 그건 몹시 기이한 일이라 할 수 있었다. 생전의 네 어머니는 무척 외로운 사람이었다고도 아버지는 말했다. 어머니에게는 친구가 없었고 그건 어쩌면 당연한 일이었다. 어머니는 무엇보다 너무 말이 없는 사람이어서 가까이 가기가 어려웠다. 어머니를 찾는 전화도, 친구도 없었으므로 어린 나는 한때 어머니와 아버지가 무언가 알지 못할 중요한 일을 저지르고 피해 다니다 이 도시에 정착했을 것이라는 생각을 한 적조차 있었다.

황달에 걸린 사람 특유의 누런 눈동자를 희번덕거리는 어머니를 보는 일은 괴로웠다. 어머니의 간병 때문에 아버지가 오래 집을 비우고 혼자 끼니를 챙겨야 하는 일도 괴로웠으며 아버지가 멀리 가버릴지도 모른다는 두려움에 시달리다 홀로 잠드는 밤은 더욱더 괴로웠다. 가끔 사람들은 네 아버지가 너 버리고 가버리면 어쩔래, 하고 놀렸다. 그런 말을 들은 날이면 나는 골목 담벼락의 벽돌을 하나씩 세며 걸었다. 숫자를 놓칠 만큼 오랜 시간이 지나면 엄청났던 공포감은 숫자 속에 녹아들어 서서히 사라졌다.

어머니가 돌아가시기 전날, 늦은 밤 아버지가 나를 불렀다. 어머니의 얼굴은 흙빛이었다. 이제 가시려나 보다, 아버지가 말했다. 어머니는 눈을 힘겹게 뜨고 나를 올려다보았을 뿐 아무 말도 하지 않았다. 쌕쌕 가쁜 숨이 새는 입술이 조금 움직였지만 그것은 말이 되어 나오지 못했다. 네게 미안하다고 하시는구나. 아버지가 말했다. 엄마, 미안해하지 마세요, 나는 괜찮아요, 말하고 싶었지만 나는 입을 열 수가 없었다. 어머니에게서는 오래 빨지 않은 묵은 빨래 냄새 같은 것이 났고 나는 너무나 무서웠다. 손을 잡아드려라, 아버지가 말했다. 나는 어머니의 여윈 손을 잡았다. 손은 물기가 다 빠져나간 나뭇가지 같았다. 어머니는 내게 손을 맡기고 나를 물끄러미 바라보다 그마저 힘겨운 듯 눈을 감았다 한참 만에 다시 뜨기를 반복했다.

  얼마쯤 있다 나는 아버지를 돌아보며 물었다. 이제 가도 돼요? 그때 어머니가 손에 힘을 주어 나를 잡았다. 그것은 사실 힘이라 할 수도 없는, 마른 꽃잎 하나도 잡을 수 없을 만큼 희미한 것이었지만 내 가슴을 떨게 하기에는 충분했다. 어머니는 퀭한 눈을 뜨고 오랫동안 나를 보았다. 마지막 남은 모든 기력이 눈에 모인 듯 눈물이 고인 어머니의 눈이 기이한 빛으로 반짝였다. 나는 숨을 멈추고 어머니가 입을 열어 무언가 내게 말을 걸기를 기다렸다. 내 이름을 부르면 씩씩하게 대답하고, 다시 부르면 엄마, 걱정 마세요, 라고 말할 준비가 되어 있었다. 나로 하여, 어머니가 단 한 순간이라도 편안함을 느끼게 하고 싶다는 간절한 바람으로 목이 바짝 타올랐다. 아마도 나는 떨고 있었을 것이다. 이윽고 팽팽하게 감긴 태엽이 풀어지듯 어머니의 눈에서 눈물이 주르륵 흘러내렸다. 아버지는 젖은 수건으로 어머니의 주름진 얼굴을 닦고 바짝 마른 입술을 적셔주었다. 어머니는 끝내 내게 아버지를 부탁한다거나 잘 자라야 한다거나, 열심히 공부하라는 따위의 말을 하지 않았다. 나는 그것이 너무도 어머니답다고 생각했다.

말하자면 나는 어머니를 전혀 이해하지 못했다. 자신이 손대지 않아도 말끔히 정리된 부엌을 보면서 어머니는 어쩐지 슬픈 표정을 지었는데 지금 생각하면 어머니에게는 정말 그 일이 슬펐던 거였다. 어머니가 함박웃음을 터뜨린 적이 있었던가. 어머니의 시간은 매일매일 마치 정지된 듯 흘렀다. 어머니는 고여 있는 호수와도 같았다. 호수에는 바람이 불지 않았고 호숫가의 나무에는 꽃이 피지 않았으며 새조차 날아오지 않았다. 그 자신은 곧 떠날 사람이므로, 그 때문에 자상한 남편과 어린 아들에게 정을 주지 않았음을 깨달은 것도 최근이었다. 이런 이야기를 했을 때 아버지는 내게 말했다. 너무 자책하지 마라. 남자란 본래 늦게 철이 드는 성질이 있단다.

7

주인 여자가 우리를 쳐다보고 있었다. 여자의 얼굴에는 어서 앞치마를 벗고 집으로 가고 싶은 표정이 고스란히 드러나 있었다. 남편인 듯한 사람이 저만치에서 혼자 술을 마시고 있을 뿐 떠들썩하던 포장마차 안에는 어느새 우리 둘만 남아 있었다. 옆자리의 남자들은 언제 간 것일까. 그 남자들이 잔을 건네고 정원이 호기롭게 들이켠 장면이 떠올랐다. 나는 정원을 툭 치며 말했다. 야, 가자. 늦었다. 꾸물꾸물 몸을 움직이던 정원이 붉게 충혈된 눈으로 나를 바라보다 불쑥 물었다. 몽파르나스라고, 알아? 몽파르나스? 나는 엉거주춤 일으켰던 몸을 다시 의자에 내려놓았다. 파리에…… 이를테면 충무로 같은 곳이래. 거기에 방을 얻을 거야. 작고 예쁜 집들이 옹기종기 서 있겠지? 집세? 일을 해야겠지? 봉주르? 봉수아, 이러면서 주문을 받고 접시를 나르고…… 돈을 모으면 공부를 해야지. 개선문에 가면 말이지, 조앙 마두가 걸었던 그 길 말이지…… 꽃도 가꿔야지. 그러다 괜찮은 시나리오를 완성하면…… 나는 정원의 팔을 잡아끌었다. 알았어. 꽃 많이 가꾸고 씨앗 받으면 내게도 보내줘. 지금은 그만 가자. 정원은 내 팔을 뿌리치고 계속 혼잣말을 이어갔다. 시테, 마레, 보부르, 퐁뇌프…… 한 번쯤 들었거나 전혀 알지 못하는 도시들이었다. 그래, 너 공부 많이 했다, 훌륭하다, 이제 그만 가자. 나는 소리를 질렀다.

 그때 정원이 불쑥 물었다. 우리, 옛날 그 동네 가보지 않을래? 기습을 당한 듯 나는 한동안 멍하니 그녀를 바라보다 말했다. 지금? 이 시간에? 이 추위에? 정원은 호호, 이상한 소리로 웃었다. 몇 시가 뭐 중요하니. 넌 왜 그렇게 안 되는 게 많니. 그녀는 오래 웃었다. 웃는 그녀를 멀거니 바라보는 나를 주인 여자가 팔짱을 끼고 바라보고 있었다. 저처럼 이상한 웃음은 본 적이 없었다. 점차 그녀가 정말 떠날 거라는 생각이 들기 시작했다. 파리로, 그 낯선 곳으로 떠날 모양이었다. 웃는 사이 술기운이 가신 듯 서서히 새침한 얼굴을 회복한 정원이 싫으면 나 혼자 간다, 안녕, 하더니 순식간에 몸을 일으켜 밖으로 나갔다. 야, 잠깐만, 하고 따라 나가는 나를 주인 여자가 아저씨, 계산하셔야죠, 하고 잡았다. 허겁지겁 술값을 지불하고 나갔을 때 이미 정원의 모습은 보이지 않았다. 휴대폰을 걸어보았지만 전화기가 꺼져 있다는 응답이 들려올 뿐이었다. 바람이 잔 대신 공기는 더 차가워진 것 같았다. 취객 서넛이 택시를 잡기 위해 서 있을 뿐 거리는 조용했다. 나는 저만치 불을 켜고 서 있는 택시를 향해 손을 번쩍 들었다. 택시가 주춤주춤 다가왔다.

8

몇 해 사이 거리는 전혀 딴 곳으로 변해 있었다. 여기가 거긴가 싶게 달라진 골목길에서 서성이던 나는, 그러나 한 발 안으로 들어가면서 여전히 풍겨나오는 익숙한 냄새를 맡았다. 냄새의 진원지는 골목 한쪽의 건강원이었다. 흑염소가 그려진 커다란 유리문도 예전 그대로였다. 병약한 어머니 때문에 아버지가 자주 들렀던 곳이었다. 김이 오르는 큼지막한 무쇠솥. 도저히 혼자 힘으로는 열 수 없을 듯한 뚜껑을 가볍게 밀고 소쿠리 가득 담긴 무언가를 집어넣던 주인 남자. 벽에 매달린 황기와 감초의 노르지근한 냄새…… 그 가게 풍경의 무엇이 어린 나를 매혹시켰을까. 개소주에는 정말 강아지가 들어 있는 것일까. 저 아저씨는 비밀스러운 무언가를 솥에 넣는 것은 아닐까 생각하며 야릇한 냄새에 코를 싸쥐면서도 나는 가게 앞에 오랫동안 서 있곤 했다. 그 옆 중국집은 횟집으로 바뀌어 있었다. 태평 회 천국. 산지 직송, 이라고 쓰인 커다란 간판 아래 먼지가 잔뜩 낀 수족관이 놓여 있었다. 검은 물 속에 얌전히 누워 있는 넙치들이 보였다. 지르르 전기 흐르는 소리가 났다. 면 다발을 한 발이나 길게 잡고 한 번 메칠 때마다 두 배로, 네 배로 늘이던 손재주가 좋은 아저씨는 어디로 갔을까. 진열대에 눈을 지그시 감은 커다란 돼지 머리가 놓여 있었던 족발집, 찌든 기름 냄새가 나는 도넛을 팔던 가게도 모두 사라지고 보이지 않았다. 가게 앞에 빼곡히 들어찬 차들 사이를 천천히 걸어 나는 골목 안으로 들어갔다. 정원은 어디를 헤매고 있는 것일까.

아버지와 내가 동네를 떠날 무렵 이미 옛날 방식으로 운영되던 가게들은 차례로 문을 닫았다. 은하목욕탕은 아크릴 간판 대신 스위치를 켜는 형광빛 간판으로 바꾸어 달고 사우나 시설을 마련했지만 사람들은 길 건너에 새로 생긴 스물네 시간 운영하는 불가마를 이용하기 시작했다. 정원의 어머니는 은하목욕탕 자리를 칸칸이 나누어 팔았다. 그 자리에는 약국과 생식 전문점과 수입품 판매점이 들어섰다. 새로운 업종으로 탈바꿈한 가게들이 생겨났지만 다른 거리의 변화를 전혀 따라잡지 못했으므로 사람들은, 그 골목에 사는 사람들조차도 시장을 이용하지 않았다. 차를 가진 사람들은 네거리에 새로 생긴 대형 마트로 갔으며 이따금 기분 전환이 필요할 때, 옛날의 향수를 느끼며 시장 좌판 사이를 거닐었다. 그 거리에 들어서면 언제나 십 년쯤 시간을 거스르는 느낌이 들었다.

목욕탕을 처분한 돈으로 정원의 어머니는 평촌의 피아노 학원을 인수했다. 거기라면 이 동네 사람들과 결코 마주칠 일이 없을 것이었다. 그녀는 이제 원장님이었다. 레이저 수술로 얼굴의 반점이 한결 엷어진 정원의 어머니는 목소리마저 부드러워졌다. 예쁜 집과 누구에게라도 부끄럽지 않게 말할 수 있는 곳에서 나오는 보장된 수입. 꿈결 같은 일이었다. 시간과 노력과 길고 긴 인내를 쏟아 부은 끝에 변화에 성공한 그녀의 유일한 걱정거리는 정원이었다. 아직껏 밖으로 도는 남편이 마음에 걸렸지만 그도 더 이상 여자 때문에 문제를 일으키지는 않았다. 정원의 어머니는 정원이 결혼하면, 훤칠한 사위를 얻고 손자를 보게 되면 남편이 절로 집으로 돌아올 것이라 여겼다. 정원은 그러나, 그 골목에서 벗어났지만 달라진 것은 아무것도 없다고 말했다. 그녀는 평촌에서의 긴 출근길을 힘겨워했다.

골목 굽이를 돌다 나는 정원을 발견했다. 그녀는 막 담배 자판기에서 담뱃갑을 꺼내는 중이었다. 내가 다가가자 그녀는 너 라이터 있니? 하고 물었다. 그 모퉁이에서 만날 줄 알고 있었다는 투였다. 너 담배 끊었잖아. 나도 담배 안 피우는데 라이터가 왜 있어. 나는 퉁명스럽게 말했다. 유럽은 담배 값이 무지 비싸다잖아. 가기 전에 한 대 피워보려고. 정원이 담배 연기 뿜듯 후우 입김을 길게 내뿜었다. 술냄새가 확 끼치고 불쑥 화가 치밀었다. 야, 이렇게 늦은 시간에 이렇게 사람 하나 없는데서 넌 무섭지도 않냐? 무슨 여자애가 그러냐. 정원이 내 팔을 잡았다. 화내지 마. 맨날 놀던 동넨데 무섭기는 뭐가. 그보다 저기, 그녀는 저만치 불빛을 가리켰다. 24시간 편의점이었다. 가서 라이터 좀 사와라.

나 원 참, 하면서도 나는 편의점을 향해 뛰어갔다. 라이터를 사고 내친김에 뜨거운 캔커피도 샀다. 늘 이런 식이었다. 예쁜 입술을 오므리고 치킨을 먹던 흰 블라우스의 여학생이던 시절, 처음 립스틱을 바르던 때, 그리고 술꾼처럼 소주잔을 기울이는 지금까지 나는 정원의 청을 거절하지 못했다. 아니, 않았다. 왜 그래야 한단 말인가.

정원과 나는 덜덜 떨며 담배 한 대씩을 피웠다. 몇 해 만인지 몰랐다. 머릿속이 땡한 느낌이 들었다. 니네 아빠가 저기 서서 나를 불렀지. 정원이 치킨집이 있던 자리를 가리켰다. 잘 계시지? 농사는 어떻게, 손에 익으셨대? 정원은 커피 캔을 감싸 쥐고 한 모금씩 아껴 마셨다. 그냥저냥 지내실 만한가 봐. 오랫동안 못 가봤어. 나는 담배꽁초를 멀리 던졌다. 어둠 속에서 불씨가 탁 튀었다 사라졌다. 내가 졸업하고 취직을 하자마자 아버지는 치킨집을 정리하고 고향으로 가셨다. 아버지에게도 고향이 있었다는 것이 나는 신기했다. 아버지는 그곳에 남아 있던 오래전의 친구와 함께 밭을 일구고 살겠다고 하셨다. 아버지와 헤어져 산다는 것을 상상해본 적조차 없었지만 나는 동의할 수밖에 없었다. 흰머리의 아버지가 닭다리를 튀기는 광경을 더 이상 볼 수 없었기 때문이었다. 나는 고시원의 좁은 방에서 자고 삼천 원짜리 식당 밥을 먹는다.

이 동네 오면 뭔가 그럴듯한 추억이 막 밀려올 것 같았는데…… 막상 오니까 그렇지도 않네. 그냥 아직 저기 저 집에 내가 살고 있는 것 같은 느낌이야. 정원이 말했다. 취기가 말끔히 걷힌 음성이었다. 정원은 꽁초를 버리고 발로 정성스레 비벼 껐다. 파리 가면 말이야. 그 왜 있잖아. 무슨 광고에서처럼 엄마에게 전화해서 엄마, 그래놓고 눈물이 글썽해서 말을 잇지 못하는 거. 꼭 그렇게 해보고 싶어. 이미 눈물이 글썽이는지 정원의 목소리가 떨려나왔다. 이 애가 정말 떠날 거라는 느낌이 뭉클 들자 휘청 눈앞이 돌며 어질머리가 일었다. 야야, 너한테 안 어울려. 무슨 청승이냐. 그런다고 갑자기 효녀 되냐? 그만 가자. 슬픈 것인지, 화가 나는 것인지 나는 몹시 혼란스러웠다. 잊고 있던 취기가 몰려들었다. 나는 빈 캔을 던지고 골목 끝을 향해 걸어갔다.

나, 잠깐만, 하더니 정원이 쭈뼛쭈뼛 어두운 담벼락 아래 쪼그리고 앉았다. 곧 시원한 물줄기 소리가 들렸다. 그녀는 아마도 유럽에서 할 수 없는 일들을 한꺼번에 다 해보려는 심산인 모양이었다. 정원에게서 멀찌감치 떨어진 담벼락에 오줌을 갈기며 나는 소리를 질렀다. 야, 무슨 여자가 오줌발이 그렇게 세냐. 너 혹시 옹녀과 아니냐? 그녀가 마주 소리를 질렀다. 궁금하면 확인해보든지. 빈 골목을 돌아든 바람이 우리의 목소리를 멀리멀리 날렸다. 야, 아서라. 너 같은 고집불통을 누가 감당하겠냐. 그녀가 일어서는 기척이 들리고 나는 서둘러 바지춤을 추슬렀다. 누가 감당하래니? 그냥 확인만 하라는 거지. 내 쪽으로 천천히 걸어오며 그녀가 말했다. 술이 확, 깨는 느낌이었다. 나는 그녀에게 주춤주춤 다가갔다. 너, 왜 그래? 그렇게 막 말하지 마. 어쩔 수 없이 내 목소리가 떨려나왔다. 정원이 배시시 웃었다. 오줌 같이 눈 남자는 네가 처음이잖아. 너도 그렇지? 그녀가 내 배를 쿡쿡 찔렀다. 가슴 깊숙이 통증이 일었다. 다음 순간 정원이 내 목에 팔을 두르고 천천히 제 쪽으로 나를 끌어당겼다. 어어, 왜 이래. 불에 댄 듯 화들짝 놀란 나를 꼭 붙잡은 그녀가 잠깐만 있어봐, 라고 말했다. 그녀는 내 귀에 입술을 바짝 대고 뜨거운 입김을 뿜어내며 속삭였다. 나, 엄마 몰래 간다. 달아나는 거야.

 나는 그녀를 슬며시 밀어냈다. 정원이 막 흉내낸 장면을 나는 알고 있었다. 죽음을 앞둔 남자가 친구와 나란히 서서 오줌을 눈다. 그리고 남자는 친구의 목을 끌어안고 이렇게 속삭인다. 나 죽는다. 그리고 킥킥 웃는 두 사람. 정원이 몹시 좋아하고 내가 싫어하는 영화였다. 야, 왜 따라 하고 그러냐. 그거 표절이야. 유치하지 않냐? 정원은 내 눈치를 살피는 척했다. 그래, 흉내내봤어. 정원의 목소리가 잦아들었다. 함께 영화를 보았을 때 나는 끝까지 보지 못하고 영화관을 나왔다. 어머니를 여의고 아버지와 단둘이 사는 주인공이, 그가 그토록 담담하게 죽음을 받아들이는 것이 나는 싫었다. 어머니의 부재 때문에 그가 존재의 소멸에 길들어 있다는 설정이 마음에 들지 않았다. 사람들은 때로 다른 이의 삶을 예단(豫斷)

하고 그럴 거라고 믿어버린다. 아무것에도 얽매이지 않으려는 그 담담한 듯한 눈빛 속에, 그 가슴 깊은 곳에 잠겨 있는 선혈 같은 욕망에는 누구도 관심을 갖지 않는다.

영화관을 나와 밝은 곳에서 본 그녀의 얼굴은 무엇에 홀린 듯 보였다. 단 한 곳에만 집중된 감각. 그녀는 말을 아끼며 몇 장면을 들어 대단한 감독이라고 했지만 나는 감독이 참으로 냉정한 사람이거나 아니면 둔감한 쪽일 거라고 말했다. 그녀는 그 영화를 열 번쯤 보았고 그 후 그런 영화 한 편 찍는 것, 이 그녀의 소원이 되었다. 난, 그 장면이 정말, 너무너무 좋았어. 정원이 내게 손을 내밀었다. 나는 그 손을 꼭 쥐고 골목을 빠져나왔다.

갑작스런 굉음이 울렸다. 머플러를 떼어낸 승용차들이 거리를 질주하고 있었다. 차들은 요란하게 경적을 울리며 빈 거리를 달려갔다. 그 뒤를 이어 시트를 한껏 높인 오토바이들이 미친 듯 달렸다. 그들은 이제 막 영화에서 빠져나온 것 같았다. 우리에서 풀려나 마구 질주하는 사나운 맹수 같았다. 마른 도로 위에 불꽃 같은 스파크가 일었다. 비어 있던 거리가 순식간에 요란한 엔진음과 경적 소리로 뒤덮이고 굉음은 거리 양쪽에 늘어선 건물을 타고 어두운 하늘 높이 올라갔다. 저 멀리 사나운 바람이 몰아치고 있었다. 너도 이제 서른이야. 내가 말했다. 우리 엄마가 맨날 하는 말이야, 그건. 정원이 희미하게 웃었다. 우리는 새벽의 거리에 나란히 서 있었다. 불을 켠 오토바이들이 우리 앞을 줄지어 지나갔다.

아내는 소설가

"여보, 오늘 내 친구들이 왔었어."

식탁에 마주 앉은 아내가 말했다. 상추쌈을 한입 가득 밀어넣느라 바쁜 그는 눈으로 물었다. 친구? 아내가 친구를 만났다는 것은 뜻밖이었다. 아내에게도 친구가 있다는 것을 그는 오랫동안 잊고 있었다. 선배, 후배, 동료, 선생님…… 아내가 만나는 대상은 그런 범주의 사람들이었다. 혹 아내의 귀가가 늦은 날, 그가 타박을 하기도 전에 아내는 자리를 지키고 앉아 있노라 얼마나 힘들었는지를 호소했다. 자정을 넘기는 술자리가 괴롭다는 것을 그도 모르지 않았다. 이따금은 그런 자리를 즐기기도 하는 그에 비해 아내는 늘 피곤하고 짜증날 따름이라고 말했다. 그럼 가지 말지, 라고 하면 아내의 대답은 늘 같았다. 면피용이지 뭐. 그렇게 말할 때 아내는 쓸쓸해 보였다. 기다리다 화가 나려 한 것도 잊고 그는 매번 아내가 측은해졌다.

"연희 있잖아, 예전엔 그렇게 몰려다녔었는데 유학 간다고 떠난 이후로 못 만난 거야. 당신 기억하나 몰라. 연희가 미국 가기 전에 왜, 개포동 살 때 우리 집에 한 번 왔었어. 지원이 서너 살 때였다니 십 년도 더 지났지 뭐. 어머, 여보, 그쪽은 또 탔다. 먹지 말아요."

생선을 뒤집어주면서 아내가 말을 이었다. 지난주 아내는 그릴을 들여놓았다. 기름에 튀긴 생선이 좋지 않다는 거였다. 아내는 아직 그릴에 생선을 알맞게 굽는 법을 익히지 못했다. 생선은 자주 덜 익거나 탄 채로 상 위에 올랐다. 연희라면 그도 알고 있는 이름이었다. 그럼 순희도 왔었나? 물어놓고 그는 아내의 눈치를 살폈다. 아내는 반색을 했다.

"당신 기억하고 있구나? 순희가 당신 사진 보면서 더 멋있어졌다 그러더라."

그는 컵에 담긴 물을 단숨에 마시다 사레가 들려 딸꾹질을 하기 시작했다. 아내가 곧 설탕을 가득 담은 찻숟가락을 내밀었다. 딸꾹질은 가라앉았지만 무언가 목에 걸린 듯한 느낌이 가시지 않았다. 연희, 순희, 진희 세 명의 여자가 나란히 긴 머리를 나풀거리며 그를 향해 걸어오던 시절이 있었다. 그때의 아내는 마치 안개에 덮인 산과도 같았다. 이쯤인가 싶으면 길은 사라지고 바위라고 잡은 것은 허망한 나뭇가지이기 일쑤였다. 아내의 사소한 몸짓 하나, 말 한마디를 살피며 그 속에 숨겨진 뜻을 찾으려 애쓰던 시간. 아내를 만나는 동안 그는 자주 긴장하고 초조해했다. 짧은 순간 강도 높은 집중력으로 아내가 한 말의 의미를 깨달으며 아내에게 한발 다가갔다고 믿은 다음 날이면 아내는 매양 다른 표정으로 그의 앞에 앉는 것이었다.

쉽지 않던 연애 시절, 아내는 그와 만나는 자리에 종종 그 친구들을 데리고 나타났다. 혼자 온 날에는 삐삐를 치기 위해 서너 번씩 자리에서 일어났다. 그 친구가 가무잡잡했었지 않으냐고 생각나는 대로 말하자마자 아내는 곧바로 그의 기억을 정정했다.

"그건 순희고, 연희는 왜, 키 크고 이미지 뚜렷하지."

그랬느냐고, 그러고 보니 그런 것 같다고 그는 건성으로 말했다. 예전에도 아내는 연희에게 너그러웠고 순희에게는 비판적이었다.

"연희가 과 사무실에 전화해서 내 연락처를 알았나 봐. 그 애가 워낙 머리 회전이 빠르거든. 아, 김희진 선생님이오? 그러면서 전화번호를 가르쳐주더래. 진희가 왜 희진이 됐냐, 물었겠지?"

아내는 조금쯤 자랑스러운 표정이 됐다. 친절한 조교는 말했을 것이다. 김희진은 필명이다, 소설을 쓰신다. 애들이 말이지, 아내가 웃으며 말을 이었다.

"내가 소설 쓴다니까 뒤집어지는 거 있지."

그랬을 거라고 그는 생각했다. 처음 아내가 소설을 쓰겠노라며 문화 센터에 등록했을 때 그는 어리둥절했다. 국문과 출신이라고는 하지만 아내는 학과를 그다지 맘에 들어하지 않았다. 작가 지망생이라고 이마에 써붙이고 다니는 동기와 선배들을 마뜩찮아했고 소설을 열심히 읽는 것 같지도 않았다. 여기 좋은 거 많은데 왜? 스포츠 댄스, 그림의 이해, 역사 기행, 퀼트 등등의 강좌를 장난 삼아 짚은 그에게 아내가 한 말이 걸작이었다. 그런 건 돈 안 되잖아. 아내는 또 그랬다. 공인중개사 자격을 딸까, 소설을 써볼까 하다가 일단 소설을 써보기로 했어. 하다 안 되면 공인중개사 공부를 해도 늦지 않을 것 같아서. 몇 달 후 거짓말처럼 아내는 자신의 소설이 실린 잡지를 내밀었다. 그가 놀랐던 것에 비해 아내는 별것 아니라는 듯 무덤덤했다.

아내의 첫 소설은 몹시 낯설었다. 그날 밤 그는 잠든 아내를 오래 들여다보았다. 몇 해를 연애하고 또 몇 해를 살 섞고 산 여자의 속에 웅크린 그 무엇이 그는 두려웠다. 아내의 소설에는 오래전 아내의 모습이 들어 있었다. 그토록 말이 없고 세상 그 무엇에도 마음을 주지 못하던 여자, 문득문득 연기처럼 사라질까 싶고 볼 때마다 가슴 한 곳이 싸아해지던 결혼 전의 아내. 그후로 그는 종종 발표하는 아내의 소설을 읽지 않았다. 두려움은 슬그머니 사라졌다가 늦은 밤 톡탁톡탁 아내의 컴퓨터 자판 두들기는 소리와 함께 되살아나곤 했다.

"연희는 학교 다닐 때 공부 참 잘했는데 집안 형편 때문에 야간 대학 갔잖아. 나중에 우리 대학으로 편입했지. 졸업하자마자 은행에 취직하고 무지하게 열심히 살던 애였는데 글쎄, 아들이 넷이래요. 열네 살부터 여덟 살까지. 너무하지, 그치."

너무하기는 하다고 그가 말했다.

"공부하러 가서 애만 낳아 왔느냐고 보는 사람마다 그런다잖아. 저는 공부고 뭐고 애 키우느라 정신없었겠지 뭐. 그 남편은 신학 공부한댔거든. 목사님 되어 돌아온 것까지는 좋은데 어쩜, 아들 넷이 뭐야. 대단하지 않아?"

아이라면 그도 많이 낳아 기르고 싶었다. 오래전, 그의 어머니가 동생 볼 때가 되지 않았느냐고 물었던 기억이 떠올랐다. 가타부타 말이 없던 아내는 집으로 돌아오자마자 사실은 나 지난번에 수술했다, 고 말했다. 복강경으로 불임 시술을 한다는 것을 그때까지 그는 알지 못했다. 그 수술이라는 것이 회복할 수 없다는 것도. 하나라도 잘 키우기 힘든 세상이라고 아내는 또박또박 말했다. 틀린 말은 아니었다. 아내의 이야기들을 듣노라면 그의 월급으로는 한 아이라도 제대로 키워낼 수 있을지 의문이 들기도 했다. 그렇더라도 그는 그때 좀 노여워서 아내와 한 달 정도 말을 않고 살았다. 평소에도 그가 아내에게 하는 말은 극히 한정적이었다. 갔다 올게. 오늘 늦을 거야. 감색 양복 세탁해야 돼, 담배 냄새가 뱄어. 오늘 주민등록 등본 한 통 떼주라. 이 국은 내 입에 안 맞아. 아침에는 생식을 하면 어떨까, 하는 정도.

한번씩 아내에게 노여움을 느끼고 나면 그는 말수를 더욱 줄였다. 그런 반응이 아내에게 아무런 상처를 주지 못한다는 것을 안 후에도 그는 그 전략을 고수했다. 연애 시절부터 말싸움에서는 이겨본 적이 없는 그로서는 달리 선택의 여지가 없기도 했다. 아내는 그가 말을 하거나 말거나 화가 난 기색이거나 말거나 그의 밥을 차려주고 과일을 깎아주고 양복을 다려주고 잘 다녀왔느냐고 하고 씻고 자라, 잘 자라, 인사까지 챙겼다. 한 번은 아내에게 정색을 하고 물은 적이 있었다. 무슨 여자가 그래? 내가 입을 닫고 있으면 좀 반성하는 기색이 있어야 할 것 아냐. 너는 너 하고 싶은 대로 해라, 나는 내 할 일 하겠다, 이런 거야? 아내는 배시시 웃었다. 당신, 모르지. 그거 연애할 때 내가 쓰던 방식이라는 거. 아내가 옳았다. 연약하고 말이 없던 결혼 전의 아내는 무슨 일엔가 토라지면 그 순간부터 입을 닫았다. 사정하고 조르고 협박해도 조개처럼 꼭 오므린 입을 열지 않던 아내. 그는 불현듯 깨달았다. 자신이 아내의 적수가 되지 못한다는 것. 깨달은 후에도 그는 아내에 대한 노여움을 침묵으로 표시했지만 그 방식은 이미 전략이랄 수도 없었다. 그건 그저 습관이었다.

"어쩌다 애를 넷이나 낳았는지 궁금하지, 그치."

배 두 쪽, 딸기 몇 개, 귤 몇 쪽이 담긴 접시를 꺼내놓으며 아내가 말했다. 아이 넷을 가진 것이 굉장한 흠이라는 투였다. 아내처럼 삶을 계획적으로 사는 사람에게는 그건 이해할 수 없는 일일 것이다.

"애 둘을 낳고 덜컥, 덜컥 임신이 됐는데 결사적으로 낳자고 그랬다잖아, 그 남편이. 내 애를 네가 왜 맘대로 하려 하느냐고, 그러고도 네가 크리스천이냐고 소리소리 지르더래, 글쎄. 그랬으면 뭐, 살림 걱정은 않게 해줘야 할 것 아냐. 개척 교회 한다고 빚 얻어 교회 빌리고 고작 스무 명 교인에 일만 넘쳐나나 봐. 십 년 넘게 미국 살았으니 지가 영어 회화라도 가르쳐볼까 해도 동네가 워낙 외져서 그런 거 배울 애들도 없다는 거야. 강화 어디라는데, 우리 집까지 스무 정거장이 넘더래, 전철로. 아침부터 얼마나 부산을 떨었는지, 애가 후줄근해져서 왔더라고. 애들이랑 남편 아침 먹이고 점심 챙겨놓고 열한시 약속에 맞추기가 쉬웠겠어? 순희랑 나랑 얘가 몇 시에 올까 내기를 다 했잖아. 원래 걔가 잘 늦었거든."

아내가 식탁 한쪽에 있던 신문을 들이밀었다.

"이거, 당신 보라고 놔뒀는데."

경제면과 스포츠면이었다. 아내는 요즈음 경제 신문을 새로 구독하고 관련 기사를 스크랩했다. 이제 노후를 대비해야 한다고 아내는 말했다. 서른여덟의 아내에게 노후라는 단어는 어울리지 않았지만 그는 이의를 달지 않았다. 아내의 계획은 들을 때마다 놀라웠으며 그는 이제 놀라는 것에도 길이 들었다.

"지난번에 계약할까 했던 오피스텔 말이야. 오늘 또 전화 왔더라. 생각보다 분양이 쉽지 않나 봐. 그때 안 하길 잘했지 뭐야."

아내의 계획은 이랬다. 오피스텔이나 원룸을 두 개 장만한다. 중도금부터는 집을 담보로 대출을 받는다. 대출금은 월세를 받아 꺼나간다. 오륙 년쯤 후에는 생활비의 절반을 월세로 충당하고 그때쯤 원룸을 세 채로 늘린다. 가능하면 그중 한 채를 작업실로 쓴다. 소설을 쓰기 시작한 이래로 작업실은 아내의 꿈이었다. 아내는 매일 아홉시부터 다섯시까지 인터넷에서 만난 어떤 여자의 원룸을 빌려 쓰고 있었다. 아내는 눈치 보지 않고, 시간 따지지 않고 쓸 수 있는 공간을 원했다. 주인 올 시간 되면 일이 더 잘된다고 안타까워했다. 아내는 소설 쓰기를 언제나 일, 이라고 말했다.

아파트 분양 공고, 투자 자문 따위 기사를 뒤적이며 그는 순희의 이름이 나오길 기다렸다. 아내는 알지 못했지만 그는 한때 순희에게 마음을 빼앗긴 적이 있었다. 연지를 찍은 듯 붉던 뺨, 도톰한 입술이 선명하게 떠올랐다. 아내의 눈을 피해 우연인 척 만난 것이 서너 번, 초롱한 눈이 어른거려 한밤에 전화를 걸었다 말없이 끊은 적이 있었던 것도 같았다. 속 모르는 그의 친구들은 복도 많다, 웬 여자를 그렇게 여럿 몰고 다니냐고 말했다.

"순희는, 별거 중이래."

그는 밀쳐두었던 신문을 끌어당겼다. 종일 사무실에서 인터넷으로 확인한 뉴스들이었지만 그는 꼼꼼히 면면을 확인하며 신문을 다시 읽었다. 어이구, 얘는 또 홈런 맞았네, 하며 혀를 차는 것으로 그는 아내의 주의를 돌리는 데 성공했다.

"그러게 말이야. 시범 경기이긴 하지만 큰일이야, 진짜. 수십억 받고 그 값을 못하니 참 딱하지 뭐야. 아직 허벅지가 완전치 않은가 봐."

아내는 야구광이었다. 프로야구 시즌이 시작되면 아내의 생활 스케줄은 야구 경기 시간표에 맞추어졌다. 아내는 심지어 야구 경기를 보다 종종 눈물을 글썽였다. 전력을 다해 투구하느라 일그러진 투수의 얼굴이 클로즈업될 때라든가 헛방망이를 휘두르고 물러

나는 타자를 볼 때, 혹은 10회 말 연장전을 알리는 전광판의 숫자를 보고…… 영화에도, 드라마에도 좀처럼 감동하지 않는 그녀로서는 드문 일이었다. 아내에 따르면 야구에는 모든 것이 들어 있었다.

야구라면 혼자서 몇 시간을 이야기할 수 있는 아내는, 그러나 곧 제자리로 돌아왔다.

"순희 걔가 엄청 내숭이 됐어. 뭔가 제 편에서 문제가 있었던 눈치인데 통 말을 않는 거야. 아이도 캐나다 유학 보내고 혼자 산다지 뭐야."

처녀같이? 그가 묻자마자 아내는 피식 웃었다.

"처녀는 무슨. 낼모레면 저도 사십인데. 혼자 살면 여자는 더 빨리 늙어요. 그래서 우리 해결사 연희가 꼬치꼬치 물었지. 남편에게 여자가 있냐. 생활비를 안 주더냐, 시어머니가 구박하냐…… 그 남편이 홀어머니에 외아들이었거든. 그랬더니 또박또박 말은 잘해요. 남편은 성실했다, 월급은 통장으로 바로 입금되었다, 아니더라도 내 벌이로 생활은 된다, 시어머니는 작년에 돌아가셨다…… 그래서 연희가 또 물었어. 별거는 뭐냐? 이혼을 하려면 하는 거지. 그랬더니 막상 헤어지려 하니까 남자가 가엾더라나. 그래서 연희가 흥분했어. 그러면 안 헤어지면 되지, 뭐가 걱정이냐, 또 그러고 어정쩡하게 있는 게 더 가엾지 않겠냐, 깨끗이 정리해주면 사십 전 남자가 직업 빵빵하겠다. 처녀장가들 못 가겠냐. 그러면서 야단을 쳤지."

그는 남편이 뭐 하는 사람이었나 물으려다 입을 다물었다. 의사인지 변호사인지 그런 직업이었던 기억이 났다.

"그랬더니 이 애가 그러는 거야. 헤어져야겠다고 한번 마음을 먹으니까 그 생각밖에 안 들더래. 남편은 내 남자 같지가 않고, 심지어 아이도 예쁜 줄 모르겠고, 수업 가도 애들 눈에 들어오지도 않고, 그 애가 고등학생들 과외 선생이거든. 그러면서 진지하게 묻는 거야. 니네는 그럴 때 어떻게 하니?"

가끔 친구들과의 자리에서도 화제에 오르는 이야기였다. 문제가 있는 친구가 너희는 요즘 어떠냐, 도무지 마누라를 안고 싶은 생각이 들지 않는다, 있어도 그만 없어도 그만, 아니 없으면 좀 불편하기는 할 테지만…… 하는 식의 푸념을 늘어놓으면 사방에서 비난이 쏟아지게 마련이었다. 누구 안 그런 사람 있냐. 그런다고 이혼할라치면 멀쩡할 부부가 어디 있냐. 그때쯤이면 좌중을 깔끔하게 정리하는 친구가 등장한다. 사는 게 다 그런 거야, 임마. 우리 노래방이나 가자.

"그래서 내가 헤어지고 싶다는 생각 안 해본 부부가 있겠느냐 다 그러고 산다 그랬지. 마침 오늘 신문에 대화 없는 부부, 뭐 그런 기사가 났었거든. 왜 그런 거 있잖아. 설문 열 개쯤 늘어놓고 당신은 그중 몇 개에 해당하느냐, 몇 개 이상이면 당장 대화를 시도해야만 한다, 그보다 많으면 전문가와의 상담이 필요하다…… 그런 거. 내가 신문 찾아와서 우리 셋 다 설문 작성했잖아."

우리 부부는 몇 개나 해당되는지 그가 물었다. 아내의 대답은 예상한 그대로였다.

"우리야, 뭐. 당신이랑 나는 그저 보통의 부부야. 너무 가깝지도, 상담이 필요하지도 않은. 설문이란 게 그렇거든. 한 달쯤 말을 하지 않아도 전혀 불편하지 않다, 부부관계를 한 날짜를 꼽다 보면 달력을 몇 장 거슬러야 할 때가 있다, 남편 혹은 아내의 생일을 잊고 지나가기도 한다, 뭐 그런 것들이야. 우린 그 정도는 아니잖아."

아내는 소설가 99

아내의 음성이 가라앉았다. 그들 부부는 아슬아슬한 경계에 있는 것 같았다. 경계를 넘지 않는 것은 순전히 아내의 공이라 할 수 있었다. 생일을 위해, 적절한 간격의 섹스를 위해 아내는 그가 도저히 모르고 지나칠 수 없게끔 군데군데 표식을 흘려놓았다. 그로서는 길을 잃지 않으려 뿌려놓은 빵 조각 같은, 그 표식들을 그저 따라가기만 하면 그만이었다. 가끔은 멍청이가 된 기분이 들었지만 그런 불평을 한다면 진짜 멍청이가 된다는 것쯤은 그도 알고 있었다.

"순희는 전문가 상담 수준이고 연희는 글쎄, 해당 사항 없는 거 있지. 너 정말이냐고 물었더니 자기는 한 번도 헤어지고 싶다는 생각 한 적 없다는 거야. 남편이 너무 좋대. 고생을 시켜도, 돈 한 푼 안 갖다줘도 하나님 일 때문에 그런 거니까 자기는 다 이해한대나. 세상적으로, 이건 그 애 표현인데 세상적인 눈으로 보면 자기가 우리보다 불행할지 모르지만 자기는 다시 태어나도 그 남자 만나서 교회일 하면서 살고 싶다더라고. 진짜 웃기지. 그 애가 원래 그래요, 자기 앞에 있는 사람은 다 지 책임인 애잖아. 당신 생각 안 나? 우리가 냉전 중일 때 연희가 거짓말로 우리 둘 다 불러내서 만나게 했던 거. 왜 싸웠는지 잊어버렸지만 그때 꽤 심각했었는데. 연희 아니었으면 그냥 헤어졌을지도 몰라."

그런 일이 있었던 것도 같다고 그가 말했다. 아내를 만나는 자리에 나온 연희가 언제나 화제를 이끌었던 일도 떠올랐다. 그를 앞에 두고 너무 열심히 아내를 챙기는 통에 짜증이 일었던 기억도 났다.

"그리고…… 이 이야기하면 당신 웃을 텐데, 그때 연희가 뭐랬냐면 만약 내가 끝끝내 당신 안 만나면 앞으로 자기가 사귀겠다고 그랬다?"

그는 눈을 치뜨고 아내를 바라보았다. 아내가 낮은 웃음을 터뜨렸다.

"지금 생각하면 연희가 당신을 은근히 좋아했었나 봐. 아니면 불쌍해서 그랬는지도 모르지. 걔는 불쌍한 것 못 참거든. 지 애들 좀 크면 불쌍한 아이 두어 명을 더 데려다 키우겠다니 말 다 했지. 아이, 여보. 머리 긁지 말아요. 병원에 또 안 갔지, 당신."

아내가 타박을 주다 기어이 그의 손을 잡아 끌어내렸다. 그는 몇 달 전부터 머리 밑이 하얗게 일어나는 이상한 증세에 시달리고 있었다. 의사는 스트레스성 건선(乾癬)이라고 말했다. 사흘 치 약을 먹었지만 그다지 나아진 것 같지 않았다. 아픈 것도, 표시 나는 것도 아니었으므로 병원을 찾지 않았지만 저도 모르게 자주 머리에 손이 가는 것이 문제였다. 구질구질해 보인다고 아내는 말했다. 아예 머리를 빡빡 밀어버릴까. 농담으로 한 말에 아내가 정말 재미있겠다, 내가 밀어줄까, 하는 바람에 그는 질겁하며 달아나야 했다. 혹시 잠든 사이에 아내가 머리를 밀지나 않을까 진지하게 걱정하기도 했다. 만일 아내가 마음을 먹는다면 언젠가 한 번은 빡빡머리를 해야 하지 않을까, 그는 생각했다.

"내일은 꼭 병원 가요. 당신 차 한잔 마실래? 순희가 갖고 왔던데, 중국 차, 뭐라더라? 아무튼 피를 맑게 한다는 차야. 맛도 괜찮더라고."

아내는 이내 복숭앗빛의 차를 끓여 냈다.

"애들이 나보고 많이 달라졌다고 그러더라. 당신도 그렇게 생각해?"

그저 물어본다는 듯 심상한 어조로 아내가 물었다. 뭐가 달라졌다더냐고 그가 물었다.

"글쎄, 밝아졌다는 둥, 수다쟁이가 됐다는 둥 그러던데 말하자면 이렇게 열심히, 잘 살 줄 몰랐다는 거겠지, 뭐."

그럴 만하다고 그는 생각했다. 꺼질 듯 희미한 미소를 띠던 결혼 전 아내의 모습은 이제 남아 있지 않았다. 아이를 키우고 소설을 쓰고 강의를 하는 바쁜 일정에도 아내는 꼬박꼬박 성당의 모임에 참석하고 일주일이면 사흘은 반드시 헬스클럽에서 땀을 흘렸다. 잊을 만하면 저녁을 지어 어머니를 모셨으며 알레르기 체질인 아이를 위해 무농약 야채와 과일을 준비하는 일도 빠뜨리지 않았다. 누군가 아내의 하루하루를 지켜본다면 숨이 턱 막힐지도 모르겠지만, 그러나 정작 아내는 전혀 지친 기색을 보이지 않았다. 매일 해가 뜨고 지듯이 아내에게는 그 모든 일이 지극히 자연스러웠다.

당신이 잘 살게 된 건 순전히 시집 잘 온 덕분이 아니겠느냐고 그가 말했다.

"당신이 말이 줄고 그 때문에 내가 말 늘은 건 사실이지. 연희 말이 고등학교 땐가, 어느 날 오후에 내가 무슨 말인가 하려는데 금방 입을 못 열더라는 거야. 종일 한 마디도 않는 통에 아래 위 입술이 딱 달라붙어서 마른 거지. 그런 날도 있었나, 싶더라고. 웃기지?"

전혀 웃기는 이야기가 아니었다. 그를 만날 때도 단 한 마디도 않고 헤어진 날이 있었다. 결혼 후 그가 왜 나를 그렇게 힘들게 했느냐고 물었을 때 아내는 정말 알고 싶으냐, 화내지 않겠느냐 다짐을 받은 후에 이렇게 말했다. 그렇게 하지 않으면 당신이랑 계속 만나지지 않을 거 같았어. 그는 잠깐 멍청해졌다. 종잡기 어려운 말이었다. 그를 잃을까 겁이 났다는 것일까, 그렇게라도 의미를 부여하지 않으면 견디기 힘겨웠다는 뜻일까. 아내의 대답을 이해하는 데는 시간이 필요했지만 그는 곧 생각하기를 중단했다. 생각을 중단해도 된다는 사실에 그는 마음이 가벼웠다. 애인보다는 남편 역할이 더 쉽다는 느낌이 들었다.

찻잔을 들고 거실로 가는 그를 아내가 손짓으로 불렀다.

"텔레비전 켜지 마요. 지원이 공부하고 있어. 선생님 오셨거든. 끝날 때 다 됐어."

그때 방문 여는 소리가 들리고 동시에 아내가 자리에서 일어났다. 아이의 방에서 나온 여자가 안녕하세요, 하고 인사를 했다. 엉거주춤 몸을 일으키며 그도 마주 고개를 숙였다. 여자는 서른 중반쯤으로 보였다. 문득 순희도 저렇게 낯선 집을 돌아다닐 거라는 생각이 들었다. 중학교에 간 아이가 영어인지, 수학인지 과외를 받기 시작한지 제법 되었지만 그는 아직까지 집에 낯선 이가 드나드는 일에 익숙해지지 않았다.

"엄마, 나 컴퓨터 삼십 분만 할게요."

아이가 거실 한쪽에 놓인 컴퓨터의 전원을 켰다. 삼십 분은 아내가 정해놓은 상한선이었다. 지난 겨울 아내는 아이방에 있던 컴퓨터를 마루로 꺼내놓았다. 컴퓨터 때문에 가을부터 아내와 아이는 거의 하루도 빠짐없이 입씨름을 벌였다. 한 치의 양보 없이 치르는 전쟁으로 집은 저녁마다 소란스러웠다. 먼저 기운이 쇠한 것은 아이였다. 식욕이 없는지 그저 수저질을 하는 둥 마는 둥 하고 일어서는 일이 잦아지고 말수가 부쩍 준 아이는 어느 날부터인가 시름시름 앓기 시작했다. 속이 탄다, 하면서도 아내는 아이를 병원에 데려가거나 하지는 않았다.

어느 날 한밤중에 잠에 빠져 있던 그를 아내가 깨웠다. 거실에 좀 나가봐. 지원이가, 아예 잠을 안 잤나 봐. 나는 자는 척할 테니까 당신이 좀 달래서 재워보세요. 짜증이 났지만 끄응, 몸을 일으킨 그가 마루에 나왔을 때 아이는 베란다에 서서 밖을 바라보고 있었다. 우두커니 선 아이의 뒷모습에 가슴이 아팠다. 베란다로 나서자 오싹 한기가 밀려들었다. 아이는 돌아보지 않았다. 그는 말없이 아이의 어깨에 손을 얹었다. 가을 내 부쩍 자란 아이의 키는 막 그를 넘어서는 중이었다. 아빠, 하고 아이가 그를 불렀다. 변성기를 넘어서는 아이의 음성이 목 쉰 듯 걸걸했다. 몸과 마음이 한꺼번에 변하는, 혼란의 시기를 지나는 아이에게 무슨 말을 해줄까, 그는 잠깐 망설이다 잠이 안 오냐, 하고 물었다. 아빠는, 무슨 일인가 진짜진짜 하고 싶은데 남이 못 하게 하면 어떻게 해요? 아이의 음성에 울음기가 묻어 있었다. 게임이 그렇게도 좋으냐. 아이는 대답하지 않았다. 아내는 아이가 게임뿐 아니라 이상한 동영상에 정신을 팔고 있다고 했었다. 그는 아이의 어깨에 얹은 손에 힘을 주었다. 오늘은 너무 늦었으니 이만 자고 내일, 엄마에게 잘 말해보자. 아빠가 거들어주마. 어둠 속에서 아이가 고개를 돌려 그를 쳐다보았다. 엄마 말이 다 맞는데 어떻게 해요. 아이는 금방 울음을 터뜨릴 것 같았다. 문제는 항상 거기에서 비롯되었다. 아내는 아이에게 화를 내거나 소리를 지르지 않았다. 묻고 답하고, 기어이 자신이 원하는 말이 나올 때까지 조근조근 이야기를 계속했다.

그의 입에서 깊은 한숨이 흘러나왔다. 아이가 그를 따라 한숨을 푹 내쉬었다. 그들 부자는 우두커니 서서 창밖을 바라보았다. 거대한 타워 크레인이 서 있었다. 대대적인 재건축이 진행 중이었다. 삼십 층 높이로 지을 예정이라는 아파트는 이제 절반쯤 올라와 있었다. 타워 크레인에 매달려 깜박이는 빨간 불빛에 눈이 시렸다.

다음 날 아내와 아이는 협상을 맺었다. 컴퓨터는 거실로 옮겨지고 오후와 밤, 각각 삼십 분으로 사용 시간이 제한되었다. 중재자였지만 그가 한 일은 많지 않았다. 아내와 아이는 차분하게 자신들의 견해를 펼쳤으며 상대의 의견을 존중하고 경청했다. 서툴지만 나름의 논리를 펴는 아이는 아내와 몹시 닮아 있었다. 아내는 미장원에서 쓸 법한 타이머가 달린 시계를 장만했다. 아이가 이따금 피시방을 가는 눈치였어도 아내는 눈감아주었다. 집안에는 다시 평화가 찾아왔다.

이제 삼십 분이 지나면 컴퓨터 옆의 시계는 요란한 소리로 울 것이었다. 아내는 식탁을 치우고 그릇들을 하나씩 식기세척기에 넣었다. 아이를 힐끔 곁눈질하며 아내가 나지막이 말했다.

"집집마다 애들 때문에 난리야."

아이는 쉴 새 없이 키보드를 두들기고 있었다. 아들 넷인 집은 컴퓨터도 네 대여야 할 것 같았다. 연희네 애들이 공부들은 잘하느냐고 그가 물었다.

"어떻게 잘하겠어. 미국 생활 십 년인데. 큰아이는 학교 생활에 도무지 적응을 못해서 자퇴를 시켰대. 검정고시 준비한대. 아 참, 그 아이가 책을 무지하게 좋아하는데, 영어로 된 책들은 비싸잖아, 그래서 타임지랑 내셔널 지오그래픽이랑 모아두었던 거 다 싸줬어. 괜찮지?"

괜찮다고 그가 말했다. 타임지도 내셔널 지오그래픽도 아내가 구독 신청을 한 것이었다. 평생직장 시대는 지났다고, 자기 계발을 해야 한다며 아내는 그에게 타임지를 읽고 CNN을 듣기를 권했다. 또박또박 배달되는 잡지들은 그에게 상당한 스트레스였다.

"큰애가 영어는 잘하나 봐. 그렇겠지, 당연히. 경시대회 나가서 일등도 하고 그런대. 문제는 둘짼데, 이 애가 좀 늦되는지 한글도 못 깨우쳤다는 거야. 열두 살 먹은 애가 띄엄띄엄 책을 읽고 있으니 어떻게 하겠어? 내 듣기에는 그 애를 자퇴시켜야겠더구만 걔는 만사 즐거운 아이라 별 걱정 않는대. 얼마나 착하고 맑은지 그 애를 보고 있으면 자기도 덩달아 느긋해진다나. 셋째는 장래 희망이 대통령이래. 그것도 미국 대통령. 연희가 좀 비현실적인 구석이 있거든. 요즘에도 그런 장래 희망이 있느냐고 했다가 혼났잖아. 제 아들 똑똑하다고 또 한참 자랑이 늘어졌어. 일등에, 반장에, 대단한 건 말이야, 그 애가 십 년 미국 생활에 영어는 잘하더라도 국어가 뒤질 게 아냐. 근데 이 애가 문장을 통째로 외워서 시험을 본다는 거야. 우리가 영어 문장 외우듯이. 그랬더니 순희가 너무 가엾다고, 남의 일 같지 않다고 그러더라고. 캐나다 간 애 생각에 한 말인가 했더니 그게 아니라, 지가 학교 다닐 때 그랬대. 정답 외우기. 뭐든 이해 못해도 무조건 외워서 백 점 맞기가 자기 전략이었대. 그 앤 늘 일등이었거든. 자기가 뭘 하고 싶은지 뭐가 되고 싶은지 그런 건 생각해본 적이 없었대. 엄마가 기뻐하니까 백 점 맞고, 엄마가 원하니까 결혼하고, 남편이 바라는 일이니 군말 없이 하고, 뭐 그런 식이었다는 거지. 그 애, 책도 무지하게 많이 읽고 어려운 책을 늘 들고 다녔었는데 이제 보니 그것들도 다 제스처였나 봐. 참 이상하지? 학교 다닐 때 우리는 모두 그 애를 명랑하고 밝은 성격이라고 생각했었는데……"

그랬었나, 그로서는 알 수 없는 일이었다. 산뜻한 미소, 다정한 말씨 뒤에 순희가 숨기고 있던 어둠에 대해 그는 잠깐 생각했다. 둘이 따로 만났을 때 그토록 서먹하던 것도 그 때문이었을까.

"순희는 여행을 자주 간대. 말하자면 프리랜서잖아. 방학 때 좀 바쁜 것 빼면 그 직업도 괜찮은가 봐. 지난달에는 아이 보러 캐나다 갔었대. 지원이보다 한 살 어리다는데, 어떻게 그런 애를 혼자 두느냐고 했더니 순희 말이 아이를 위해서나, 자기한테나 그편이 훨씬 좋다는 거야. 아이가 자기처럼 달달 외워서 사는 인생 살 것 생각하면 숨이 턱 막혔었다면서."

외워서 사는 인생. 그는 아내의 말을 따라 해보았다. 그녀의 엄마는 왜 행복한 결혼 생활에 대해서는 제대로 외우게 하지 못했을까.

"그런 마음으로 결혼을 했으니 어떻게 잘 살아지겠어. 휴가 갔다가, 스키장에서, 한밤에 슬로프를 쳐다보고 있는데 갑자기 눈물이 왈칵 쏟아지더라는 거야. 남편이 왜 그러냐고 묻는데, 모르겠다, 그랬대. 왜 그랬는지 자기도 몰랐으니까. 자기는 전혀 스키 타고 싶지도, 눈을 좋아하지도 않는데, 그렇지만 그건 뭐 어제오늘의 일이 아니고, 스키장에 처음 간 것도 아니고 말이지…… 그런데 남편이랑 애가 잠들고 나서도 도무지 잠이 오지 않고, 그냥 가슴이 저리고 아파서 견딜 수가 없더라는 거야. 그래서 글쎄, 그 길로 방을 나와버렸다지 뭐야. 눈이 펑펑 오는 길을 걷고 걸어서. 새벽이 될 때까지……"

드라마 같은 이야기였다. 한밤에 눈 쌓인 길을 홀로 걸어가는 여자. 어디로 가는 것인지, 얼마나 걸으면 불빛이 나타날지 알 수 없는 채로 옮기는 발걸음. 무서웠겠다고 그가 말했다.

"독하다, 고 연희가 혀를 내둘렀지. 그래서 남편이 뭐라 하더냐 물었더니 그 남편은 아침이 되어서도 애가 없어진 걸 모르고 아이랑 스키를 탔다는 거야. 어디, 사우나 갔나, 했다는 거지. 저는 꽁꽁 얼어서 집에 와 있는데 점심때쯤 휴대폰을 했더래. 밥 다 됐어? 우리 밥 먹으러 올라갈까? 이러면서. 둘 다 강적이지? 그 얘기

하는데 애가 눈이 토끼처럼 빨개졌어, 울지 않으려고."

정말 뜻밖이다, 고 그가 말했다. 그건 어쩌면 그에게 일어났을 법한 일이었다는 생각이 들었다. 욕망도, 필요도 찾을 수 없는 생활, 돌연한 증발. 그건 그가 가슴 저 깊은 곳에 묻어둔 정경과 몹시 닮아 있었다. 요란한 벨소리가 울렸다. 아이는 잠자코 시계를 보고는 컴퓨터의 전원을 끄고 방으로 들어갔다. 힐끔 벽시계를 쳐다본 아내가 당신 자전거 삼십 분만 타지 그래, 하고 말했다. 배가 불러서, 하면서도 그는 군말 없이 거실 한쪽에 놓인 사이클에 올랐다. 기어를 삼단에 맞추고 페달을 밟기 시작했다. 삐삐, 소리내며 계기판의 숫자들이 가파르게 상승했다.

"당신 담배 끊은 지 이제 한 달 넘었지? 나 몰래 피우거나 그러지 않지?"

그는 빠르게 페달을 밟으며 고개를 저었다. 그의 이마에 땀이 배기 시작했다. 아내는 그의 옆에 가부좌를 틀고 앉았다. 양팔을 길게 뻗고 몸을 접으면서 아내는 이야기를 계속했다.

"연희네 아버지는 자리보전하고 누우셨는데, 일 년이 넘었대. 돌아가실 듯하다 또 말짱해지고, 그러길 계속한다나 봐. 저는 명절 때 아니면 안 간대. 만나면 속상해하셔서 가기 싫다더라고. 걔가 형제 중에 공부도 제일 잘하고 씩씩하고, 게다가 유학을 간다 해서 기대 많이 했는데 가난한 사위에, 애들에 치이는 거 보니 속도 상하겠지. 순희도 엄마랑 거의 절연했다더라고. 엄마가 가끔 전화해서 한바탕 퍼붓고는 딸깍 끊는대. 판사 사위 본다고 난리도 아니었는데 왜 안 그렇겠어. 그러고 보면 우리 엄마처럼 건강하고 딸 걱정 안 시키는 엄마도 없나 봐."

고마운 일이지, 하고 그가 말했다. 그에게 장모는 있는 듯 없는 듯한 존재였다. 장을 담글 때, 김장을 할 때 딸의 일손을 덜어주는 여느 장모와는 다른 부류에 속했다. 남편 없이 홀로 딸을 키웠지만 그에게 기대려는 생각 따위는 전혀 하지 않았다. 언제 보아도 꼼꼼히 화장한 얼굴에 잘 손질된 머리, 깔끔한 옷차림을 보노라면 내 걱정은 마라, 너희나 잘해라, 이렇게 말하는 것 같았다. 차분하고 세련된 말씨, 결코 서두르는 법이 없는 장모를 누구도 퇴임을 한 해 앞둔 초등학교 교사로 보지 않았다.

"어제 낮에 보니 엄마도 많이 늙으셨더라. 운동 열심히 하신다는데도 관절이 아프대. 골다공증이 있는지, 검사해보라고 그랬어."

어른들은 갑자기 늙는다더라, 하고 그가 말했다. 어른들만 그렇겠어? 하고 아내가 대꾸했다. 아내는 몸을 한껏 접어 바닥에 대고 있는 중이었다. 아내의 음성은 잔뜩 눌려 있었다. 어쩌면 장모의 시간은 저처럼 속으로 누르고 누르는 가운데 흘렀을 것이었다. 가파른 절벽 같은 세월이 훌쩍 지났으면 하는 바람을 숨기기 위해 완만하게, 천천히 능선을 넘듯 자신을 길들이고 다독이는 시간이었을 것이다. 엄마는 웬일로 만났느냐, 학교는 안 가셨느냐고 그가 물었다. 숨이 차올라 그의 말씨가 똑똑 끊어졌다. 몸을 일으킨 아내가 그를 물끄러미 쳐다보았다.

"어제, 아버지 기일이었어. 엄마랑 절에 갔다 왔지."

그는 페달을 밟던 동작을 멈추었다. 아내는 어깨를 으쓱해 보이고는 화장실로 들어갔다. 물소리가 들렸다. 아내가 알려주지 않았으니 장인의 기일을 알지 못한 것이 그의 잘못은 아니었다. 가쁜 숨을 몰아쉬며 그는 오 분여 남은 시간을 마저 채웠다. 삐이, 소리가 울리고 계기판에 그의 운동량이 나타났다.

젖은 러닝셔츠를 입은 채로 서성이며 그는 아내가 나오기를 기다렸다. 지난해, 장인의 기일에 함께 절에 갔었던 일이 떠올랐다. 아내는 말렸지만 그가 고집을 부렸다. 아내는 유독 장인의 기일을 챙기지 않았으며 그가 잊고 지나가기를 바라는 것 같았다. 열일곱이라는 나이는 아버지를 잃기에 매우 어중간한 나이, 라고 아내는 말했다. 아버지와의 관계가 친밀하지 못했다면 더 그랬을 것이다. 서로에게 오염된 시간 때문에 힘겹다고 아내는 그랬다. 아내가 말한 오염의 의미를 그는 결코 이해할 수 없을 거라 생각했지만 그에게 그건 중요하지 않았다. 그 이야기를 처음 나눌 때 그와 아내는 갓 스물의 대학 신입생이었다. 자살로 생을 마감한 마흔 중반의 사내, 아버지를 죽게 했다는 죄책감에 시달리는 열일곱 소녀의 이야기는 그의 보호 본능을 더 자극했다.

아내는 화가 났을까. 탁자 위에 사진 두어 장이 놓여 있었다. 사내아이들에게 둘러싸인 연희가 활짝 웃고 있었다. 손톱만 한 얼굴 어디에도 예전의 자취는 찾아지지 않았다. 또 한 장의 사진에 박힌 그의 시선이 움직이지 않았다. 동그란 얼굴. 선글라스를 끼고 있었지만 그는 대뜸 그 얼굴을 알아보았다. 순희였다. 사진 속의 순희는 키 큰 나무들 한가운데 서 있었다. 뒤로 빽빽한 원시림이 보였다. 둥근 차양의 모자와 옥색 점퍼 차림의 순희는 사냥이라도 가는 듯 경쾌해 보였다. 어디에 그런 용기가 숨어 있었을까. 순희는 한밤에 홀로 길을 나서는 과감한 여자로 보이지 않았다. 사진 뒷면의 숫자는 아마도 휴대폰 번호인 것 같았다. 혼자 사는 여자의 번호를 그는 손가락으로 쓱 훑었다. 예전처럼 한밤에 전화를 거는 상상을 하며 그는 피식 웃었다.

"순희, 별로 안 변했지?"

아내가 등 뒤에 서 있었다. 그는 제풀에 흠칫 놀라 사진을 떨어뜨렸다. 아내가 웃음을 터뜨렸다. 물기에 젖은 머리가 불빛에 반짝거렸다.

"전화 해보려고? 해봐, 반가워할 거야."

전화는 무슨, 뭐 하러 전화를 하느냐고 그가 퉁명스럽게 말했다.

"왜 하기는? 만나려고 하지. 만나봐, 재미있잖아."

그의 속내를 읽은 듯 아내는 거침이 없었다. 별 싱거운 소리를 다 듣겠다며 화장실로 들어서는 그의 등에다 대고 아내는 이렇게 말했다. 당신 예전에 순희 좋아했잖아.

샤워를 마치고 나왔을 때 아내는 잠들어 있었다. 일부러 그런 듯 사진은 화장대 위에 옮겨져 있었다. 재미있잖아, 하던 아내의 얼굴이 떠올랐다. 아내는 이따금 말했다. 당신은 늦바람 한번 피울 것 같아. 아내의 계획에 들어 있다면 한 번쯤 다른 여자를 만나게 될는지도 모른다고 그는 생각했다. 그는 순희의 얼굴을 오랫동안 들여다보았다. 다시 보니 동그랗던 얼굴이 볼살이 내리고 해쓱해진 것 같았다. 토끼처럼 빨개진 눈으로 이야기를 하는 순희. 보는 동안 그 얼굴의 윤곽은 조금씩 일그러지다 이윽고 아내의 얼굴로 변했다. 그는 사진을 얌전히 내려놓고 잠든 아내 곁에 몸을 뉘었다.

그가 순희를 만난다면, 그것이 늦바람이 된다면 아내는 그에게 헤어지자고 할까. 그런 일은 없을 것 같았다. 아내의 계획에 이혼 따위는 없었다. 다만 아내는 지금처럼 결사적으로 살지는 않을지도 모른다고 그는 생각했다. 우울증을 앓던 장인은 딸과 작은 입씨름을 한 후 집을 나가 방파제에서 몸을 던졌다. 바람이 높던 날 밤이었다. 아내에게도 유사한 병력이 있었다. 그건 마치 호시탐탐 탈출의 기회를 노리는 호리병 속의 괴물 같은 거라고 아내는 말했다. 아버지에 대한 죄책감이, 한번 틈입하면 그것은 곧 걷잡을 수 없는 돌풍이 되어 가슴속에 거대한 동공을 뚫고 말리라는 인식에서도 놓여나지 못했다.
 게으름을 피우거나 늦잠을 자는, 사소한 일조차 스스로에게 허용하지 않는 아내. 아내의 일상은 작은 바람에도 위태로운 나비와도 같았다. 그는 잠든 아내의 얼굴을 쓸어보았다. 꿈을 꾸는가, 아내는 무언가 알아들을 수 없는 소리를 내며 그의 쪽으로 돌아누웠다. 새벽이 되면 아내는 일어나 컴퓨터를 켜고 자판을 두들길 것이었다. 아내가 평생 호리병 속의 괴물을 잠재울 수 있을지 그는 알 수 없었다. 그는 아내의 고른 숨소리를 들으며 잠이 들었다.

사심(邪心)

나는 스물아홉, 아름답고 위험하고 나쁜 여자입니다. 어릴 적부터 나는 나쁜 아이였고 그후로 죽 나쁜 여자로 살아왔습니다. 다른 사람들처럼 이제부터는 착하게 살겠다, 이런 결심을 한 적이 없다는 뜻입니다. 나는 내가 본질적으로 사악한 인간이라는 것을 알고 있었어요. 어떻게 알았는지 그런 것은 말하기 힘듭니다. 절로 알게 되는 것이 아닐까요? 자신에게 솔직하기만 하다면.

내가 알고 있는 사람, 나와 이런저런 관계를 맺은 이들은 모두 나쁜 사람들입니다. 부지런하고, 무서운 정열에 휩싸인 사람들이지요. 겉보기에 그들은 전혀 악해 보이지 않습니다. 강인하고 헌신적으로 보이지요. 스스로 악의 편에 선 사람, 악인임을 인정한 사람은 그 때문에 고통받지 않거든요. 나쁜지 어떤지 그런 것은 상관하지 않는 사람은 남편입니다. 그는 돈과 관련된 일에는 선악이 없다고 믿고 있지요. 젊은 날부터 남편은 돈의 흐름을 좇아 쉬지 않고 달렸습니다. 단 한 여인의 사랑을 쟁취하기 위해 수많은 전투를 치르는 중세의 기사처럼 그는 주위의 그 무엇에도 곁눈을 주지 않앉고 마침내 남편은 굉장한 부자가 되었어요. 사람들은 그의 앞에서는 사견을 비치는 말은 조금도 하지 않지요. 그는 강한 사람입니다. 백 명이 살아도 넉넉할 사무실에 있었을 때나 휠체어에 앉아 지는 해를 보고 있는 지금이나 그의 표정에는 변화가 없습니다.

남편이 애틋한 눈으로 보는 유일한 존재는 일곱 살 난 미미였어요. 하얗고 조그만, 눈이 예쁜 개지요. 미미는 낯가림이 심했어요. 나와 처음 눈이 마주치던 날 미미가 끼깅 이상한 소리를 내며 구석으로 숨었던 일이 기억나는군요. 내가 온 처음 며칠 동안 미미는 통 음식에 입을 대지 않아 남편의 애를 태웠어요. 낯을 익힌 후에도 미미는 나와 그다지 친해지지 못했습니다. 얌전히 있다가도 갑자기 생각난 듯 그릉, 낮은 소리로 적개심을 드러냈지요. 남편의 차 소리가 들릴 때면 누구보다 먼저 달려 나가는 것도 미미였어요. 남편은 언제나 미미를 무릎에 앉히고 식사를 했어요. 고깃점을 잘게 찢어 입에 넣어주고 오물거리는 입에 자신의 입술을 마주 대곤 했지요. 이따금 휠체어를 밀고 산책을 나갈 적마다 미미는 남편 무릎에 달랑 올라앉았습니다. 흰머리의 남편이 하얀 미미를 안고 있는 정경은 아름다웠습니다. 마치 영화의 한 장면 같았지요. 그럴 때의 남편은 정말 나쁜 사람 같지 않았습니다. 품위 있게 늙어가는, 은퇴한 노인처럼 보였어요. 나는 가끔 그 둘을 해변에 버려두고 돌아오곤 했지요. 물이 들어올 시각에 즈음해서.

나쁜 년. 내게 처음으로 그렇게 말한 사람은 나를 낳아준 엄마였어요. 그 여자도 나쁜 년이기는 마찬가지였지만 내 적수가 되지는 못했습니다. 변덕이 심한 여자였지요. 게다가 불처럼 급한 성격이었습니다. 진정한 악녀가 되기에는 결격 사유라 할 수 있겠지요. 그 여자는 내게 악이 무엇인지 알게 한 사람입니다. 그 여자가 나타나기 전까지 내게 악이란 단순하고 명료한, 무엇보다 격렬하고 순수한 감정이었습니다. 잘 벼린 칼처럼 나 자신이나 상대의 심장을 찌르고 말 어떤 것이었지요. 그것은 존재 자체와 맞서는 절대적인 무엇이었습니다. 그 여자로 하여 나는 음모를 배웠습니다. 그 여자에 대해 특별히 나쁜 감정은 없었어요. 열다섯 살의 여자아이에게 낯선 여자가 나타나 네 엄마다, 한다면 어떻겠습니까. 혐오스럽고 당황하게 되고 그러리라 생각됩니까? 나는 그러기 이전에 몹시 짜증이 났습니다. 그때 나는 간신히 엄마라는 그늘에서 벗어났다고 생각하고 있었으니까요.

그 여자는 비가 추적추적 내리는 마당을 가로질러 걸어왔습니다. 촌스러운 꽃무늬 우산 속에서 나를 쳐다보고는 네가 지은이구나. 아버지는 아직 안 오셨니? 하고 물었지요. 꽃무늬가 어른어른 비친 여자의 얼굴이 붉게 상기되어 있었습니다. 여자는 우산을 접어 탁탁 물기를 털어내더니 마루 끝에 걸터앉아 내 얼굴을 뚫어져라 쳐다보았습니다. 처지기 시작한 눈꼬리에 마스카라가 번져 있었어요. 나는 대뜸 여자를 쏘아보았지요. 여자가 나를 보다 뻔뻔하게 물었습니다. 아버지가 얘기 안 하셨니? 나는 발딱 일어나 방으로 들어갔습니다. 물론 나는 여자가 오리라는 것을 이미 오래 전부터 알고 있었어요. 네게는 엄마가 필요하다. 아버지는 그렇게 말했지요. 그건 거짓말이라고 나는 생각했습니다. 집안일이라면 알맞게 물을 부어 스위치만 누르면 알아서 익혀주는 밥솥이 있고 성능 좋은 세탁기도 있었으니까요. 일 주일에 세 번 오는 파출부 아줌마는 알맞은 찬거리를 사다줄 줄 알았고 나는 학원 시간을 챙겨주어야 할 정도의 게으른 아이가 아니었습니다.

엄마라니. 내게는 죽은 엄마로 충분했습니다. 유달리 사랑했다든가 해서가 아닙니다. 잠깐 앓았던 엄마가 거짓말처럼 죽었을 때 나는 정말 믿어지지 않았습니다. 죽은 엄마는 지독한 구두쇠였고 독설가였어요. 나는 언제나 실밥이 나달거리는 운동화를 신었고 드라마에나 나오는 구멍난 양말을 신고 다녔습니다. 엄마는 시장에서, 그것도 일부러 골라온 듯 싸구려 티가 덕지덕지 나는 옷만을 입게 했지요. 그걸 나무라는 사람은 없었습니다. 엄마의 옷도 늘 그랬으니까요. 옷 같은 것은 아무래도 좋았습니다. 내가 늘 우울했던 것은 옷 때문이 아니었습니다. 엄마의 악다구니. 그것에 평생 시달리며 살아야 하는 건 내 숙명이라 치더라도 우울해지는 것은 어쩔 수가 없었지요. 나는 가끔 엄마가 죽었으면 하고 바라기도 했습니다. 악다구니를 쓰다 가슴을 움켜쥐고 쓰러지는 상상을 하곤 했지요. 그런데 엄마가 덜컥, 죽다니. 믿기 어려웠습니다. 엄마는 말〔馬〕처럼 건강했거든요. 늘 시들시들 앓는 것은 아버지였지요.

 아버지는 소심한 사람입니다. 어쩌다 엉뚱한 여자에게서 나를 낳았고 그 때문에 죽은 엄마에게 시달리고 죄책감에 괴로워했지요. 내가 죽으면 그년을 데려오겠지. 죽기 전까지 엄마는 악을 썼습니다. 눈을 희번덕거리며 머리채를 흔들었어요. 엄마는 아버지와 그 여자가 자기를 죽이려 한다는 망상에 사로잡혀 있었습니다. 사실일지도 모릅니다. 그 여자는 매일 짚으로 만든 인형에 바늘을 꽂으며 저주를 퍼부었을 수도, 엄마의 베개 속에 몰래 부적을 넣어두었을 수도 있었을 테지요. 자궁에 무슨 혹이 생겼다던가, 그랬습니다. 단 한 번의 생산도 하지 못한 그 기관 때문에 엄마는 어쩔 수 없이 나를 받아들였고 결국 그곳에 병을 키워 죽었습니다. 참 이상한 일입니다.

 아버지가 솔직했다면, 내게 여자가 필요하다, 고 말했다면 좋았으리라고 나는 생각합니다. 나도 한 번쯤은 악다구니 쓰는 여자가 아닌, 다정하고 따뜻하고 애교스러운 아내를 가져보고 싶지 않겠니. 그렇게 말했으면 나는 충분히 이해하고 받아들였을 텐데. 하긴 아버지에게 그런 일을 기대한다는 것은 어리석지요. 아버지는 말 한 마디도 함부로 하는 사람이 아닙니다. 체면을 깎이는 일을 고통스러워하고 남들이 무어라 할까 늘 신경을 곤두세우고 사는, 전형적인 중년 남자였지요. 중학교 아이들을 십몇 년 동안 가르친다는 것은 어떤 기분일까요. 매일같이 그 아이들에게 용언의 활용, 시의 형식, 소설의 주제 따위를 이야기하였을 것을 생각하면 나는 아버지의 어떤 일도 다 용서할 수 있을 듯한 느낌이 듭니다. 족제비가 글쎄, 이러지 않겠니. 아이들은 내가 있거나 말거나 아버지를 그렇게 불렀습니다.

그 여자와 아버지, 그리고 내가 부대끼며 지낸 날들을 길게 이야기하고 싶지는 않습니다. 그 여자는 그때까지의 날들을 보상받으려는 듯 보였어요. 가구를 바꾸고 화단에 꽃을 심었지요. 마루에는 어항을 들여놓았고 창문마다 하늘거리는 커튼을 달았습니다. 집은 나날이 변해갔습니다. 아침이면 하얀 크랙 화장대 앞에 앉아 정성스레 화장을 하는 여자와 어울리게 깔끔하고 어느 정도 촌스러웠지요. 집을 꾸미는 일이 시들해질 때쯤 여자는 외출이 잦아졌습니다. 산부인과와 한의원들을 섭렵한 것이지요. 여자는 아이를 원했습니다. 도대체 무슨 생각을 하고 있는지 알 수 없는 조용한 여자아이가 아닌, 웃고 투정 부리고 온 집안을 휘저어놓을 남자아이가 필요했겠지요. 그 여자가 사내아이를 한 다스쯤 낳더라도 내가 상관할 일은 아니었다고 생각합니다. 아이가 생긴다면 나는 좀더 자유로워질 수 있었을 테니까요.

아이, 라는 것은 정말 신비한 존재입니다. 나는 나쁜 여자이지만 아이들에게는 이상하게 약해집니다. 마치 급수가 다른 상대를 만난 것 같다고 할까요. 내게도 아이가 있었다면 좀 달라졌을까요? 그랬으리라 생각합니다. 그렇지만 너무 늦은 일입니다. 남편에게는 이제 생산 능력이 없습니다. 그의 정액을 채취하는 것은 가능하다지요. 요즘은 무슨 일이든 가능하니까요. 문제는 그렇게 해서라도 2세를 만들고 싶은 욕망이 내게도 남편에게도 없다는 것이지요. 그걸 제일 기뻐하는 사람은 물론 시누이입니다.

시누이는 꿈에 부풀어 있습니다. 시누에게는 다 자란 아들이 둘 있거든요. 거실 벽에는 발효된 빵처럼 뚱뚱한 두 아들이 여윈 시누를 사이에 두고 찍은 사진이 걸려 있습니다. 남편이 사고를 당했을 때 시누가 지었던 어설픈 표정을 기억합니다. 남편이 영영 걸을 수 없게 되던 날 시누가 터뜨렸던 울음을 기억합니다. 시누는 누군가 뒷머리를 내리친 듯 무릎을 꺾으며 울음을 터뜨렸어요. 그 울음이 거짓이었다고는 생각하지 않습니다. 남편과 시누는 내가 살아온 날보다 더 오래 함께 살았으니까요. 남편이 칩거하기 시작한 이후로 시누는 늘 나를 감시하고 있습니다. 남편의 약을 챙기거나 식사를 준비하는 동안 시누의 명을 받은 가정부의 침착한 눈이 내 손의 움직임을 따라옵니다. 약에 이상한 것을 섞지 않을까, 소화가 어려운 재료를 쓰지는 않는가 의심하는 것이지요. 시누는 모릅니다. 나는 나쁜 여자이지만 비겁하지는 않습니다.

시누가 그 사진을 내게 디밀었을 때도 나는 당당했습니다. 사진 속의 남자와 나는 선글라스를 쓰고 있더군요. 국도를 따라 오래 달려갔던 날이었습니다. 그 남자와 나는 다섯번째 나타난 숲 속의 모텔에 들었었지요. 오래 머물렀던 것은 아닙니다. 그가 성급하게 나를 안았을 때 뉘엿뉘엿 지는 해가 보였고 방을 나왔을 때까지도 밖은 환했습니다. 그 남자와 나는 남은 길을 마저 달려갔어요. 꽃지, 라는 이름의 해수욕장이 나타났습니다. 차를 세우고 우리는 붉게 물드는 바다를 바라보았습니다. 황량한 주차장에 두어 대의 차가 서 있었던 것으로 기억합니다. 그중의 하나에서 누군가 카메라를 들고 우리를 보고 있었을 테지요. 성능이 썩 훌륭한 제품은 아닌 듯 남자의 얼굴 윤곽은 흐릿하게 찍혀 있었습니다. 시누는 내게 물었습니다. 이 남자가 누구냐. 나는 잠깐 망설였습니다. 자세히 보라, 당신도 잘 아는 사람이다. 이렇게 말해줄까, 어쩔까. 사진의 배경에는 바다 저편의 바위가 희미하게 잡혀 있었습니다. 저게 할매바위야, 라고 그가 말했었지요. 그는 사소한 것들을 많이 알고 있습니다. 하나하나, 주머니 속에서 예쁜 돌을 꺼내듯이 자잘한 것들에 대해 이야기를 하지요. 어쩌면 밤새도록 인터넷을 뒤적이는지도 모릅니다. 그는 여자들을 만나기 위해 무척 세심한 준비를 하는 사람이니까요.

아무도 아니에요. 잠깐 만났을 뿐이죠. 내가 말했습니다. 시누의 눈꼬리가 조금 올라갔습니다. 지난 한 달 동안 너는 이 남자를 네 번 만났어. 그때마다 어딘가의 호텔로 갔어. 부인할 생각은 하지 마. 내게는 네 행적이 기록된 서류들이 있어. 부인할 생각은 없었습니다. 다만 나는 조금 짓궂은 생각이 들었습니다. 다섯 번이었어요. 한 번은 놓치셨군요. 시누의 얼굴이 일그러졌습니다. 절인 오이지 같은 근육을 파들파들 떨면서 시누가 말했습니다. 넌 이제 끝이야. 오빠는 널 용서하지 않을 거야. 아아, 시누는 정말 모르고 있었습니다. 남편은 말했었지요. 하고 싶은 대로 해라. 여행을 가든 남자를 만나든 나는 상관하지 않겠어. 다시 영화를 찍는 것도 좋겠지…… 다만 이혼은 안 돼. 나는 시누에게 그대로 말했습니다. 그녀는 믿을 수 없다는 표정을 지었습니다. 이 사진을 그에게 보여줄 수는 있겠지요. 그렇지만 당신이 원하는 것을 얻어낼 수는 없어요. 시누는 손을 떨며 사진을 집었습니다. 시누가 그것을 들고 남편에게 갔을까요? 어쩌면 그랬을 수도 있지요. 시누는 나를 믿지 않으니까요. 그렇지만 아무 일도 일어나지 않았습니다. 남편은 나와의 약속을 잘 지키는 편입니다. 그의 표정은 아무것도 알려주지 않습니다. 변함없이 고요하지만 눈을 들여다보면 그 안의 무서운 격랑이 느껴지지요. 이따금 생각합니다. 남편이 배우였다면 어땠을까. 숀 코널리보다는 조금 나은 표정 연기의 대가가 되지 않았을까.

나의 연기 선생님은 나를 낳은 여자였습니다. 그 여자는 재주꾼이었지요. 꽃처럼 환한 얼굴을 어느 순간 그늘지게 만들고 곧 눈물을 뚝뚝 흘릴 듯한 눈으로 상대를 바라보지요. 서른여덟의 나이에도 나긋한 처녀처럼 보이기도 했고 내게 눈을 흘기며 비난을 퍼부을 때는 어두운 동네에서 젊은 날을 다 보낸 중년 여인 같았습니다. 아버지가 집에 있을 때 치맛자락을 살랑거리며 부엌과 안방 사이를 오가는 그 여자는 정녕 온순하고 평범한 아낙입니다. 아버지는 생애 처음인 듯 고요한 날들을 어리둥절해했어요. 여자가 가져다준 한약 사발을 힐끗 보며 뭐야? 또 약이야? 하며 시큰둥한 표정을 지었지만 그건 오랜 습관일 뿐이었습니다. 아버지로서는 쑥스러웠겠지요. 이따금 아버지가 찡그리듯 어색하게 웃는 얼굴을 보고 있으면 가슴이 아팠습니다. 죽은 엄마가 아버지에게서 앗아간 웃음이 그렇게 뒤틀린 형상으로 되돌아온 것이었지요. 아버지는 두 개의 세계에 끼여 있는 사람이었습니다. 살뜰한 여자를 보는 아버지의 얼굴에는 언제나 그늘이 있었어요. 죽은 엄마 때문이었겠지요. 아버지는 무척 도덕적인 사람이었으니까요.

그렇거나 말거나 여자는 행복해 보였습니다. 여자의 하루를 지켜보고 있으면 행복하기 위해 기를 쓰는 것이 안쓰러울 정도였지요. 임신을 향한 그 여자의 노력에도 집요한 구석이 있었습니다. 고등학교 이학년이 된 나는 그 여자가 만들어놓은 시간표가 무얼 뜻하는지 알고 있었습니다. 식단, 아버지의 퇴근 시간 같은 것들이 여자의 계획에 따라 조절되었어요. 그렇지만 그해 가을이 지나도록 여자는 임신하지 못했습니다. 여자는 초조해하고 신경질이 늘었지요. 어느 날부터인가 나는 여자에게서 좀 야릇한 느낌을 받았습니다. 늘 집 안을 감돌던 한약 냄새가 가실 무렵이었지요. 여자는 웬일인지 더 이상 약을 먹지도, 산부인과를 찾지도 않는 것 같았습니다. 외출이 뜸해지고 어두워질 때까지 방에 혼자 앉아 있는 시간이 늘었지요. 그리고 단 하루, 여자는 어디론가 가서 밤이 지나도록 돌아오지 않았습니다. 무언가 그럴듯한 핑계가 있었던 듯 아버지는 아무런 말도 하지 않았지요.

생의 불가사의한 일들이 번쩍, 섬광처럼 다가와 스쳐간다면 얼마나 좋겠습니까. 모래시계처럼 천천히 다가오더라도 감지할 수 있다면 또 얼마나 다행이겠는지요. 내게 그것들은 늘 안개와도 같았습니다. 별이 맑은 밤하늘을 보고 잠든 아침, 밤사이 조용히 다가온 적군처럼 창밖에 있지요. 그것에 대항할 방도 같은 건 어디에도 없습니다. 올 때처럼 물러가주기를 기다릴밖에요. 해가 높다랗게 떠오르면 안개는 사라지지만 밤이 지나면 어김없이 온 세상을 가득 메웁니다. 그 겨울은 그렇게 시작되었습니다. 여자의 임신. 그것이 모든 일의 시작이었지요.

아버지는 드러내놓고 기뻐했습니다. 주책스러워 보일 만큼 웃음을 감추지 못했지요. 여자는 새색시처럼 조심스레 걷고 나직나직 속삭이듯 말했습니다. 그런데 왜 그랬을까요? 여자를 보면 이상한 느낌이 들었습니다. 여자는 임신을 핑계로 집안일을 전혀 하지 않았습니다. 돌보지 않은 어항 속의 금붕어는 죽었고 온 마당은 지저분한 낙엽으로 가득했지요. 묵은 신문지가 여기저기 쌓이고 냉장고가 텅 비었지만 여자는 파출부를 부르라는 아버지의 말을 듣지 않았습니다. 여자는 불안해 보였어요. 전화벨이 울릴 때면 깜짝깜짝 놀라는 일이 잦았습니다. 그리고 어느 날 그 일이 일어났습니다.

나는 학교에서 돌아온 참이었습니다. 닫힌 문 너머로 여자의 나직한 목소리가 들렸습니다. 여느 때처럼 그냥 지나치던 나는 야릇한 호기심이 일었습니다. 나는 방문 틈에 귀를 가져다 대었습니다. 여자의 목소리는 분명하지 않았어요. 안 돼, 그건 안 돼, 하는 말만 귀에 잡혔습니다. 나는 발소리를 죽이며 내 방으로 돌아와 가만가만 송수화기를 들었습니다. 여자는 어떤 남자에게 사정을 하고 있었습니다. 남자는 치한처럼 끈질기게 여자에게 치근대고 있더군요. 그러니까 내 말대로 하면 돼. 축 처진 목소리. 남자는 여자를 살살 달래고 있었습니다. 그들은 똑같은 대화를 반복했습니다. 그들 사이의 줄다리기가 무엇 때문인지 알게 할 결정적인 단어는 나오지 않았지요. 나는 여자를 좀 놀래주고 싶었습니다. 왈칵 소리나게 송수화기를 내려놓았지요. 두 사람이 충분히 알 수 있도록. 짐작대로 여자는 몇 분이 지나지 않아 내 방문을 열어젖혔습니다.

언제 왔니? 여자가 상냥한 목소리로 물었습니다. 나는 여자에게 아무런 말도 하지 않았습니다. 여자는 내가 언제부터 엿들었는지 알고 싶어 안달이 났지요. 두어 번 조심스러운 질문 뒤에 여자가 발끈 화를 내기 시작했습니다. 무슨 애가 쥐새끼처럼 남의 전화는 엿듣는 거야? 넌 도대체 무슨 애가 그렇게 생겨먹었니? 나는 여자를 째려보았습니다. 당신이 한 일을 다 알고 있다, 그렇게 보이길 바랐지요. 여자는 내가 미쳐, 하면서 몸을 휙 돌렸습니다. 그때 내가 말했어요. 아빠에게 이야기할까요? 그 끈끈한 목소리를? 여자는 멈칫하는 것 같았습니다. 나는 여자의 뒤통수를 노려보고 서 있었습니다. 막 미장원에서 빠져나온 듯 단정하던 머리가 부스스하게 변해 있었습니다. 여자는 어지러운 듯 벽을 짚었지요. 등만 보아도 여자의 표정 변화를 알 수 있었습니다. 붉으락푸르락한 얼굴. 이 난관을 빠져나갈 방법을 모색하느라 미친 듯 돌아가는 눈동자. 여자가 천천히 내게로 몸을 돌렸습니다. 넌 뭘 알고 싶은 거지? 여자가 물었습니다. 얼마만큼 체념한 듯한 표정이어서 나는 이쯤에서 그만둘까 싶기도 했습니다. 그렇지만 나는 알고 싶었어요. 여자를 감싸고 도는 불안의 정체를. 그건 한 발만 물러서면 바로 보일 무엇처럼 느껴졌지요.

 내가 가만히 있는 것이 여자를 더 불안하게 했던 모양입니다. 여자는 표정을 바꾸었어요. 금세 사춘기의 딸을 대하는 다정한 엄마로 돌아갔지요. 말이야. 엄마는 지금 좀 불안정한 상태야. 너도 알겠지? 십육 년 만의 임신이야. 네가 좀 이해해주었으면 해. 여자는 한 발 다가서서 내 어깨에 손을 올려놓았습니다. 내 키는 여자보다 한 뼘쯤 컸기 때문에 여자는 나를 올려다보아야 했지요. 화장을 하지 않은 그 얼굴은 기미로 가득했습니다. 여자의 입가에 미세한 경련이 일었습니다. 나는 무엇에 사로잡혀 있었던 걸까요? 여자의 흔들리는 눈을 들여다보며 말했습니다. 한 번으로 충분하지 않나요? 임신을 미끼로 아빠를 괴롭힌 것은. 내 목소리는 섬뜩할 만큼 낮았습니다. 여자는 불에 덴 듯 화들짝 놀라며 손을 내렸습니다. 숨을 멈추고 나를 노려보았지요. 그 눈에 천천히 공포가 떠올랐습니다. 여자는 온몸을 부들부들 떨었습니다. 얼굴 근육들이 흉하게 뒤틀렸습니다. 너, 너, 다 들었구나…… 나쁜 년. 그래, 너 때문에 내 인생이 이렇게 됐어. 여자는 비칠비칠 뒷걸음을 쳤습니다. 나는 꼼짝 않고 서 있었어요. 다 들었구나, 라고 여자는 말했습니다. 그로써 충분해진 셈이었지요. 허탈했습니다. 그건 열일곱의 여자아이가 상상할 수 있는 가장 역겨운 상황이었습니다. 여자가 방을 나가자마자 나는 내 행동을 후회했습니다.

여자의 인생에 대해서 나는 자세히 아는 바가 없었습니다. 죽은 엄마에게 나를 데려다준 것은 내가 네 살 때였다고 합니다. 그 후로 남대문의 옷가게에서 일했다던가 양장점을 차렸다던가 하는 말을 들었을 뿐입니다. 하지만 나는 그 말을 믿지 않았어요. 여자의 걸음걸이, 눈매 그런 것들을 보면 절로 알 수 있었습니다. 여자는 남자들을 상대로 일했다고 생각했지요. 그것이 무슨 일이었는지는 알 수 없지만. 책을 펼쳤어도 눈에 들어오지 않았습니다. 다 들었구나…… 여자의 꺼질 듯한 목소리만 귀에 울렸습니다. 임신을 하기 위한 필사적인 노력 끝에 여자가 비정상적인 방법을 찾아냈다…… 나는 점차 이 모든 일들이 권태로워졌습니다.

엄마라는 사람들과 그저, 일상적으로 지내는 일이 이토록 힘겨운 것인가 싶었지요. 고백하자면 나는 그때쯤은 여자를 인정하고 있었습니다. 나는 여자에게 눈을 흘기지 않았고 불손한 언사를 쓰지 않았습니다. 여자가 만든 음식을 말없이 먹었고 가끔은 낮잠에 빠진 여자를 연민에 차서 바라보기도 했어요. 어떻든 그녀는 나를 낳은 여자였으니까요. 겨우 이 년이 지났을 뿐이었습니다. 임신을 향한 여자의 눈물겨운 노력이 조금만 더 이어졌더라면 나는 여자를 깨끗이 이해했을지도 모르겠어요. 여자는 왜 그렇게 조급하게 굴었던 걸까요? 거기에 생각이 미치자 갑작스런 느낌이 등을 쳤습니다. 머릿속에서 무언가 이질적인 물체가 살아 움직이는 것 같았지요. 나는 불안했습니다. 그건 몹시 충격적인 상상이었습니다.

저녁이 오기 전 나의 상상은 완결되었습니다. 여자는 머리를 감아 말아 올리고 검고 긴 홈웨어를 입고 다시 내 방에 나타났습니다. 어찌나 꼼꼼히 화장을 했는지 기미 따위는 전혀 보이지 않았습니다. 화장이 아니라 변장이라 할 만했지요. 가면을 쓴 듯 무표정한 얼굴의 여자가 침대에 걸터앉았습니다. 여자는 나를 쳐다보지 않았습니다. 쟁반에 담아온 배를 깎는 일에 열중했지요. 하얀 손가락을 타고 단물이 뚝뚝 떨어졌어요. 먹어봐. 굉장히 달다. 나는 맵시 있게 놓인 배를 한 쪽 집었습니다. 여자는 접시 가득한 배를 두고 또 하나를 깎기 시작했습니다. 네게는 평생 알리고 싶지 않은 일이었다. 여자가 말했습니다. 나는 우적우적 배를 씹으며 여자의 이야기를 들었어요. 여자는 드물게 차분했습니다. 긴 사연이었지만 요점만을 짧게 이야기했지요. 이야기가 끝났을 때까지도 접시에는 조각난 배가 여럿 남아 있었어요. 나는 여자에게 등을 돌린 채 손만을 뻗어 배를 집어 먹었습니다. 한동안 여자와 내가 배를 씹고 삼키고 다시 씹는 소리만이 들렸지요. 과육의 단물이 여자와 나의 목을 타고 들어가 몸속에서 한숨이 되고 충격이 되고 분노가 되고 더러운 음모로 변하는 소리가 들렸습니다. 아버지가 돌아오는 기척이 났습니다. 여자는 껍질이 수북한 쟁반을 들고 방을 나갔습니다.

임신에 성공하지 못한 어느 날 여자는 여느 때와는 다른 일로 산부인과에 갔습니다. 그날 그 여자는 알았지요. 문제는 아버지에게 있었다는 것을. 여자는 아버지의 정액을 어떻게 채취했는지는 이야기하지 않았어요. 컨디션이 나쁜 오늘 같은 날 임신하고 싶지는 않다, 뭐 이러면서 콘돔을 썼겠지요. 어떻든 그건 나중에 떠오른 생각이었습니다. 아버지에게 검사를 받아보자고 말하지 않았던 것은 여자에게 진작부터 무언가 께름칙한 느낌이 있었다는 뜻일 겁니다. 결과적으로 여자는 현명했던 거지요. 나를 잉태한 것에 대해 설명하지 않아도 되었으니까. 여자는 내 아버지일 것으로 짐작되는 남자를 떠올렸습니다. 그는 아마도 만만한 사람이었는지 모릅니다. 집도 절도 없이 떠도는 사람이라고 여자는 말했습니다. 수소문 끝에 그 남자를 만나고, 잊혀졌던 격렬한 욕정에 몸을 맡길 때까지도 여자에게 그를 통해 새로운 임신을 할 계획 같은 것은 없었을 수도 있지요. 또다시 그 남자의 아이를 갖게 된 것을 여자는 운명이라고 말하더군요. 막상 임신을 하게 되니 다행이다, 싶어졌다고 했습니다. 어떻든 그 아이와 나는 같은 남자의 피를 받았으니까요. 참 이상한 논리였지요. 이야기를 하면서 여자는 죄책감 따위는 조금도 보이지 않았습니다. 열일곱의 네게 이런 이야기, 정말 미안하게 생각한다. 그렇지만 너는 똑똑한 아이니까 이해할 거야. 아빠는 너에 대해 전혀 아무런 의심도 하지 않으셔. 너만 참아준다면 우리는 행복해질 수 있어. 그 말을 하면서 여자는 울었습니다. 공범으로 만들기. 여자의 연기는 완벽했습니다.

　여자가 원한 것은 행복이었습니다. 그토록 아슬아슬한 벼랑 끝에서 여자는 저 건너의 언덕으로 뛰어넘기 위해 안간힘을 쓰고 있었어요. 나는 여자의 밧줄이었고 또한 벼랑 사이에 아가리를 벌린 끝없는 심연이기도 했습니다. 내 말 한마디에 추락하고 말 것을 여자는 잘 알고 있었습니다. 그래서…… 그러니 여자는 내게 협박을 하고 있었지요. 입을 열면 너도 함께 떨어지는 거야. 너는 이 집에서 쫓겨날 거야. 나는 너 따위는 돌보지 않겠어. 아빠를 잃고 나를 잃고 고아가 되는 거야. 열일곱 살의 여자아이가 갈 곳이란 뻔하지. 너는 헤매게 될 거야. 남자들은 너를 강간하고 여자들은 너를 부려먹을 거야. 모두가 너를 업신여길 거야. 너는 쓰레기처럼 냄새가 나게 될 거야. 나는 그런 일들을 잘 알고 있어…… 여자가 했거나 하려 했던 말들이 귓가를 맴돌았습니다.

그날 밤 나는 심하게 앓았어요. 열이 오르고 뱃속에서부터 무언가 꾸역꾸역 올라왔습니다. 나는 이를 악물고 참았습니다. 신물이 올라오고 온몸이 흔들릴 듯 경련이 일었습니다. 팔과 다리가 조각나는 것처럼 아팠습니다. 날이 훤해질 무렵 나는 까무룩 정신을 잃었어요. 그렇게 사흘을 앓았지요. 사흘째 저녁 으스름한 길을 걷던 일을 기억합니다. 한 발 옮길 때마다 어질머리가 일었지요. 나는 외투 주머니에 손을 넣고 집 뒤의 언덕으로 올라갔습니다. 다닥다닥 붙은 지붕 아래 희미한 불 켜진 창들. 나는 땅 위에 퍼질러 앉았습니다. 좁은 골목길로 한 아이가 올라오는 것이 보였습니다. 그 아이의 이름은 잊었어요. 나와 말을 나누는 몇 안 되는 반 아이 중 하나였을 겁니다. 곧 내 등 뒤에 아이의 헐떡이는 숨소리가 들렸습니다.

아픈 내가 걱정스러웠다고 그 아이는 말했지요. 이상하게도 선뜻 그 아이의 말이 귀에 들어오지 않았습니다. 마른 잎 새로 지나는 바람, 흔들리는 이파리들이 생생하게 눈에 잡히는데 아이의 얼굴만은 저만치 딴 세상인 듯 멀게 보였습니다. 나는 아이를 물끄러미 보다 눈을 돌렸습니다. 멀리서 개 짖는 소리가 들렸어요. 몇 마디 더 건네던 아이가 가고 나는 어두워질 때까지 그 자리에 앉아 있었습니다. 나는 짐승을 노리는 사냥꾼처럼 어둠 속을 노려보았습니다. 내 앞의 그 무엇을 정확히 포착하지 못하면 내가 잡아먹힐 것임을 나는 알고 있었지요. 내 안에서 굴절되고 반사된 분노가 나를 삼키고 말 것이라는 생각이 들수록 나는 이를 악물었어요. 나는 두려웠습니다. 후미진 골목에 행려병자가 된 내가 나타나고 혀를 빼문 얼굴, 푸릇하게 변한 맨발이 보였지요. 죽은 엄마의 악다구니, 깔깔거리는 웃음소리가 들렸습니다. 눈알이 뻑뻑해지고 눈동자가 튀어나올 듯 아팠지만 나는 눈을 감지 않았어요. 눈을 깜박이지도, 숨을 쉬지도 않은 시간이 얼마나 지났을까요. 공포가 사라지고 서서히 다른 무언가가 내 속에 들어왔습니다. 그때처럼 선명히 내가 악한 여자임을 인식한 적은 없었습니다. 나는 알았습니다. 악이란 거부할 수 없는 것이며 결코 벗어날 수도 벗어나려 해서도 안 되는 것임을.

그 골목을 벗어난 것은 스무 살 때였습니다. 나는 운이 좋았지요. 잡지에 나오는 이야기처럼 어느 날 카페에 앉아 있는 내게 두 명의 남자가 다가와 말을 걸었습니다. 남자들은 단도직입적으로 내게 물었어요. 우리는 영화를 찍으려 한다, 여배우를 찾고 있다, 오디션을 받아보지 않겠느냐. 늙은 대학생처럼 보이는 한 남자가 내게 연락처를 적어주었습니다. 감독이었지요. 배우가 되겠다는 생각은 한 번도 해본 적이 없었습니다. 무엇보다 사람들과 얽히는 일을 싫어했으니까요. 그렇지만 나는 그 남자를 찾아갔고 영화를 찍었습니다. 생각만큼 어려운 일은 아니었지요. 단조롭고 진부한 스토리였어요. 실연한 남자와 짝사랑에 빠진 여자가 우연히 얽힌다…… 뭐 그런 거였죠. 카메라가 돌아가면 나는 멍한 표정으로 길을 갑니다. 무언가를 간절히 바라지만 그걸 드러낼 수 없는 얼굴. 내게 그건 연기도 무엇도 아니었습니다. 나는 늘 그런 얼굴이었으니까요. 그리고 영화 같은 일이 일어났어요. 상한가를 치던 상대역의 남자 배우 때문이었겠지만 놀랄 만큼 많은 관객이 들었습니다. 폴란드에서 막 돌아와 만든 첫 영화에서 대성공을 거둔 감독은 연일 인터뷰 공세에 시달렸고 내게도 기자들이 전화를 걸어왔지만 나는 아무도 만나지 않았습니다. 사람들은 그것도 전략의 하나라고 말하더군요. 스크린에 비친 나는 바보 같았어요. 그 때문에 그 남자가 나를 택한 것임을 그때 나는 알지 못했습니다.

두번째의 영화를 찍기 전 나는 방을 얻어 집을 나왔습니다. 아버지는 깨끗이 포기한 얼굴로 나를 보내주었고 그 여자는 좀 당황한 듯했어요. 내가 집을 떠나는 것이 기꺼웠겠지만 한편 자신의 통제 범위를 벗어나는 것이 불안했겠지요. 첫 영화를 찍을 때 보통의 아버지처럼 아버지는 배우라는 직업에 대해 본능적인 거부감을 보였습니다. 나는 아버지에게 영화의 대본을 보여주었습니다. 어느 장면에도 흔한 키스 신 하나 없었던 것이 그를 조금 안심시켰어요. 내가 말했어요. 영화가 개봉되고 나면 보아달라. 그리고 결정을 해달라. 물론 나는 아버지가 어떤 결정을 내리든 상관없이 계속 그 일을 할 작정이었습니다. 다만 나는 아버지와 싸우고 싶지 않았어요. 그는 막 세 돌이 지난 사내아이에 푹 빠져 있었지요. 나를 말리는 것은 의무감 때문이었습니다. 그때쯤 이미 아버지는 내게 아무도 아니었습니다.

두번째 영화에서 나는 벙어리였습니다. 같은 감독이었지요. 그는 현명한 사람이었어요. 언어는 사랑을 기만할 뿐이라는 것을 잘 알고 있었지요. 나는 그 역할이 좋았지만 영화는 흥행에 실패했습니다. 지루한 영화였으니까요. 대신 평론가들의 찬사를 들었지요. 사람들은 수채화 같은 화면이니 동심의 세계니 하는 말들을 질리지도 않고 반복했습니다. 세번째, 네번째의 영화에서도 내 역할은 바보 비슷한 여자였습니다. 감독은 내게 그러더군요. 네가 예뻐서 눈길을 끌었던 게 아냐. 너 정도의 인물은 길에 널렸어. 네 얼굴은 이상해. 방심한 듯 쳐다보면 정말 바보 같아. 그런데 말이야. 나는 어쩐지 또 다른 느낌이 들어. 설명하기 쉽지 않은 거야. 나는 그에게 설명을 요구하지 않았습니다. 그가 그렇다고 하면 그런 거였겠지요. 그즈음 나는 좀 지쳐 있었습니다. 내 얼굴을 보이는 것에, 바보 같은 얼굴을 보이는 일에 한계가 온 것이었지요. 나는 평소의 나와 화면 속의 나를 구분할 수 없었습니다. 밤에, 아무 옷이나 걸치고 잠자리에 들 때조차 나는 내 자신이 연기를 하는 듯 느껴졌어요. 나는 바보처럼 보였고 멍청한 얼굴을 하고 있었습니다. 지긋지긋했죠.

 그 남자를 받아들인 것은 그토록 극심한 무기력 때문이었어요. 그때 나는 괌에 있었습니다. 네번째 영화의 제작자가 선심을 쓴 것이었지요. 촬영 팀이 모두 그곳에서 아이들처럼 놀았습니다. 해는 늘 뜨거웠고 물은 차가웠습니다. 사람들은 모두 흑인처럼 까맣게 그을었습니다. 그날은 일정의 마지막 날이었습니다. 몇 사람은 배를 빌려 바다낚시를 가고 몇 사람은 스쿠버 다이빙을 하러 떠나고 나는 해변의 긴 의자에 엎드린 채 낮잠에 빠졌습니다. 격렬하고 달콤한 잠이었습니다. 나는 평생 그렇게 외딴 바닷가에서 살고 싶었어요. 호텔 식당에서 접시를 나르면서 아무런 야심도 기쁨도 없이 늙어가고 싶었습니다. 나를 깨운 것은 햇빛이었습니다. 비치파라솔의 그늘은 저만치 물러나 있고 내 몸은 햇살에 고스란히 드러나

고기처럼 바짝 말라 있었습니다. 눈을 떴지만 손끝 하나 까딱하기가 어려웠습니다. 몸이 그대로 굳어버린 것 같았지요. 그때 누군가 파라솔을 돌려놓았습니다. 함께 떠난 줄 알았던 조감독이었지요. 나는 그에게 방으로 데려다달라고 말했습니다.

 그 남자는 능숙하게 나를 눕히고 찬 수건으로 얼굴을 닦아주었습니다. 머리가 깨질 듯 아팠지요. 나는 다시 잠에 빠졌다 깨어나기를 반복했어요. 눈을 뜨면 그의 얼굴이 보였고 그때마다 그는 나를 보고 웃었습니다. 어스름녘에 나는 완전히 잠에서 빠져나왔습니다. 두통은 사라지고 머릿속은 물처럼 말갰습니다. 나는 그 남자가 준 찬 음료를 마시고 말린 과일을 먹었습니다. 그는 한 조각 한 조각을, 내가 다 씹고 삼키기를 기다려 내 손 위에 올려놓았어요. 언제쯤 그가 내 어깨에 손을 얹었는지, 내 옆으로 옮아앉았는지 나는 기억하지 못합니다. 나는 자제력이 뛰어난 편입니다. 그 시간 나의 자제력이 잠시 사라졌는지 자제할 필요를 느끼지 못했는지 그런 것도 기억할 수가 없군요. 나는 그가 이끄는 대로 몸을 맡겼습니다. 조용한 말투와 달리 그는 세밀하고 신중한 편은 아니었지요. 그는 성이 나 있는 것 같았습니다. 정염만큼 불가해한 것이 또 있겠습니까. 그 순간이 지나면 해체되어 사라지는 그 감정이 그 찰나에만은 온 정신과 육체를 통째로 지배합니다. 생생히 살아 움직이는 것은 몸, 몸, 몸뿐이지요. 그는 탐욕스러웠습니다. 자신이 가진 모든 것을 자랑하기 위해 안달이 난 아이처럼 조급해했지요. 거칠고 사나운 물결이 몇 차례고 그에게서 내게로 밀려왔습니다. 정사가 끝났을 때 비로소 등과 다리가 불에 덴 듯 화끈거리는 것이 느껴졌습니다. 내 등을 쓸어내리며 곧 껍질이 벗겨질 것이라고 그가 말했습니다.

그와의 날을 사랑이라고 할 수는 없습니다. 사람들이 말하듯 사랑이라는 것이 함께 있고 싶고 바라보고자 하고, 같이 누리며 아파하고, 그가 늙어가는 것조차 지켜보고 싶은 감정이라면 말입니다. 우리는 언제나 후미진 모텔을 찾기에 바빴습니다. 방을 들어서면 갈급증 환자처럼 서로에게 얽혀들었습니다. 무엇보다 우리에게는 시간이 너무 부족했어요. 나는 새로운 영화를 찍고 있었고 그는 여전히 그 일의 조감독이었습니다. 촬영장에서 그는 메마른 몸을 쉴 새 없이 움직였고 휴식 시간이면 그의 주변에서 웃음이 끊이지 않았습니다. 그는 거의 경박해 보였지요. 사람들은 그를 속없는 얼뜨기 취급했지만 나는 알았습니다. 그는 가면을 쓰고 있었지요. 공식적인 자리에서 그와 나는 가장무도회에서 만난 상대에게 그러하듯 가짜의 눈빛과 거짓의 말들을 나누었습니다. 나를 만나면 그가 가면을 벗는다고 믿지는 않았어요. 단지 바꾸어 쓰는 것뿐이지요. 그렇지만 나는 그런 일에 상처받는 타입이 아닙니다. 나는 그와의 만남이 즐거웠어요. 그 아슬아슬함이 나를 긴장시켰습니다. 그는 매번 다른 차를 타고 나왔습니다. 대부분 낡고 더러운 것들이었지요. 그 차들을 타면 나는 편안해지고 딴사람이 된 느낌이 들었어요. 나는 바보도 악녀도 아니었습니다. 나는 그에게 굴종했지만 비굴하다고 느끼지 않았습니다. 나는 내 감정에 대한 핍박을 그만두었습니다. 그를 만나면 나는 언제나 알몸처럼 자유로웠습니다. 그는 사람들의 시선을 피하는 모든 요령을 알고 있었어요. 이따금 나와 다른 남자와의 염문설이 신문의 가십난을 오르내렸지만 어느 신문도 그의 이름을 언급하지 않았습니다.

그날의 만찬을 이야기할 때가 되었군요. 그 저녁 나는 어쩐지 기분이 좋지 않았습니다. 기분 전환을 위해 나는 전날 시상식에서 입었던 등이 깊게 파인 실크 드레스를 입었습니다. 착 달라붙는 느낌이 나쁘지 않았지요. 만찬은 내가 좋아하는 중국식이었어요. 감독과 그, 나와 어떤 여자는 쌉쌀한 맛이 나는 뜨거운 수프를 먹었습니다. 그 여자는 몹시 신경질적인 얼굴로 접시에 놓인 음식들을 조금씩만 먹었습니다. 깡마른 몸에 나이를 짐작하기 어려운 얼굴이었지요. 그 여자에 대해 감독이 한 말은 이랬어요. 이혼녀야. 애가 둘이고. 모든 취향이 까다롭다고 소문이 나 있어. 여자는 세련된 화장에 값비싼 수트를 입고 있었습니다. 새 영화의 성공을 축하하는 말이 오갔습니다. 전날 받은 여우 주연상에 대해서도 여자는 축하를 잊지 않았습니다. 무척 예의 바른 태도였지만 나는 좀 껄끄러웠습니다. 여자는 영화를 기획하고 제작하는 일에 관계하는 사람처럼 보이지 않았어요. 감독도 평소와 달리 상냥하기 그지없었습니다. 그는 다음 영화에 대해 엄청난 투자를 기대하고 있었으니까요.

이상한 것은 조감독이었습니다. 그는 잘 웃지 않았어요. 꼭 필요한 말만, 어쩔 수 없이 한다는 듯 천천히 낯선 목소리로 말했습니다. 침묵하는 그는 진중하고 어색해 보였어요. 나는 몇 번 그에게 눈길을 주었지만 그는 예의 가면의 눈으로 나를 볼 뿐이었습니다. 다른 특별한 일이 있었던 것은 아니었습니다. 디저트가 나올 때쯤 나는 그가 그 여자의 손을 보고 있는 것을 알았어요. 손등에 푸른 힘줄이 솟았다 사라지는 것을 그는 신기한 듯 오래 바라보고 있었지요. 그 여자의 손놀림은 사실 우아하고 아름다웠습니다. 여자의 손가락에서 엄지손톱만 한 사파이어가 신비한 빛으로 반짝이던 것을 선명히 기억합니다.

그날 이후 사소한 일들이 문틈을 갉는 쥐처럼 그와 나를 괴롭혔습니다. 그건 신호였지요. 그럴수록 그와 나는 만나기 무섭게 서로의 몸을 파고들었습니다. 우리는 유산을 탕진하지 못해 안달하는 탕아들 같았습니다. 지진을 감지하고 미친 듯 땅을 달리는 짐승들 같았지요. 화수분 같은 열정이 고갈되는 것은 한순간이지요. 나는 그걸 잘 알고 있다고 믿었습니다. 그가 원하면 언제고 헤어질 준비가 되어 있다고 생각했어요. 상처를 받지 않으리라는 말이 아닙니다. 나는 상처를 곱씹고 그를 기억하고 그가 잊을 만하면 그의 꿈속에 악몽으로 나타날 것이었습니다. 그와 내가 보낸 광란의 시간들이 그만큼의 가치는 있다고 생각했지요.

어느 하루, 서울로 돌아오는 길에 나는 그에게 말했습니다. 하고 싶은 이야기가 있으면 지금 해요. 아니면 영원히 하지 말든지. 결혼식 하니, 지금? 하고 그가 말했지만 그도 나도 웃지 않았지요. 그는 망설이는 것 같았어요. 우리는 흔히 차 안에서 이야기를 나누곤 했습니다. 차 안에서는 서로의 얼굴을 마주 보지 않아도 되니까요. 내가, 혹은 그가 어떤 반응을 보이는지를 즉각 알 수 없다는 것은 무척 편리한 일이었습니다. 막상 서두를 꺼내자 그는 머뭇거리지 않았어요. 그의 이야기는 어쩌면 그렇게 내가 찍은 영화와 닮았는지요. 나는 그를 이해했습니다. 그가 그 여자를 유혹하기 위해 사력을 다했음을 이해했습니다. 알고 있는 모든 방법과 모든 기교를 아낌없이 썼을 테지요. 그는 그 여자가 그만큼의 가치를 지녔다고 말했습니다.

나는 잠자코 들었습니다. 흔한 이야기였으니까요. 그는 조감독이었으니까요. 절망적으로 가난하고 턱없이 취향만 고상하며 영화에 대한 기약 없는 열정에 사로잡혀 있었으니까요. 그는 미래를 말했습니다. 나와는 단 한 차례도 나눈 적이 없는 이야기들이었지요.

나와 그는 언제나 현재를 살았습니다. 그 여자의 안목은 탁월하다고 그가 말했습니다. 그 여자의 돈으로 영화를 만들고 그 여자의 회사에서 홍보를 맡는다면 그는 성공할 수도 있겠지요. 국내와 홍콩과 아시아 전역에 배급을 하고, 어쩌면 그는 단박에 베니스도, 칸도 갈 수 있겠지요. 그는 언제나 베니스, 라는 단어를 무척 조심스럽게 발음했습니다. 말로 설명되지 않은 그의 속마음이 고스란히 내게 전해져왔습니다. 그렇지만 그의 마지막 말은 몹시 치졸했어요. 나는 내 인생을 걸었어. 급작스레 화가 치밀었습니다. 그가 안쓰럽고 가엾어졌어요. 그가, 또 내가 누더기가 된 느낌이 들었지요. 다행히 길은 얼마 남아 있지 않았더군요. 나는 평소처럼 집에서 좀 떨어진 곳에서 내렸습니다. 그는 한동안 그곳에 서서 움직이지 않았어요. 멀어지는 나를 바라보며 그는 불안했을까요? 그렇지 않았다고 생각합니다. 그가 그처럼 솔직했던 것은 자신감 때문이었지요. 내가 누구에게도 이런 이야기를 하지 못하리라는 확고한 믿음. 그로서는 잃을 것이 없었습니다. 스캔들에 멍드는 것은 나일 테니까요.

며칠 후 나는 어떤 남자를 만나러 갔습니다. 미리 약속은 하지 않았지만 그 남자는 나를 기쁘게 맞아주었지요. 우리는 점심을 함께 먹었습니다. 당신의 최근 영화를 보았다, 고 그가 말했어요. 놀라운 영화였다고도 했지요. 나는 그에게 그건 거짓말처럼 들린다고 했지요. 도대체 영화 같은 것을 볼 시간이 있을 리 없잖아요, 라고 했지요. 그 남자는 소리내지 않고 웃었습니다. 식사가 끝날 무렵 내가 그랬지요. 다음에 만나기 전에 그 영화 꼭 보세요, 좋은 영화였어요. 그는 얼결에 물론 그러겠다고 말했습니다. 그 영화에서 나는 요부였지요. 사랑하고 사랑하고 마침내 그 사랑의 무게 때문에 죽어가는 여자였습니다. 파격적인 역할이었지요. 정말 셀 수 없이 많은 섹스 신을 찍었습니다. 감독은 그가 말했던 나의 다른 면을 탁월하게 그려낸 거였지요. 나는 그 남자가 그 영화를 볼 것이라고 생각했습니다. 최소한 내가 원하는 장면은 볼 것을 믿었지요. 나는 두 번 더 그와 식사를 하고 몇 차례 함께 술을 마셨습니다. 얼마 후 그는 내게 함께 휴가를 가지 않겠느냐고 제의했지요. 나는 그의 제의를 받아들였습니다.

우리는 서산의 그의 옛집에서 사흘을 보냈습니다. 수영을 하고 해변에서 고기를 구워 먹는, 지극히 평범한 휴가였지요. 그는 단단하고 아름다운 몸을 가졌더군요. 예순에 가까운 나이를 생각한다면 놀라운 일이었지요. 아침이면 그는 반바지 차림으로 긴 해변을 천천히 달렸습니다. 벌거벗은 상체에 흰 수건을 걸친 그가 깨우러 올 때까지 나는 늦잠을 잤습니다. 밤에는 모깃불을 피워놓고 그의 이야기를 들었지요. 그는 짧았던 결혼 생활과 먼 나라에 사는 딸에 대해 이야기했어요. 딸은 이따금 푸른 눈의 남자와 인형처럼 예쁜 아이들과 함께 찍은 사진을 보내온다고 했지요. 이미 아는 이야기였지만 나는 다소곳이 들었습니다. 마지막 밤까지 그는 내게 아버지처럼 굴었고 나는 자연스럽게 그의 딸 역할을 맡았습니다. 나는 조급해하지 않았어요. 밤이 깊었을 때 그가 물었어요. 그 영화 말이야. 정말 리얼하던데, 실제로도 섹스를 그렇게 난폭하게 하나? 나는 그를 똑바로 쳐다보며 말했어요. 지금 확인해보시겠어요? 서울로 돌아와 얼마 지나지 않아 나는 그의 청혼을 받았습니다. 주간 신문에 그와 내가 은밀한 사이라는 기사가 실린 직후였지요.

기사를 읽은 사람들은 천박한 상상을 했겠지요. 그렇지만 그는 대단히 우아한 사람이었습니다. 결혼 생활은 영화를 찍는 일과 무척 닮았더군요. 그의 집은 촬영장처럼 모든 것이 갖춰져 있었습니다. 완벽한 성품의 시누 덕분이었지요. 나는 느지막이 일어나 지하의 운동실에서 오전을 보냈어요. 결혼 초에는 거의 매일 저녁 누군가의 초대를 받았어요. 나는 성장을 하고 모임에 참석했지요. 밤이 되면 다른 부부들처럼 평범한 섹스를 하고 그의 코 고는 소리를 들으며 잠이 들었습니다. 남편은 행복해하는 것 같았어요. 일을 줄이고 나와의 시간을 늘리려 노력했지요. 가을과 겨울과 봄이 천천히 지나갔습니다. 고양이처럼 나른한 날들이었지요. 우리는 죽을 때까지 그렇게 살 것 같았습니다.

사고가 일어난 날은 휴일이었습니다. 그날 아침 남편은 조금 들떠 있었지요. 처음으로 나를 필드에 데려가기로 한 날이었거든요. 나는 막 계단을 내려가다 그 무시무시한 소리를 들었습니다. 엄청난 속도로 달리던 자동차가 급정거하는 듯한 소리, 시멘트 바닥이 긁히는 듯 날카로운 파열음, 그리고 누군가의 끔찍한 비명이 길게 이어졌습니다. 내가 달려나갔을 때 남편은 살아 있는 사람처럼 보이지 않았어요. 그는 대문 옆 담 아래 죽은 듯 눈을 감은 채 널브러져 있었지요. 어디선가 흘러나온 피가 낭자했습니다. 앰뷸런스가 오고 남편이 실려 나갈 때까지도 운전사는 넋을 잃고 있었어요. 시동을 걸자마자 차가 미친 듯 튀어나갔다고 했어요. 남편의 몸은 자동차와 집의 외벽 사이에 끼였던 겁니다. 사고의 원인은 밝혀지지 않았습니다. 급발진 사고가 아니었을까, 추정했을 뿐이죠. 남편은 열 시간이 넘는 대수술을 받았습니다. 어디 하나 성한 곳이 없다고 했지요. 의사들은 조각난 그의 장기를 꿰매고 끊어진 신경을 잇고 피를 갈아넣고 뼈마다 철심을 박았어요. 가장 치명적인 것은 척추의 손상이었지요. 크고 작은 수술이 끝없이 이어졌지만 의사들은 남편을 걷게 하는 데는 실패하고 말았습니다. 어느 나라의 어떤 시설을 들먹이며 시누가 재활 치료를 주장했을 때 남편은 담담한 낯으로 싫다, 고 말했어요. 그는 자신의 변화를 조용히 받아들였습니다. 남편과 나는 짐을 꾸려 서산으로 옮겨왔지요. 남편이 사고가 난 집을 떠나고 싶어했기 때문이었어요. 볼품없고 황량한 곳에서 남편은 난생처음 한적한 나날을 보냈습니다. 남편의 단단하던 가슴에는 부드러운 살집이 생겼습니다. 그는 운동을 하지 않았거든요. 그를 웃게 하고 그의 팔을 움직이게 하는 것은 강아지 미미뿐이었지요.

그 남자가 찾아왔던 날 남편은 미미와 함께 해변에 있었습니다. 나는 그의 낡은 자동차를 타고 먼 곳으로 갔지요. 아무도 우리를 방해하지 않았습니다. 그는 좀 변한 것 같더군요. 깔끔한 향의 향수 냄새가 풍겼지만 그에게서는 초췌한 느낌이 났습니다. 우리는 서로에 대해 변명하지 않았어요. 짧은 섹스가 끝났을 때 그가 말했습니다. 아직 내게 화가 나 있구나. 나는 긍정도 부정도 하지 않았습니다. 나는 그가 간부(姦夫) 역할에 썩 어울린다는 생각을 하고 있었지요. 그는 조심스럽고 교활했어요. 내 갑작스러운 결혼으로 자신의 계획이 어그러진 것에 대해 한 마디도 하지 않았지요. 그는 그가 되찾은 것이 내 몸뚱이뿐이었음을 알지 못했습니다. 내 몸은 다시는 예전처럼 정신을 침범하고 장악하지 못했지요. 만남이 거듭될수록 그에게서는 강한 음모의 냄새가 났습니다. 그건 몹시 사악하고 비열한 거였죠. 나는 그를 제지하지 않았습니다. 그가 스스로 만든 덫에 걸려 신음하고 말라가고 죽어가기를 원했지요. 나는 그의 끝없는 망상이, 망상을 망상으로 인정하지 않는 눈먼 정열이 혐오스러웠습니다. 그는 안달이 나고, 그걸 숨기기 위해 내게 온갖 정성을 기울였지요. 뻔뻔하게도 그는 남편을 미워했습니다. 남편의 세계. 남편이 가졌던, 모든 것이 가능하던 그 세계가 그를 망가뜨리고 우리의 짐승의 시간을, 그 순수하고 아름답던 날들을 앗아갔다고 말했지요. 그는 이혼녀가, 혹은 미망인이 된 나를 즐겨 이야기했어요. 이혼이든 사별이든 내가 남편을 떠날 생각을 하고 있음을 그는 눈치 채고 있었습니다. 나는 그의 생각대로 움직일 마음은 없었습니다. 내가 바랐던 것은 완벽한 종말이었지요. 나는 파멸을 원했어요. 기회는 뜻밖에도 손쉽게 찾아왔습니다.

그날 미미는 종일 나를 피했습니다. 개에게도 예감이라는 것이 있을까요? 저녁 무렵 남편의 방에 들어서는 나를 보자마자 미미는 방문 틈으로 빠져나가 밖으로 달아났지요. 따라가보라, 고 남편이 말했어요. 개는 아직 이곳 지리에 익지 않았거든요. 집 밖으로 나온 나는 길 끝에서 나를 보고 있는 미미를 발견했습니다. 미미, 돌아와. 내가 소리쳤지만 개는 슬금슬금 뒷걸음쳐서 달아났습니다. 우리는 한동안 숨바꼭질을 했지요. 개는 내가 따라잡을 만하면 기다렸다는 듯 다시 달아났습니다. 나는 개를 따라 남편의 사유지를 벗어나고 낯선 집의 열린 문으로 들어갔습니다. 두어 군데의 초라한 가게 옆을 지나고 빈 함지와 조개껍데기들이 널린 길을 따라갔습니다. 앙상한 가지만 남은 포도밭 이랑을 달리다 돌부리에 걸려 넘어지기도 했지요. 손에 잡힐 듯 가까워질 때마다 개는 날쌔게 달아났습니다. 어서 와봐, 나를 잡아봐, 하고 약 올리는 것 같았지요. 깜박 시야에서 개를 놓쳤을 때쯤 나는 숨이 가빴습니다. 이대로 돌아가버릴까, 영영 비루먹은 개가 되도록 버려둘까 싶어졌지요. 모퉁이를 돌자 저만치 외딴집의 담벼락 아래 서 있는 미미가 있었습니다.

개는 멍하니 서서 창을 올려다보고 있었지요. 가까이 가서야 나는 개를 멈추게 한 것이 무엇인지 알았습니다. 창에서는 아코디언 소리가 흘러나왔어요. 미미는 홀린 듯 넋을 놓고 그 소리를 듣고 있었습니다. 남편은 이따금 흥이 날 때면 아코디언을 켜곤 했거든요. 물론 사고 이전의 이야기지요. 악기를 부채꼴로 폈다 접을 때면 남편의 어깨가 물결치듯 기울던 것이 보기 좋았던 것을 기억합니다. 남편은 유랑 극단의 떠돌이 악사처럼 고즈넉한 표정을 지었고 그럴 때면 미미는 말끄러미 그를 올려다보다 바짓가랑이에 코를 비비곤 했지요. 미미와 나는 한동안 어둠이 내리는 길에 서서 아코디언 소리를 들었습니다. 제목을 알 수 없는 옛 가요였어요. 미미는 꼼짝하지 않았습니다. 단 한 번 끄응, 이상한 소리를 냈지요. 구성지고 슬픈 가락이 멈추었을 때 나는 손을 뻗어 미미를 움켜잡았습니다. 개는 소스라쳐 달아나려 했지만 내 손을 벗어나지 못했습니다.

집으로 돌아오는 대신 나는 바닷가로 갔습니다. 미미는 체념한 듯 얌전히 안겨 있었지요. 나는 무릎을 지나 가슴에 차오를 때까지 물속으로 걸어 들어갔어요. 그리고 천천히 미미를 물에 내려놓았습니다. 바다는 어두웠어요. 물은 얼음처럼 차가웠지요. 미미는 두어 번 내게 엉기려 안간힘을 썼지만 나는 가만히 개를 떠밀었습니다. 잔파도가 밀려왔다 나갈 때마다 미미는 내게 닿을 듯 다가왔다 조금씩 멀어졌습니다. 썰물 때였지요. 그리고 어느 순간 파도가 개를 휩쓸었습니다. 아아, 나는 죽을 때까지 미미의 가냘픈 다리가 내 팔을 움켜잡던 그 순간을 잊을 수 없을 거예요. 나는 물에 서서 하얀 몸이 떠올랐다 가라앉기를 반복하는 것을 바라보았습니다. 이윽고 너울에 실린 미미는 보이지 않는 먼 바다로 흘러갔습니다.

미미의 하얀 털 빛 같은 파도가 바다 여기저기에서 일었습니다. 나는 조용한 바다에서 파도의 긴 울음소리를 들었습니다. 머리카락 끝까지 찬 기운이 밀려들었어요. 예상치 못했던 기쁨이 치밀어 나는 흐득 몸을 떨었습니다. 나는 들어갈 때처럼 천천히 물속을 걸어 나왔습니다. 조각달이 떠 있더군요. 달은 차갑고 냉정한 빛으로 나를 비추었습니다. 내 몸에서 물기가 비늘처럼 번득였습니다. 남편에게는 이제 웃을 일도 팔을 들어올릴 일도 없어졌군요. 그는 더 무표정해지고 강해지겠지요. 나는 결코 그를 떠나지 않을 작정입니다. 그가 강해지고, 강해지고 마침내 그의 눈이 텅 빌 때까지는.

비밀

 그곳으로 가는 길은 멀고 지루하다. 찌는 듯 무더운 여름날에는 더욱 그렇다. 51번 버스에 올라 아파트의 숲을 지나 삼십오 분, 마로니에 공원에서 4호선 전철을 타고 스물일곱 개의 역을 지나 상록수역에서 내리면 미니버스가 기다리고 있다. 세 명의 승객을 태운 미니버스는 금방 출발하지 않는다. 에어컨이 가동된 버스 안은 오스스 소름이 돋을 만큼 서늘하다.
 정수는 무릎 위의 책을 펼친다. 아파트에 오는 구청의 이동도서관에서 빌린 책이다. 낯선 이름의 일본 작가. 정수는 매번 아무도 빌려가지 않는 책, 처음 보는 이름의 작가를 고른다. 집으로 돌아온 애인에게 키스를 받는 여자 주인공. 마음이 담긴 키스, 라는 구절에 정수의 눈이 오래 머문다. 남편이 정수에게 마음이 담긴 키스를 한 것은 오래전의 일이다. 신혼 초, 어쩌면 결혼 전.
 검은 선글라스를 낀 운전기사가 백미러로 그녀를 쳐다본다. 한 분만 더 오시면 출발하겠습니다. 정수를 쳐다보며 기사가 친절하게 말했다. 그의 목소리는 굵고 부드럽다. 하얀 셔츠를 입고 보기

좋게 그을은 얼굴의 기사를 보며 정수는 막 해변으로, 푸른 바다로 갈 듯한 착각에 빠진다. 여자 하나가 버스 앞에서 파라솔을 접었다. 문이 열리고 문틈에 낄 듯 살찐 여자가 올라타자 훅 땀내가 끼친다. 여자가 조심스레 통로를 지나 정수의 뒷좌석에 앉는 것과 동시에 버스가 출발했다.

몇 개의 신호등을 지나고 골목을 돌면 낮은 울타리 안쪽에 숨은 듯 예쁜 집이 나타난다. 현관 옆 상담실에서 여자들은 헝겊 주머니를 받는다. 반지, 목걸이, 귀걸이, 그리고 작은 소지품들을 빼 넣은 주머니와 플라스틱 번호표를 교환하는 여자들의 표정이 조금 비장해진다. 일곱 개의 방. 각각의 방에는 두 개의 싱글 침대가 놓여 있다. 입구에서 일행을 맞은 여자가 일일이 방을 배정해준다. 한정수씨, 그리고 이선희씨, 이 방을 쓰세요. 짐 정리가 끝나면 운동실로 모이세요. 간편한 복장을 하고 오세요. 여자는 상냥하게 웃고 다음 방으로 간다. 뚱뚱한 여자가 살 속에 폭 파묻힌 눈을 일그러뜨리며 어색하게 웃는다. 이선희라니, 내 이름 쓰는 것도 정말 오랜만이에요. 요즘은 은행에서도 번호로 불리잖아요? 난 진아 엄마예요. 우리 딸, 삼학년이에요.

여자의 목소리는 높고 투명하다. 서른셋? 넷? 어쩌면 그보다 더 어릴지도 모른다. 살이 찌면 많은 것이 불투명해진다. 난, 이런 데 처음이에요. 그쪽은, 정수씨라고 그랬지요? 뭐 괜찮아 보이는데 왜 여길 왔어요? 여자는 정수의 대꾸가 없거나 말거나 이야기를 계속한다. 이 방을 떠나기 전에 정수는 여자의 모든 것을 알게 될 것이다. 남편, 아이들, 아침에 일어나면 맨 먼저 무슨 일을 하는지, 어떤 드라마를 즐겨 보는지, 그리고 잠들기 전의 사소한 습관까지도.

운동실에 모인 사람은 스물 남짓, 그중 한 여자가 정수에게 알은체 눈짓을 보내온다. 조각도로 도려낸 듯 푹 꺼진 눈자위. 정수의 이마에 언뜻 주름이 잡힌다. 몇 해 전 정수와 한방을 썼던 여자. 여자의 이름을 떠올리려 애쓰다 정수는 결국 포기한다. 여자의 이 닦던 모습, 창을 열고 몰래 담배 연기를 내보내던 정경, 몽롱한 밤, 여자와 나누었던 비밀스러운 이야기들, 우리 다시는 만나지 말자고 농담처럼 했던 약속들…… 모든 것이 또렷한데 이름은 까만 테이프에 가려진 듯 떠오르지 않는다. 이즈음 들어 부쩍 기억력이 나빠졌다고 정수는 생각한다. 사람과 이름, 사람과 일, 일과 물건, 약속과 장소가 빈번히 섞여들었다. 기억들은 장난감 블록처럼 조각조각 머릿속을 돌다가 엉뚱하고도 무한한 재조립을 하기 일쑤였다.

눈자위가 꺼진 여자가 정수에게 다가와 말을 걸었다. 또 만났네. 한정수씨. 여자는 정수의 이름을 또박또박 발음한다. 뭘 그렇게 놀라? 나, 강민주, 내 이름 잊어먹었지? 마요네즈와 요구르트를 어떤 비율로 섞어야 훌륭한 크림이 되는지, 마사지할 때 어떤 방향으로 어떻게 문지르면 주름이 방지되는지 따위에 대해 끊임없이 가르쳐주던 여자. 놀랍게 활발하고 그러다 문득 두터운 막에 갇힌 듯 침묵하던 여자. 다들 모이셨어요? 우선 간단한 입소식을 하겠습니다. 안내 책자는 다 받으셨지요? 안내원이 들어선 덕분에 정수는 여자의 이어질 수다에서 놓여난다.

밤. 벽 틈과 천장을 타고 간헐적으로 물 흐르는 소리가 들린다. 배설제를 복용한 여자들이 저마다 화장실을 들락거리는 탓이다. 물소리가 멈춘 사이 깜박 잠들었다 깨어날 때마다 정수도 화장실로 간다. 장이 비면서 머릿속도 말개진다. 기억도, 이처럼 깨끗이 비워낼 수 있다면, 정수는 생각한다.

자요? 옆자리의 뚱뚱한 여자, 이선희가 정수를 부른다. 정수는 대답하지 않는다. 영, 잠이 안 오네. 난 원래 배고프면 잠 못 자거든요. 잠들지 않았다는 것을 알고 있다는 듯 이선희는 말을 건넨다. 아까 입소식 할 때 목표를 정하라고 했잖아요. 정수씨는 뭘로 정했어요? 나는 말이죠. 그냥 심플하게 내가 아끼는 옷 입을 수 있는 거, 그걸로 정했어요. 그거 입고 아이 학교에 가는 거죠. 혹시 몰라서 그 옷을 가져왔는데, 진짜 입게 될까 몰라…… 여자의 말소리를 들으며 정수는 아슴아슴 잠에 빠진다.

정수는 꿈을 꾸었다. 늘 어디론가 가고 있는 꿈이다. 누더기를 걸친 사람들이 그녀를 지나쳐 걸어갔다. 사람들은 모두 입을 벌리고 눈을 크게 뜨고 있었다. 그들이 바라보는 방향은 어두웠다. 언뜻 눈을 뜨면 연회색의 커튼 사이로 누군가 자신을 들여다보고 있는 것만 같았다. 등줄기가 서늘해지며 소름이 끼친다. 괜찮아. 그건 그냥 꿈이었어. 정수는 스스로를 위로하며 돌아눕는다. 여섯시 삼십분의 기상 시각까지 정수는 네 번쯤 깨어났다. 다시 잠이 들면 비슷한 꿈이 계속되었다. 날이 밝을 무렵의 마지막 꿈에서는 검은 새가 날갯짓을 하며 머리 위를 지나갔다.

둘째 날, 뱃속을 말끔히 비우기 위해 관장을 한다. 여자들은 차례로 상담실에 들어갔다 고통을 참는 얼굴로 나온다. 그리고 화장실행. 텅 빈 뱃속만큼 빈 시간들이 조용히 지나간다. 정수는 가져온 두 권째의 책을 읽었다. 어느 날 문득 마법의 비밀을 알게 된 소녀. 비밀은 호기심과 모험심을 불러온다. 소녀는 이제 악마를 만날 준비가 되었다. 뚱뚱한 여자, 선희가 이온 음료를 내밀며 말한다. 참 대단해요. 어떻게 책을 다 읽냐. 불안하고 멍하고, 안 그래요?

다들 그렇다는데. 선희는 하루 몇 병인가의 이온 음료를 마신다. 그것만은 금지 목록에 없다는 이유로. 꼬슬란? 주인공이야? 무슨 이름이 그래요? 책을 힐끗 들여다본 선희가 묻는다. 대꾸가 없는 정수를 두고 그녀는 전화를 건다. 딸아이와 통화를 하고 휴대폰을 들고 누군가에게 전화를 걸고 자판을 눌러 메시지를 남긴다.

사흘째 오후, 정수는 비로소 집에 전화를 건다. 전화를 받은 남편은 자신에게는 아무 문제가 없다고 말했다. 정수는 나도 그렇다고, 모든 것이 순조롭다고 말한다. 힘들지? 내일 저녁에 면회 갈까? 남편이 묻는다. 그의 음성은 다정하다. 그럴 거 없어요, 바쁠 텐데. 전화를 끊고 정수는 잠깐 남편을 생각한다. 그는 언제나 다정하다. 성실하고 세심하며 또한 거침없는 남자. 남편은 스스로를 릴라이어블한 사람이라고 말하고 사람들은 그를 타고난 사업가라고 말한다. 그는 좀처럼 화를 내거나 슬퍼하지 않는다. 그가 슬픔, 분노, 그런 것들을 드러낸 것은 오래, 아주 오래 전의 일이다.

저녁 명상 시간. 가부좌를 틀고 앉은 여자들. 대금 소리가 방을 가득 채우고 있다. 대금 한 소절이 끝날 때마다 동화 한 장이 이어진다. 나는 뗏목으로 이 세상에 태어났습니다…… 뗏목은 소녀를 태우고 강을 건너간다. 뗏목은 젊은 여인과 애인을 찾아 떠나는 청년과 병을 앓다 죽은 남자의 시신을 차례로 태우고, 그리고 강 건너의 알지 못하는 곳으로 그들이 떠나는 것을 지켜본다. 물이 얼고 더 이상 강을 건널 수 없어 버려질 때까지.

두번째 동화가 시작되기 전 여자 하나가 발작을 일으켰다. 여자는 히스테릭한 비명을 지르며 손에 뱀이 있다고, 떨어지지 않는다고 길길이 날뛰다 사감의 손에 이끌려 방으로 돌아갔다. 어제부터 현기증을 호소하던 여자. 아마도 여자는 내일쯤 이곳을 떠날 것이다. 남은 사람들은 저마다 손을 들여다보다 다시 눈을 감는다. 고개를 돌리던 정수의 시선이 강민주의 시선과 부딪혔다 비껴간다. 문득 대금 소리가 낯선 칼처럼 느껴진다. 정수는 방으로 이끌려 간 여자를 생각한다. 드물게도 뱀을 좋아하던 아이를 생각한다. 아이는 긴 몸을 똬리 틀고 있던 비단뱀을 보며 탄성을 질렀었다. 플라스틱 뱀을 불쑥 디밀며 정수를 놀라게 하던 아이.

그날 밤에도 정수는 꿈을 꾸었다. 산부인과 병상. 정수는 아이를 기다리고 있다. 진통은 계속되지만 아직 아픔은 아이가 나올 만큼 충분하지 않았다. 뼈가 일그러지는 고통. 옆자리에는 노란 머리의 러시아 여자가 누워 있다. 여자는 쌍둥이를 낳을 것이라 했다. 너는 죽은 아이를 낳을 거야. 러시아 여자가 말했다. 러시아말이었는데도 정수는 그 말을 알아들었다. 진통보다 더한 두려움이 정수를 감싼다. 아이가 나오기 전에, 고통이 극에 이르기 전에 정수는 잠에서 깨어났다. 무슨 꿈을 그리 요란하게 꾸는 거야? 괜찮아요? 옆 침대의 뚱뚱한 여자 선희가 휘휘, 손을 부채처럼 흔들며 정수를 들여다보고 있다.

정수씨는 무슨 사연 있는 사람 같애. 그런 말 자주 듣죠? 멋있기는 한데, 난 너무 심심하잖아. 차가운 물수건을 건네주며 선희가 말한다. 사연? 정수는 말없이 웃는다. 사람들이 자신에게 그런 말을 할지 어떨지 정수는 알지 못한다. 사람들과 사소한 대화를 나눈 지 오래된 탓이다. 불을 끄고 다시 누운 선희가 괜찮아요? 한다. 말간 목소리. 정수는 괜찮지 않았지만 그냥 고마워요, 라고만 한다. 우리, 잠 안 오는데 밑에 노래방이라도 갈래요? 노래 부르면 살 빠진다고 해서 나 그것도 배우러 다녔잖아. 노래방, 마사지실,

물리치료실, 장찜질실, 이곳에는 시간을 죽이기 위한 온갖 시설물들이 있다. 하긴, 신새벽에 노래 부르는 것도 좀 그렇네. 선희는 제풀에 의견을 거두고 다른 이야기를 한다.

살 빼려고 뭐 안 한 짓이 없어요. 커피 다이어트, 계란, 포도, 무슨 생식, 에어로빅, 수영, 아이구 지겨워. 우리 남편은 그래요, 너 그 돈 다 모았으면 우리 부자 됐겠다. 그러면 난 또 그래요, 너 술 끊었으면 우린 애저녁에 갑부 됐다. 살 빼려고 맨 먼저 했던 게 수영이었는데, 그때는 애 아빠가 먼저 회원권 끊어주더라고. 근데 수영이라는 게 하고 나면 무지 배가 고프잖아. 외려 역효과 났지. 정수가 입을 뗀 것이 반가운 듯 선희는 이야기를 계속한다. 저기 말예요. 7호실에 있는 강민주씨, 그 사람은 여기 단골이라며? 뭐 하는 여자인지, 좀 이상해요. 듣기로는 거식증이라고도 하고, 상습적으로 구토한다고도 하고, 정수씨랑은 아는 처지 같던데 얘기 좀 해봐요. 내 잠 깨운 벌로.

정수는 강민주와 한방을 썼던 몇 해 전을 이야기한다. 먹고 토하고 또 실컷 먹고 토했다는 강민주. 모델이었던 여자. 어쩐지, 어디서 본 것 같은 얼굴이더라. 그래서? 모델은 왜 그만뒀대요? 아아, 그러고 보니 무슨 마약 어쩌고 그런 일이 있었지? 맞아, 맞아. 그것 때문이었대요? 선희는 엎드린 채 고개를 바짝 들어 정수 쪽을 보고 있다. 어둠 속에 선희의 얼굴이 흰 박처럼 떠 있다. 강민주는 결코 그 일을 그만두고 싶지 않았을 것이다. 무대 위에 서면 살아 있는 것 같다던 여자. 노란 위액을 게워내던 강민주. 위가, 장이 상하고 몸이 망가지기 시작했을 것이다.

내일, 직접 물어보세요. 저는 이제 잠이 오네요. 정수는 이불을 끌어올리며 돌아눕는다. 한두 군데의 여성지에 등장했던 강민주의 결혼과 이혼, 그 과장된 문구들을 정수는 입에 올리고 싶지 않다. 강민주를 처음 만났을 때의 불안감이 떠오른다. 쉼 없이 돌아가던 눈동자. 무언가에 대해 끊임없이 조잘대던 창백한 입술. 정수와 그 여자는 전혀 다른 외모, 같은 생각을 갖고 있었다. 먹는 일, 그리고 사랑하는 일에 대한 죄의식.

 오전. 일행은 미니버스를 타고 숲으로 간다. 새로 생긴 프로그램이다. 이른 시간의 자연 휴양림은 조용하다. 울창한 소나무 사이를 여자들은 소풍 나온 아이처럼 재잘대며 거닌다. 이따금 여자들은 손에 든 생수병을 입으로 가져가 한 모금씩, 마치 질긴 고기를 씹듯 천천히 마신다. 정수는 삼삼오오 짝을 지은 일행에 조금 뒤처져 따라간다. 숲 안쪽의 벤치에 꼭 붙어 앉은 젊은 남자와 여자가 때 아닌 아줌마들의 행렬을 물끄러미 바라본다. 일행 중 누군가가 말한다. 쟤네들, 일찍도 만났다, 지금 몇 신데 벌써 데이트야? 누군가 심술궂게 대꾸한다. 척 보면 몰라? 어디서 같이 밤샜구먼, 뭘. 아, 자기는 연애할 때 안 그랬어?

 아줌마들의 말소리가 들리련만 남자는 전혀 아랑곳없이 여자를 끌어안았다. 여자가 무어라 남자의 귓가에 속삭인다. 남자는 여자의 긴 머리를 쓸어내린다. 밑동이 앙상한 소나무는 남자와 여자를 가리지 못하지만 그들의 눈에는 아무것도 보이지 않을 것이다. 저런 얼굴의 여자를 정수는 어디선가 본 것만 같다. 저처럼 어리고 저처럼 분별력 없던 여자. 강변에서, 어느 날의 찻집에서, 도서관 앞 돌계단 하나를 오르다 말고 문득 정수를 향해 미소 짓던 남자. 어두운 골목, 담벼락에 기댄 채 나누던 짧은 입맞춤. 천천히 그녀를 껴안았다 놓아주며 토해내던 긴 한숨. 여자의 손에 들린 종이컵에서 피어오르는 김이 보인다. 멀리서도 커피 향이 느껴진다. 정수는 달고 뜨거운 커피가, 미치도록 그리워진다.

오후. 정수는 사우나실을 나와 마사지실로 간다. 얼굴에 하얀 팩을 쓴 여자 하나가 구석 침대에 누워 있다. 흰 수건으로 가린 긴 몸. 강민주다. 이쪽으로 오세요. 흰 가운을 입은 여자가 가리키는 침대에 누우며 정수는 눈을 감는다. 스팀과 얼음에 재운 수건이 차례로 정수의 얼굴에 덮인다. 올리브 오일 냄새. 단단하고 마른 손가락이 정수의 얼굴을 문지르기 시작한다. 미간과 광대뼈, 콧망울과 눈자위를 춤추듯 오르내리는 손가락. 관리를 너무 안 하시나봐, 피부가 많이 상하셨어요오. 여자의 음성은 손가락의 움직임처럼 가볍고 탄력적이다. 여기랑, 여기, 이런 점은 쉽게 뺄 수 있는데, 이것만 없어도 금방 달라 보일 텐데 제가 깔끔하게 시술하는 집 소개해드려요? 정수는 누운 채 고개를 저으며 왜 이 방에 들어왔을까 생각한다. 벗은 등에 닿는 침대가 딱딱하고 거북스럽게 느껴지기 시작한다. 마사지를 받아본 것은 단 두 번이었다. 결혼식 전날과 어쩌면 그보다 더 먼 듯한 어느 날 오후.

꼭꼭 가루분을 찍어 눌러 잔주름을 가리면서 그와 함께하지 않은 날들의 흔적이 그처럼 가려지기를 바라던 그 목 메던 날을 생각한다. 예뻐졌구나, 하는 말을, 그보다는 전혀 변하지 않았구나, 하는 말을 듣고 싶던 그 조바심을 생각한다. 검고 커다란 사진을 바라보며 서 있던 그의 뒷모습. 발소리를 죽이며 다가가는 그녀에게 뒤도 돌아보지 않고 그가 했던 말. 왔니? 기다리고 있었어. 오 년의 시간을 훌쩍 뛰어넘던 편안한 목소리. 화랑 옆 찻집에서 면바지와 스웨터 차림의 정수를 보며 싱긋 웃음 짓던 남자.

왜 그처럼 훌쩍 떠났는지, 어째서 오 년 동안 단 한 번의 연락도 하지 않았는지 정수는 묻지 못한다. 뇌가 정지된 듯 정수는 아무런 생각도 나지 않는다. 그의 앞에서 정수는 백치처럼 앉아 있다……
손가락이 멈추고 이윽고 차고 두터운 팩이 얼굴을 뒤덮는다. 마사
지사가 멀어지는 기척이 들린다. 정수는 감은 눈, 보이지 않는 망
막에 앞뒤 없이 떠오르는 환영 속으로 빠진다. 늪에 가라앉듯 천
천히.

남자는 혼잡한 거리 한가운데서, 마치 허공을 걸어오듯 가볍게
정수에게로 온다. 덕수궁 입구, 담장에 기대선 정수에게 다가온 그
의 팔이 올라가고 찰칵, 셔터 누르는 소리가 들린다. 정수를 만날
때면 매번 그가 하는 일이었다. 인화된 사진은 그의 사진첩에, 날
짜와 장소를 달고 간직된다. 사진을 끼우는 그의 손가락, 얇은 비
닐 막이 내던 미세한 소리들. 그의 좁은 방에서 정수는 자주 사진
첩을 들여다본다. 사진이 한 장 늘어날 때마다 정수는 자신의 일부
분이 그에게로 옮아가는 듯, 그와 하나가 되는 듯 느껴진다. 어느
날은 그녀의 맨발을, 또 다른 날에는 두 눈만을 찍고 커다랗게 확
대해서 걸어놓고 그는 말한다. 이런 발, 이런 눈은 어디에도 없어.

그가 떠나고 정수에게는 그의 사진첩이 남는다. 사진 속의 정수
는 더 이상 나이를 먹지 않는다. 서른이 되던 날 정수는 가위로 사
진들을 오리기 시작한다. 절반을 가르고, 다시 두 조각을 내고, 더
작게 자를 수 없을 때까지. 웃는 입술이, 놀란 듯 크게 뜬 눈들이,
길고 검은 머리카락들이 조각이 되어 떨어진다. 정수는 가위를 잡
았던 손가락 안쪽, 붉은 자국을 들여다본다. 문득 날카로운 가위
끝으로 자신의 팔목을 찌르고 싶은 충동이 인다. 아이가, 자고 있
는 줄 알았던 아이가 엉금엉금 그녀에게로 기어온다. 아이는 사진
조각을 입에 물고 정수를 빤히 바라본다.

무언가 차가운 것이 어깨에 닿는 느낌에 정수는 소스라친다. 차

갑고 날카로운 금속성의 물건이 천천히 정수의 어깨를 지나 가슴께로 내려온다. 정수는 반사적으로 팩을 벗겨내고 눈을 부릅뜬다. 강민주의 얼굴이 눈앞에 있다. 머리에 비닐 캡을 쓴 강민주의 푹 꺼진 눈이 정수를 빨아들일 듯 들여다보며 묻는다. 잠들었었어? 정수는 강민주를 밀어내며 자리에서 일어난다. 뭐예요? 왜 그래요? 정수는 강민주의 얼굴과 손에 들린 작은 물건, 손톱 정리용 가위를 번갈아 쳐다본다. 뭘, 그냥 장난친 건데. 강민주는 탁자 위로 가위를 툭 던진다. 여자들 두엇이 마사지실 문을 열고 들어온다.

그날 밤. 산책로에서 정수는 강민주를 본다. 강민주는 등나무 그늘 아래 주저앉아 담배를 피우고 있다. 그냥 가지 말고 여기 와서 좀 앉아. 발소리를 죽이며 등 뒤를 지나는 정수를 강민주가 부른다. 견딜 만해? 얼굴은 괜찮네. 강민주의 얼굴은 괜찮지 않았다. 푸릇한 납빛. 난 작년에도 왔어. 이젠 연례 행사야. 담배 연기를 길게 내뿜으며 강민주가 말한다. 그래요? 정수는 짧게 대꾸한다. 그래요? 정수의 흉내를 낸 강민주가 훗, 웃음을 터뜨렸다. 정수씨는 어쩜 그대로야? 가끔 생각했었지. 그 여자는 어떻게 지낼까. 이제는 멀쩡해졌을까. 여태도 소심하고 멍청하게 살고 있을까. 강민주는 정수의 얼굴 위로 담배 연기를 훅 뿜어내며 눈을 가늘게 뜨고 정수를 들여다본다. 여기 또 온 걸 보니 내 예상이 맞는 모양이지? 정수는 부정도 긍정도 하지 않는다.

여기 올 때마다 정수씨랑 쓰던 방을 달라고 하지. 정수씨랑 나란히 누워서 하던 이야기들을 생각하는 거야. 우리가 했던 이야기들…… 그거, 진짜 있었던 일이었을까 싶어. 난, 내 이야기들은 다 진짜였는데 정수씨 얘기는 아무래도 소설 같아. 그런 미친년들 있잖아. 사는 게 너무 심심해서 장난치는 여자들. 진실 게임 같은 거라고, 우리 그러면서 이야기했었잖아? 웃겼어. 그래도 그때는 순진한 구석들이 있었던 모양이지.

강민주는 또 한 개비의 담배에 불을 붙인다. 이곳에서 담배는 첫 번째 금지 품목이다. 빈속에 담배는 마약과도 같다고 강사는 말했다. 강민주는 그런 것을 아랑곳하지 않는다. 시내에서 자기랑 비슷한 여자를 보면 덜컥, 겁이 나고 그랬지. 그리고 말이야. 나 뽕 맞은 것 탄로났을 때, 제일 먼저 떠오른 것도 정수씨였어. 웃기는 일이지? 나중에 그 자식이 고자질한 걸 알게 될 때까지 난 사실 정수씨를 의심했거든. 그럴 리가 없다, 싶으면서도 달리 그 일을 아는 사람은 없었으니까 말이지.

나쁜 자식. 느닷없이 강민주가 씹어뱉듯 말한다. 그게 누구인지 정수는 묻지 않는다. 어둠 속에서 울리는 벨소리, 취한 음성, 결코 끊어지지 않는 전화…… 나쁜 자식. 정수도 그렇게 말하고 싶은 충동을 느낀 적이 있다. 그 자식이 결국 애를 데려갔어. 내가 데리고 있을 수도 없었지만 그 어린것이 노랑머리들 속에 섞여 있을 걸 생각하면 미칠 것 같아. 머리채를 흔들던 강민주가 문득 말한다. 자기한테는 이런 이야기도 사치로 들리지? 정수는 강민주를 위로할 수 없다. 너무 마음 아파하지 말아요, 크면 엄마를 찾아올 거예요. 정수는 그런 말을 하지 못한다. 멀어지는 아이. 신문에 광고를 내고 후미진 골목마다 전단을 붙이고 미아 보호소에서 멍한, 슬픈 눈의 아이들을 무수히 만났어도 찾을 수 없었던 아이를 생각한다. 집에 돌아오면 어느 방문을 열고 아이가 불쑥 나타날 것만 같은 날들. 이제 그만 하자. 어느 날 남편이 말한다. 다른 남자에게 마음을 빼앗겼던 아내, 낯선 사내를 따라가려 한 정수를 그렇게 용서하고 받아들인 남편. 강민주의 아이는 네 살, 이제 겨우 엄마와 대화를 나누던 아이는 곧 제 엄마를 잊을 것이다. 민주의 가슴속에서 아이는 자라고 나이를 먹고 그리고 어느 날 그녀는 낯선 청년을 만나게 되리라.

담배꽁초를 멀리 던진 강민주가 앉은 자리에서 일어서며 민소매 셔츠 위로 드러난 팔뚝을 쓰다듬는다. 그대로 몸을 돌리던 강민주가 불쑥, 정수의 팔목을 잡는다. 정수는 소스라친다. 바짝 들이민 민주의 얼굴이 정수의 코앞에 있다. 훅, 담배 냄새가 끼치고 숨이 막힌다. 자기는 멀쩡하지? 날 좀 봐. 나는, 나는 말이야. 이혼당하고, 애 뺏기고, 일도 할 수 없게 되고, 완전히 빈털터리야. 자기는 어떻게 그럴 수가 있지? 어떻게 그렇게 새침한 낯으로 살고 있느냐고. 그래, 내 얼굴을 좀 봐. 두렵지. 그렇지 않아? 정수는 강민주를 힘껏 밀어낸다.

엉덩방아를 찧으며 넘어진 강민주가 푸푸, 낮게 소리 죽여 웃는다. 정수는 달려들어 강민주의 목을 조르고 싶다. 밉살스럽게 웃는 얼굴을 한껏 힘주어 갈기고 싶다. 손을 툭툭 털며 일어난 강민주가 정수의 등을 툭 건드리며 말한다. 놀랐지? 그냥 한번 그래보고 싶었어. 언제 그랬냐는 듯 밝은 목소리. 아직까지 강민주의 손에 잡힌 듯 정수는 팔목이 아프다. 어둠 속에서 밤새가 푸드덕 날아오르는 소리가 들린다. 눅눅한, 무더운 밤이다.

닷새째 아침. 정수는 인터폰으로 호출을 받고 내려갔다. 현관 앞에 서 있던 남편이 그녀를 보고 웃는다. 어쩐 일이에요? 전화도 없이. 그냥, 출근길에 들렀지. 남편은 정수의 셔츠 깃을 만져준다. 출근길? 정수는 피식 웃는다. 회사로 가기 위해 그는 온 길을 거슬러 가야 한다, 1시간쯤. 산책로를 걸으며 남편은 여기, 참 좋군, 딴 세상이야, 한다. 담 밖에서 깨어나는 세상의 소리가 들린다. 저기 좀 앉을까? 남편은 나무 아래 의자를 가리킨다. 어젯밤, 강민주와 부딪혔던 그 자리. 당신, 예뻐졌네. 얼굴이 말개졌어. 그는 가방을 열고 포장된 작은 물건을 꺼낸다. 그냥 오면 섭섭해할까 봐 내가 선물 하나 갖고 왔지.

붉은 셔츠를 입은 남자가 눈을 감고 있다. 안드레아 보첼리. 여자들이 이 목소리를 그렇게 좋아한다는 거야. 까무러친다잖아. 고마워요. 정수는 CD의 비닐을 벗기고 눈 감은 가수를 들여다본다. 남편의 작업장에는 휠체어에 앉은 세 명의 직원이 있다. 그는 또 다른 장애가 있는 세 사람에게 재택 근무를 맡기고 있고 매월 일정액을 장애인 재활회에 송금한다. 장님, 벙어리, 다리가 잘린 사람. 그는 장애가 있는 사람들을 사랑한다, 아이를 잃은 이후부터. 직원 하나가 정수와 남편에게 녹차를 가져다주고 돌아간다.

쌉싸름한 녹차를 마시며 정수는 비비 꼬여 올라간 등나무 줄기를 바라본다. 마른 줄기 위의 무성한 잎들이 아침 햇살을 받아 반짝인다. 남편은 한 손에 종이컵을 들고 한 손으로 정수의 어깨를 감싼다. 아침은 먹었어요? 정수가 묻자 당신 생각해서 나도 굶었지, 라는 답이 돌아온다. 정수는 녹차를 한 모금 삼킨다. 막 목을 넘어오는 미안해요, 라는 말도 함께. 그는 미안해하지 마, 라고 말할 것이다. 미안하다는 말을 저 무성한 잎만큼 되풀이하더라도 그는 괜찮아, 지난 일이야, 라고 할 것이다.

밤. 딸아이와 통화를 하고 휴대폰으로 문자 메시지를 입력하던 이선희가 한숨을 쉬며 정수를 보았다. 이 남자는 내가 집 비운 게 그렇게도 좋은가 봐. 당최 전화 통화조차 안 되니. 좁은 방을 서성이던 선희는 나, 아무래도 집에 가야 할까 봐요, 한다. 애를, 이 시간까지 혼자 두는 것도 걱정되고, 아무리 아파트라지만, 무서운 세상이잖아. 선희는 불안해 보인다. 정수는 선희를 물끄러미 바라보다 잠깐 다녀오는 방법도 있어요, 라고 말한다. 정말? 보내준대요? 외출은 절대 금지라던데, 유혹투성이라고. 선희는 눈을 빛낸다. 남편, 아이를 걱정하지만 선희의 관심은 딴 데 있다는 것을 정수는 안다. 금식 닷새, 그녀의 인내는 한계치에 달했다. 그럼, 나 잠깐 나갔다 올게요, 내일 아침까지 돌아오면 되겠지? 선희는 부리나케 옷을 갈아입는다. 문만 나서면 즐비한 음식점, 선희가 집까지 가는 데는 긴 시간이 걸릴 것이다. 그녀가 아끼는 옷을 입을 날은 그만큼 멀어질 것이다.

혼자 남은 정수는 쉽사리 잠들지 못한다. 이제 절반이 지나갔다. 비워내는 일, 비운 채 기다리는 일이 현기증을 불러온다. 정수는 남편이 주고 간 시디를 넣고 장님 가수의 노래를 듣는다. 꽁 테 빠르띠로. 너와 함께 떠나리, 아무도 모르는 나라로. 가수는 노래한다. 눈이 보이지 않는 이의 억눌린 정열. 정수는 함께 떠나자던 남자를 생각한다. 그와 함께 떠나려 한다고 말했을 때의 남편, 그 해쓱해지던 얼굴을 생각한다. 현관 앞에서 손을 흔들고 뒤돌아 가던 남편. 그는 모든 것을 이해하고 받아들인다. 그는, 완벽한 남편이다.

악몽이 깨워줄 이가 없는 정수를 마음껏 휘두른다. 뱀들의 숲. 눈을 떠도 천장 가득 뱀이 우글거린다. 뱀에 휘감긴 아이가 정수를 부른다. 아이는 울지 않는다. 이미 죽어 있을까. 정수는 뱀의 바다를 건너지 못한다. 소리를 지르지도 못한다.

다음 날은 비가 내렸다. 창을 때리는 빗소리를 들으며 정수는 선희를 기다렸다. 두 권째의 책은 이제 십여 장이 남아 있을 뿐이다. 악마를 만나 그 허물을 벗기는 주인공. 마침내 악마와 하나가 되는 소녀. 책표지의 광고 문구까지 샅샅이 훑을 때까지도 선희는 돌아오지 않는다. 정오가 지나지 않아 직원 하나가 문을 두드렸다. 이선희씨, 언제 나가셨어요? 직원의 음성에는 추궁하는 기색이 없지만 정수는 미안해진다. 곧 돌아올 텐데…… 직원은 빙긋 웃는다. 방금 전화를 받았어요, 안 오시겠답니다. 가방을 맡아달라더군요. 선희의 가방을 들고 나가던 직원이 7호실의 강민주씨가 이 방으로 오실 겁니다. 그 방도 혼자 계시거든요, 괜찮으시겠죠? 한다. 정수가 무어라 답하기 전에 직원은 방을 나간다. 정수는 그녀를 불러 싫다, 고 말하고 싶지만 그러지 않는다. 나흘이 남았다. 어떻게든, 어디서든 강민주에게서 달아날 수는 없다, 고 정수는 생각한다.

강민주는 화사한 꽃무늬 원피스 차림이다. 오렌지빛 꽃이 뚝뚝 떨어질 듯 선명하다. 좀 야하지? 비가 오면 우울해지잖아, 그래서 입어봤지. 강민주는 정수의 앞에서 한 바퀴 빙그르르 맴을 돌았다. 무대 위에 선 듯 날렵하게. 내가 왜 이 방으로 오고 싶었냐 하면 말이지. 가방을 열고 화장품과 휴대폰과 자잘한 소지품들을 꺼내면서 강민주는 잠시도 말을 멈추지 않는다. 혼자 있기도 청승맞고, 가뜩이나 시간 보내기 힘든데 말이지, 그리고 사실…… 강민주가 손을 멈추고 정수를 쳐다본다. 정수는 바짝 긴장한다. 사실 정수씨랑 다시 한 번 해보고 싶었어, 진실 게임 말이야.

밤. 노래방에서 한바탕 몸을 흔들고 올라온 강민주에게서는 역한 땀냄새가 났다. 강민주는 아아, 피곤하다, 하며 침대에 엎드리고 눈을 감는다. 침대 가득 꽃무늬가 현란하다. 강민주는 막 파티에서 돌아온 여자처럼 보인다. 책을 읽고 있던 정수는 한참이 지나도 움직이지 않는 강민주를 부른다. 옷 갈아입고 자요. 잠든 줄 알았던 강민주가 고개를 발딱 들고 말한다. 자기는 모르지, 사람들이 자기보고 뭐라 하는지. 완연한 시비조다. 정수는 조금 놀란다. 사우나실에서, 요가 시간에 만난 여자들은 모두 정수를 상냥하게 대했다. 여자들의 이야기, 어느 곳 어떤 음식점이 뭐가 훌륭하다는 그 이야기들에 섞이지 않는다고 해서 정수를 비난하는 사람은 없었다.

정수씨를 보면 짜증이 난다는 거야. 맥이 탁, 풀리고 여기 있는 게 갑자기 무지하게 지겨워진다는 거야. 인간은 원래 자기랑 다른 족속을 싫어한다고. 가끔은 속물이 되어보는 기분도 괜찮은데, 자긴 대체 왜 그래? 강민주는 몸을 일으켜 침대에 걸터앉는다. 무슨 수양하러 온 사람처럼, 사실 수양이긴 하지만, 그렇다고 그렇게 티를 팍팍 내야 하느냐 말이야. 웃긴다고 생각하지 않아? 강민주는 정수의 반응을 기다리지 않는다. 옷을 훌훌 벗고 화장실로 들어간다. 물 쏟아지는 소리가 들린다. 정수는 강민주의 날선 목소리를 생각한다. 내내 강민주의 안에서 무언가가 독 오른 살무사처럼 고개를 바짝 치켜들고 있다는 것을 정수는 안다. 불쑥 그녀의 입에서 파란 독기가 뿜어나올 것만 같다. 정수는 두렵다. 여전히 비가 내린다.

이레째. 회복식이 시작되는 날이라 여자들은 모두 들떠 있다. 당근 주스, 오이 주스가 담긴 컵을 세상 가장 소중한 물건인 듯 감싸 안고 천천히 마시는 사람들. 단 두 모금에 끝나는 주스를 마신 여자 중 하나가 컵을 핥는다. 여자들은 헹군 듯 깨끗해진 컵조차도 내려놓기가 아쉬운 듯 저마다 손에 쥐고 이야기를 꺼낸다. 또 하루가 시작된다.

오늘, 대화를 주도하는 사람은 강민주다. 그녀는 율무와 해동피와 우슬초, 구기자와 감잎, 뽕잎의 효능을 열정적으로 설명한다.

탄복할 만한 지식이다. 열에 들뜬 듯 붉게 상기된 얼굴, 쉼 없이 움직이는 얄따란 입술에 여자들의 시선이 고정되어 있다. 이따금 누군가 복분자와 삼백차, 우롱차 따위의 단어를 곁들이면서 방의 열기는 무르익어간다. 허기가 여자들의 수다를 불러온다. 여자들은 뱃속을 비워냈듯 속엣말을 다 털어낼 기세로 이야기에 열을 올린다. 여자들의 눈이 야릇한 빛으로 번득인다. 무슨 종교 집단의 광신도 같다고 정수는 생각한다. 문득 저 여자다, 저 여자가 마녀다, 라고 누군가 자신을 손가락질할 것 같다. 여자들이 우르르 몰려들어 자신을 달아맬지도 모른다. 정수는 슬며시 방을 나온다. 한정수 씨. 뒤에서 강민주가 부르는 소리가 들린다. 정수는 문을 닫는다. 뒤따라 나오는 소리. 오후 내내, 그리고 날이 저물고 밤이 올 때까지 강민주는 정수를 상대로 이야기를 늘어놓았다. 횡설수설, 거의 미친 사람 같다.

아침. 정수는 잉크 냄새를 맡으며 잠이 깬다. 일어나. 날이 밝았어. 강민주가 눈앞에서 신문을 흔들고 있다. 신문을 받아 들고 넘기다 정수는 빠르게 잠에서 빠져나온다. 문화면에 낯익은 얼굴이 있다. 손톱만 한 얼굴이지만 정수는 금세 그를 알아본다. 정수의 얼굴이 창백해진다. 그가 다시 돌아왔다. 정수를 피해 뱀처럼 사라졌던 그가 돌아왔다. 왜 그래? 묻던 강민주가 정수의 어깨 너머로 신문을 들여다본다. 정수의 얼굴과 신문을 번갈아보던 강민주가 이 남자? 한다. 신문을 낚아챈 강민주가 커다란 소리로 기사를 읽는다. 재미 사진작가 김중일의 사진전에 관한 기사는 짧다. 나쁜 자식. 강민주가 내뱉는다. 다들 멀쩡하게 살고 있다, 이거지? 강민주의 음성 가득 원한이 묻어 있다.

그녀는 멀쩡하게 사는 모든 이에 대한 저주를 퍼붓는다. 신문을 박박 찢으며 울부짖는 강민주는 성난 암고양이 같다. 보이는 것 무어든 물어뜯을 것만 같다. 별안간 강민주가 정수에게로 눈을 부릅떴다. 너, 너도 그렇잖아. 애를 잃었다고 처량한 얼굴을 하고 있지만 사실을 알면, 그런 후에도 사람들이 너를 그렇게 불쌍하게 봐줄 것 같아? 니 남편, 사람 좋아 보이더라만 그게 언제까지 그럴까? 강민주와 정수는 서로 마주 노려본다. 갑작스럽고 무시무시한 침묵이 방을 메운다. 부드럽던 턱선이 깎이고 광대뼈가 도드라진 얼굴. 눈만이, 검고 깊은 동굴 같은 눈만이 번득이는 두 사람의 숨이 가빠진다. 한순간 강민주처럼, 저처럼 광포하게 소리를 지르고 비난하고 욕설을 퍼붓고 싶은 충동이 정수를 사로잡는다. 감추어진 비열함을, 잔인하고 야비한 그 속내를 까발리고 이해의 가면을 찢고 할퀴고 싶은, 모든 것을 파괴하더라도 그 뒤의 맨얼굴을 확인하고 싶은 충동.

 정수가 먼저 고개를 돌린다. 다 부질없다, 고 정수는 생각한다. 아이도, 그도 그녀에게는 이미 죽은 사람이라 생각한다. 녹슨 긴 못 하나가 식도를 타고 가슴 깊숙이 꽂히는 듯한 느낌이 인다. 가슴이 터질 듯하지만 정수는 결코 못을 토해낼 수가 없다. 컥, 컥, 치미는 울음을 삼키며 정수는 널린 신문 조각을 치운다. 종일 두 사람은 입을 열지 않는다.

 강민주의 침묵은 다음 날까지 이어진다. 아마도 조증(躁症)의 고비를 넘어 울증(鬱症)으로 접어든 것이라 정수는 생각한다. 무거운 침묵이 촛농처럼 방에 깔려 있다. 정수는 침묵하는 그녀가 더 두렵다.

 마지막 밤. 손톱 정리를 하며 강민주가 내일쯤에는 매니큐어를 바를 수 있겠지, 하고 혼잣말을 한다. 첫날 짧게 깎은 민주의 손톱은 아직 제대로 자라지 않았다. 강민주는 매니큐어와 화장품 병을 가지런히 정리하고 침대 옆의 머리등을 끈다. 먼저 자겠다든가, 잘 자라든가 하는 말도 없이 이불을 뒤집어쓴다. 정수는 강민주의 침대를 건너다보다 불을 끈다.

오늘 밤을 지나면 이곳을 나간다, 정수는 생각한다. 어쩐지 내일이 오지 않을 듯한, 영영 이곳에 머무르게 될 것만 같은 느낌이 든다. 저기 말이야. 잠든 듯 고른 숨을 쉬던 강민주가 정수를 부른다. 어젯밤 이후 그녀는 처음 입을 열었다. 왜요? 정수는 눈을 뜨지 않는다. 어서 잠이 들고 싶다. 신문 따위, 전시회 같은 것은 생각하고 싶지 않다. 우리, 진실 게임 하면 어때? 이제 다시 기회도 없을 것 같은데. 정수는 달아나려는 잠을 붙든다. 뭐, 그때 이후로는 별로 할 얘기도 없어요. 그러니까 그때 했던 이야기를 다시 하는 거야. 하나 빠짐없이 똑같이. 강민주의 목소리는 딴사람처럼 맑다. 누군가 강민주의 입을 빌려 말을 하고 있는 듯 어색하고 기이하다. 소름이 끼친다. 정수는 눈을 뜬다. 잠은 어느새 저만치 사라졌다. 그러고 싶지 않아요. 난 다 잊었어요. 강민주는 뜻밖에도 조용하다. 정수의 눈은 점점 또렷해진다. 머릿속도 또렷해진다.

또박또박 걸음을 옮기며 아이가 간다. 유치원으로 늘 데리러 오던 엄마가 오지 않았지만 아이는 집으로 갈 수 있을 거라 생각한다. 아이는 큰길을 따라가다 몇 동의 아파트를 지나고 치킨집을 지나 비디오가게, 빵집 앞을 걸어간다. 엄마와 늘 가던 길이다. 초등학교 앞에서 병아리 장수를 본다. 노란 병아리가 아이의 마음을 빼앗는다. 아이는 오백 원을 내고 병아리를 산다. 남은 돈을 털어 좁쌀이 섞인 사료를 사서 등에 멘 가방에 넣는다. 아이는 조바심이 난다. 어서 집으로 가서 예쁜 상자에 병아리를 담고 싶다. 검은 비닐 속의 병아리는 삐약삐약 여린 소리로 운다. 아이는 길에 주저앉아 비닐을 열고 조심스레 병아리를 잡는다. 따뜻하다. 순간 버둥거리던 병아리가 아이의 손을 벗어난다. 병아리는 잰걸음으로 길을 따라 달아난다. 아이는 병아리를 좇아간다. 자칫 병아리를 밟을 것만 같아 아이의 손에 땀이 밴다. 병아리를 잡은 아이는 이미 집으로 가는 골목을 지나친 것을 모른다. 풍선 장수가 보인다. 아이는 점점 멀리, 알지 못하는 곳으로 걸어간다……

문이 열리는 소리, 엷은 불빛이 잠깐 스몄다 사라지는 기척이 느껴진다. 강민주의 침대가 비어 있다. 한참을 기다리다 정수는 문을 열고 나간다. 노래방. 사우나실. 모든 방의 불이 꺼져 있다. 현관을 지나 밖으로 나간 정수는 등나무 아래로 간다. 그곳 벤치에 앉은 강민주의 뒷모습이 보였다. 그믐밤, 무성한 잎들 사이로 어둡고 괴괴한 바람이 지난다. 풀숲 여기저기서 밤벌레가 울었다. 나방 한 마리가 머리 위로 날았지만 강민주는 미동도 하지 않는다. 어둠에 묻혀 강민주는 어깨는 더 여위고 초라해 보였다. 화려한 조명 아래 피어나던 여자, 사랑받는 일을 신기해하던 여자는 이제 어디에도 없다.

강민주에게 다가가던 정수는 마음을 바꾸고 발길을 돌린다. 정수에게는 더 이상 강민주에게 해줄 말이 없다. 두 사람은 서로에게 상처가 될 뿐이다. 마주칠수록 상처는 깊어만 간다. 정수는 이 밤이 지나면 다시는, 결코 어떤 곳에서도 강민주를 만나고 싶지 않았다. 강민주와의 기억을 항아리에 넣고, 영원히 봉하고 싶었다. 현관에 이르러 강민주 쪽을 다시 쳐다보던 정수의 눈이 휘둥그레졌다. 강민주는 벤치를 딛고 올라서고 있었다. 무언가, 허리띠처럼 보이는 긴 끈을 등나무 등걸 위, 철골 구조물 위로 던져 묶고 있었다. 정수의 심장이 무섭게 뛰었다. 둥근 올가미를 만든 강민주가 톡톡 손으로 올가미를 건드린다. 올가미는 강민주의 눈앞에서 그네처럼 흔들린다. 정수는 밀랍처럼 창백해진 채 그 자리에 서 있었다.

정수는 숨을 멈춘다. 강민주가 사라지려 한다. 아이를 앗긴 강민주. 그녀의 남편. 그녀에게 다른 사랑이 있음을 알아채자마자 남편은 아이, 명성, 그녀의 생명이었던 아름다움까지 빼앗아갔다. 그녀는 늙은 창녀처럼 버려지고 잊혀졌다. 강민주의 추해진 육신은 올가미에 걸리고 이제 축 늘어질 것이다. 맨발, 여윈 발목이 보인다. 일 분, 이 분이 지나간다. 약에 찌들었던 몸, 병든 정신의 강민주가 죽어간다. 정수는 눈을 감는다. 이제 끝이다. 나도 오래전에 그렇게 하고 싶었다, 고 정수는 생각한다. 말하지 못한, 말할 수 없었던 많은 일들도 이로써 끝났다고 생각한다. 정수의 속에 묻은 강민주의 이야기들, 그리고 강민주에게 스며든 정수의 비밀들이 떠오른다. 정수를 위로하던 강민주의 나직한 목소리, 남자들은 원래 다 그래, 이기적이고 편협하지. 자기 아이는 어디선가 잘 자라고 있을 거야. 순간 정수는 눈을 번쩍 뜬다. 어디선가 아이 울음소리가 들린다. 정수는 강민주를 향해 달음박질친다. 축 늘어진 강민주의 몸을 끌어내리고 정신없이 문지르기 시작한다.

난, 자기가 그냥 갈 줄 알았어. 거기 서서 오랫동안 쳐다보고 있었잖아. 강민주가 말한다. 방으로 돌아와서도 한참이 지났다. 정수는 강민주의 목 언저리, 채찍으로 맞은 듯 붉은 자국을 바라보다 불을 껐다. 보랏빛의 멍은 푸르게 검게 변해갈 것이다. 옅어지다 어느 날에는 사라질지도, 혹은 평생 그녀를 괴롭힐지도 모른다. 그냥 놔두지 그랬어. 그게 도와주는 건데. 자기한테도 좋잖아? 정수는 대답하지 않는다.

한 남자가 낡은 성곽의 담벼락 틈에 입을 대고 있는 정경이 떠오른다. 남자는 입술을 움직이지만 소리가 되지는 않는다. 남자는 지푸라기를 쑤셔넣어 구멍을 메운다. 남자는 뒤돌아서서 그 허물어진 담, 자신의 비밀을 간직한 작은 구멍을 바라본다. 지푸라기 끝이 바람에 날린다. 남자는 죽는 날까지 그 자리를 다시 찾지도, 결코 잊지도 못할 것이다. 우리, 진실 게임 할까요? 정수는 강민주의 침대 옆에 기대앉는다.

강민주가 긴 한숨을 내쉰다. 자기가 먼저 해. 그때도 그랬잖아. 어둠 속에서 까맣게 빛나는 강민주의 눈을 보며 정수는 이야기를 시작한다. 그날, 나는 잠들어 있었어요. 눈을 떴을 때 방은 어두웠지요. 여기저기, 어지럽게 널린 옷가지들이 생각나요. 내 옆에서 자고 있던 남자, 아마 나는 그의 잠든 얼굴을 쓸어보았던 것 같아요. 그 남자는 잠을 깨지 않았어요. 나는 그의 눈자위, 고르게 오르내리는 가슴, 어깨와 팔을 차례로 만져보았지요. 그러다 문득 아이를 데리러 갈 시간이 지났다는 걸 알았지요. 나는, 허둥지둥 옷을 입고 방을 나왔어요. 차를 몰고 오면서 내내 울었어요. 아이는 무사히 집에 돌아와 있을 것이다. 아파트 입구에 주저앉아 땅바닥에 낙서를 하며 엄마를 기다릴 것이다. 어쩌면 아직 유치원에 있을지도, 어쩌면 옆집 여자가 아이를 들여놓았을지도, 그렇게 위로해봐도 눈물이 그치질 않았어요. 어쩐지 영영 아이를 볼 수 없으리라는 느낌이 들었어요…… 정수는 한동안 말을 멈춘다. 뜨거운 것이 목 안에서 올라왔다. 긴 호흡 후에 정수는 천천히 이야기를 계속한다. 집에 닿았을 때는 이미 날이 저물어 있었지요. 화단에 핀 노란 개나리가 눈에 들어왔어요. 어스름녘에 노란빛이, 세상 오직 그것뿐인 듯 눈을 찔렀지요. 그처럼 선명하고, 그렇게 무서운 빛은 본 적이 없어요.

강민주는 말이 없다. 자요? 정수는 민주의 어깨를 건드린다. 민주씨 차렌데 자면 어떡해. 민주는 눈을 감은 채 잠기 가득한 음성으로 말한다. 미친년, 다 잊어버렸다더니 별걸 다 기억하고 있네. 자기가 계속해. 난 좀 있다 할게. 민주가 곧 잠에 빠질 것이라 생각하면서도 정수는 이야기를 한다. 아이가 사라지고 그 남자도 사라졌지요. 함께 가자고, 아이를 데리고 어디든 같이 가자고 하던 그 사람은 아이를 잃은 나를 견디지 못했어요. 그 사람은 말했지요. 너는 나를 원망할 거야. 나와 함께 있었던 너를 원망할 거야. 내겐 너무 무거워. 난 그렇게 강한 사람이 아냐……

정수는 이야기를 멈추지 않는다. 높낮이가 없는, 가라앉은 목소리가 어둠 속, 벽 틈 사이, 커튼과 빈 서랍 속으로 스며든다. 사람들은, 남편은 내가 아이 때문에 말을 잃었다고, 달라졌다고 했지요. 정말은 그게 아니었어요. 아이가 사라진 후에도 나는 그를 만났어요. 나는 그를 따라갈 수 있으리라 생각했어요. 아이가 있을 때보다 더 절박했어요. 아이가 사라졌으니까, 그러니까 그가 다시는 나를 버리지 못할 거라 믿었지요. 그리고…… 그가 떠났다는 것을 알고도 나는 날마다 그를 기다렸어요. 전화를 걸어오고 불쑥 내 앞에 나타날 것만 같았지요. 나는…… 죽을 때까지 나를 용서하지 못할 거예요.

푸르스름한 빛이 창에 스며들었다. 새벽이다. 강민주는 잠이 들었다. 정수의 비밀을 안고 순한 양처럼 깊은 잠이 들었다. 정수는 잠든 강민주를 내려다보다 탈진한 듯 강민주의 옆에 몸을 누인다. 밤새 먼 길을 헤맨 듯한 느낌이 든다. 강민주가 내쉬는 숨이 귀를 간질였다. 정수는 그녀의 호흡을 천천히 따라해본다. 강민주의 여윈 손 위에 자신의 손을 포갠다. 정수는 생각한다. 아이도 그도 어디선가 이처럼 평온히 잠들어 있으리라. 정수는 아이의 머리를 쓰다듬듯 강민주의 머리카락을 쓸어내린다. 창밖에서 부지런한 새가 울었다. 날이 새면 정수는 이곳을 나갈 것이다. 다시는 돌아올지 않을 작정이지만 그것은 아무도 알 수 없는 일이다.

낯선 방

1

 엘리베이터가 섰다. 19층입니다. 감사합니다. 스피커에서 여자의 상냥한 목소리가 흘러나왔다. 은빛 리놀륨이 깔린 복도에는 희미한 솔향기가 감돌았다. 네 개의 초록 문을 지나 다섯번째의 문 앞에 서 나는 금속판 위에 새겨진 숫자를 손으로 쓸어보았다. 1905호. 청동의 감촉이 산뜻했다. 도톨도톨한 숫자 사이의 공간에 맞은편 문에 달린 하늘색 리스가 일그러진 채 비쳐 있었다. 이곳에 사는 사람들에게 어울릴, 품위 있는 빛깔이었다. 열쇠를 밀어넣자 찰각, 잠금이 풀리는 소리가 빈 복도에 경쾌하게 울렸다.
 블라인드를 걷어올리자마자 빛이 쏟아져 들어왔다. 강 건너 검은 유리 건물에서 되쏘인 빛이었다. 빛을 뿌려놓은 듯 반짝이는 강 한가운데 유람선이 느릿느릿 지나고 있었다. 황사가 걷힌 서울 거리는 관광 안내서의 그림 같았다. 강을 바라보고 서 있자니 긴 여행에서 돌아온 듯 나른하고 지친 느낌이 들었다. 아무도 반겨 맞아주는 이 없는 도시. 이 방에 들어오면 격리된 듯 외로워지고 나는 그 느낌이 좋았다.
　방은 깨끗이 정돈되어 있었다. 컴퓨터와 평면 모니터, VTR이 장착된 텔레비전, 자동응답기와 전화기, 휴대용 가스버너, 커피메이커, 전자레인지, 그리고 소형 냉장고…… 완벽한 방이었다. 미연이 이 방을 사용했던 흔적은 이제 남아 있지 않았다. 나는 커피메이커에 물을 붓고 남은 커피를 다 털어넣었다. 내일은 새 원두를 사와야 한다. 미연이 남기고 간 폴저스 상표는 찾기 힘들 것이다. 물이 끓어오르고 곧 은은한 커피향이 퍼져나왔다. 나는 컴퓨터를 켜고 미연의 메일 박스를 열었다. 다섯 통의 이메일이 와 있었다. 두 통은 같은 아이디, 나머지에는 각각 다른 아이디가 적혀 있었다. 나는 수첩에 아이디를 적고 메일을 열어보지 않고 삭제했다.
　자동응답기에 담긴 메시지는 열 개가 넘었다. 메시지는 대부분 같은 내용이었다. 미연을 찾고 왜 연락이 되지 않는지 궁금해하고, 이윽고 말없이 송수화기를 내려놓는 얼굴을 알 수 없는 사람들. 메시지가 끝날 때마다 나는 목소리를 남긴 사람들의 이름을 적고 신원을 밝히지 않은 경우에는 그 첫마디를 기록했다. 그것은 미연이 내게 했던 유일한 부탁이었다. 그녀는 얼마 동안이나 사람들이 자신을 찾는지 알고 싶어했다. 다른 것은 다 네 마음대로 해. 팔아먹든지, 창밖에 던져버리든지. 나는 전화를 걸고 통신을 보내오는 남자들이 끈질긴 사람들이기를 바랐다. 돌아왔을 때, 미연은 이름이 빽빽이 적힌 수첩을 받고 싶어하는 것 같았다. 같은 이름이 반복된다면 미연은 더 기뻐할 것이다.
　그 남자의 음성은 세번째 메시지에 들어 있었다. 나야, 라고 남자는 말했다. 그가 한 번도 자신의 이름을 말하지 않았으므로 나는 남자의 이름을 알지 못했다. 남자는 미연이 떠난 날로부터 단 하루도 거르지 않고 전화를 걸고 간절한 음성으로 미연을 불렀다. 대답 없는 미연에게 그는 지금 사진을 들여다보고 있다거나 커피를 마시고 있다거나 기르는 고양이가 아팠다거나 학교에서 막 돌아왔다는, 짧은 이야기들을 남기고 아쉬운 듯 전화를 끊었다. 두 달 동안, 나는 이름을 알지 못하는 그 남자의 많은 일들을 알게 되었다. 그의 음성을 듣고 있노라면 매번 송수화기를 들고 싶은 충동이 일었다. 마치 미연인 듯 그의 전화를 받고 싶은, 혹은 냉정한 음성으로 당신이 찾는 여자는 이제 여기 없다, 고 말해주고 싶은 유혹. 그는 어딘가 먼 곳에 있는 사람이었다. 어쩌면 그는 미국 동부 아이비리그의 유학생일 수도, 이른 나이에 교수가 된 사람일 수도 있었다. 어느 쪽이든 그가 당장 달려올 수 없는 곳에 있다는 사실이 나로서는 다행한 일이었다. 그런데⋯⋯ 오늘 그가 남긴 이야기는 다른 날과는 달랐다. 지금 새벽이야, 이제 몇 시간 남지 않았어, 라고 남자는 말했다. 서울에 가면, 널 볼 수 있겠지⋯⋯ 나는 테이프를 돌려 메시지를 반복해서 들었다. 그가 돌아온다. 어쩌면 그는 이 방을 알고 있는 사람일지도 몰랐다. 긴 여행에 시달린 그가, 불면에 지친 그 남자가 공항에서 곧장 이곳으로 달려올지도 모르는 일이었다. 수첩을 넘기면서 나는 그가 전화를 걸어온 날들을, 남긴 첫마디를 차례로 읽었다. 미련한, 버림받은 남자. 그를 보게 되면 차갑게 말해줄 수 있을 것 같았다. 미연이 떠났으며 어디로 갔는지, 언제 돌아올지 아무도 알지 못한다는 것을.

미연이 쓰던 갠조 커피잔에 커피를 부어 들고 나는 소파에 길게 몸을 눕혔다. 일 년은 긴 시간이다. 일 년간 나는 이 방의 주인이었다. 미연이 파리 어느 거리에서 아름다운 금발과 푸른 눈을 가진 청년을 만난다면, 재작년 러시아에서 그랬듯 그녀가 그 남자와 사랑에 빠진다면 일 년은 이 년이 될 수도, 더 길어질 수도 있었다. 파리가 아니더라도 밀라노, 프라하, 베니스…… 도시는 얼마든지 있었다.

미연은 박물관을 돌고 전시회장에 걸린 그림들을 하나하나 훑으며 일 년을 보낼 예정이었다. 서양미술사. 내 일생 동안 제대로 선택한 것은 전공 하나뿐이라고 미연은 말했다. 그 말은 절반쯤 옳았다. 다른 많은 것들은 그녀에게 원래 주어진 것이었다. 그녀는 태어날 때부터 부자 어머니와 순한 아버지를 갖고 있었다. 미연의 부모는 몇 해 전 여름 휴양지에서 비행기 사고로 죽었다. 긴 머리를 날리며 참혹하게 불타버린 비행기의 잔해 사이를 헤매는 미연의 모습은 CNN을 타고 전 세계 안방에 방영되었다. 그녀에게는 많은 돈과 행복한 추억이 남았지만 사람들은 애처롭게 울고 있던 그녀의 큰 눈망울만을 기억했다. 아름다움 역시 그녀가 타고난 것 중 하나였다. 미연의 매력은 그런 것들을 전혀 의식하지 않는다는 데 있었다.

두 잔째 커피를 따르고 있을 때 전화벨이 울렸다. 딸깍, 응답기가 돌아가고 귀에 익은 음성이 들렸다. 세 번쯤 메시지를 남겼던 남자였다. 남자는 어제 본 영화를 이야기했다. 여배우, 기네스 펠트로가 미연을 닮았더라고 말했다. 송수화기를 들고 남자에게 미연은 떠났어요, 이제 돌아오지 않아요, 라고 말하고 싶은 유혹을 참기 힘들 즈음 남자가 전화를 끊었다.

식은 커피를 다 마시고 수첩에 그의 이름을 적어넣은 후 나는 붙박이장을 열고 긴 셔츠로 갈아입었다. 미연의 어느 옷이든 그렇듯 셔츠에는 유명 상표가 붙어 있었다. 거울 속에서 낯선 여자가 나를 바라보았다. 미연의 말처럼 일 년 동안 근사한 소설 한 편을 쓸 수 있을 듯한 기분이 들었다. 나는 자판을 두드려 어제 쓴 뒤를 이어 몇 개의 문장을 썼다가 지웠다. 다시 소파로 돌아와 누웠을 때 벽을 타고 여린 플루트 소리가 들렸다. 어두워질 때까지 나는 꼼짝 않고 누워 그 소리를 들었다.

2

집에 돌아왔을 때는 날이 저물어 있었다. 자동응답기에는 세 여자의 음성이 나란히 담겨 있었다. 나다. 어딜 그렇게 쏘다니는 거냐. 햇김치 담갔으니 저녁때 오너라, 한 것은 안암동 여자였다. 내가 받았더라도 그녀는 그쯤에서 전화를 끊었을 것이다. 그녀는 정말이지 경제적인 사람이다. 필요한 말, 필요한 일, 필요한 싸움 이외에는 하지 않는다. 깔끔하고 단정한 목소리. 어릴 적부터, 그녀를 맨 처음 본 순간부터 나는 특별히 그 목소리가 탐이 났다. 그녀의 목소리에는 거부하기 어려운 무엇이 있었다. 그녀는 진작 멋진 이름의 종교 하나를 만들었어야 했다. 흰옷. 푸르스름한 얼굴. 거짓말처럼 맞아떨어지는 꿈들. 사람들은 그녀를 두려워했다. 두려움을 못 이겨 달아난 사람들을 다시 돌아오게 만든 것 역시 그 두려움이었다. 달아나고 돌아오기를 반복하는 사람들은 대부분 겁쟁이였다. 그 중 가장 심각한 겁보는 아버지였다.

야야. 오늘 이서방을 봤다. 거 뭐로, 국민학교에, 유세장에, 아이고, 이누무 당최 무신 말을, 거기 떡하니 관복을 입고 서 있더라,

이서방이, 글쎄. 피케 들고 드가다가 놀래 자빠질 뻔했다. 아이고, 마, 끊자. 낭죄 야기해주꾸마. 허둥대는 정경이 손에 잡힐 듯 두서없는 저 목소리의 주인은 월계동 여자다. 내가 그 여자의 자궁에서 사십 주를 견딘 것은 지금도 이해하기 힘든 수수께끼이다. 그녀는 당꼬바지에 빨간 캡을 쓰고 유세장엘 갔을 것이다. 후보가 한마디 할 때마다 사진을 세 번씩 쳐들고 이름을 외치고 오만 원의 일당을 흐뭇해하며 받아들었겠지만 그 돈은 윗집 여자와의 화투판에서 사라진 지 오래이리라.

관복을 입은 남편이라면 나는 어젯밤에 이미 보았다. 금년 초, 그는 오래 몸담았던 급진 정당을 버리고 의사 출신의 여당 후보 진영으로 들어갔다. 세상이 변했기 때문이라는 거였다. 실은 내가 변한 것이라는 말을 그는 끝내 하지 못했다. 전단지 한 장 제대로 찍을 수 없는 궁핍이 싫어서, 라고도 말하지 않았다. 사흘거리로 떼지어 몰려오던 사람들이 발을 끊었으므로 집안은 전에 없이 조용해졌다. 그의 변신에 대해 나는 비판도 찬동도 하지 않았다. 서른 아홉의 남자에게 스무 살의 열정을 잃었다고 나무랄 수는 없는 일이었다. 딱 한 번 나는 당신 괜찮아? 하고 물었다. 어디선가 걸려온 전화를 그가 말없이 끊었을 때였다. 송수화기 저편에서 누군가 그를 나무라고 있었다. 거친 음성, 내게까지 들리는 욕설을 남편은 아무런 대꾸 없이 고스란히 들었다. 이윽고 저편에서 꺼이꺼이 울음소리가 들려오고 남편은 조용히 송수화기를 내려놓았다. 막 흰머리가 돋기 시작하는 귀밑을 붉게 물들이며 그는 숨을 몰아쉬었다. 풀 코스를 완주한 마라톤 선수처럼 오래 숨을 고른 그가 괜찮아, 라고 말했다.

남편이 선택한 후보는 드라마의 위력을 믿는 사람이었다. 극중

인물, 허준이 그랬듯 그 후보는 지역구의 많은 질병을 다스렸으며 이제 정치의 질병을 고치고자 하고 있었다. 남편은 십여 명의 다른 운동원과 함께 관복을 입고 유세장을 지킬 예정이라 했다. 남편은 그 후보의 진보적 성향, 포용력을 상징하는 중요한 인물이었다. 파자마 위에 관복을 입고 거울 앞에 서서 그는 오랫동안 자신을 들여다보다 어때, 여보? 하고 물었다. 그는 뒷돈으로 벼슬을 산 얼뜨기 양반처럼 보였지만 나는 입을 다물었다. 이즈음의 남편은 농담을 이해하지 못했다. 작은 우스갯소리에도 뺨을 맞은 듯 얼굴을 붉혔다. 무안해하고 무안함을 감추기 위해 화를 냈다.

세번째 목소리는 너무 작아 거의 들리지 않았다. 이실아, 내다. 어이, 뭐 이러노?…… 니 목소리 아이구나. 나는 또 니가 받는 줄 알았다. 왜…… 여기 잠실이다. 내가 서울 왔다가 계단에서 구불렀잖나. 여 계단이 원체 까끌막지잖나…… 지금 매란도 없다. 니여다로 전화 좀 내라…… 종숙모였다. 거의 일 년 만에 듣는 목소리였다. 지병인 허리병이 도져 몇 번이고 서울 어디의 한의원을 오가면서도 그녀는 내게 연락 한번 하지 않았다. 종숙모는 예전부터 알던 사람들, 그녀의 젊은 날을 알고 이해하는 사람이 아니면 아무도 만나지 않았다. 칠십 년이 흐르는 동안 그녀가 아는 사람들은 대부분 죽거나 어딘가 연락할 수 없는 곳으로 떠나갔다. 잠실은, 촌수를 따지기조차 어려운 그녀의 먼 친척 동생이 혼자 살고 있는 곳이었다. 잠시 망설이다 나는 수첩을 뒤져 전화번호를 찾아냈다. 자정이 가까웠지만 전화를 걸어야 할 것 같았다. 매란 없다, 는 말은 그녀가 자주 쓰는 단어였지만 녹음으로 듣는 그 말은 다르게 들렸다. 꺼질 듯한 목소리, 거기에는 전에 없던 절박함이 있었다.

전화를 받은 사람은 젊은 여자였다. 내 대신 그 집의 며느리가 불려온 모양이었다. 나는 내 이름을 말하고 종숙모를 바꿀 수 있는지를 물었다. 여자는 그럴 수 없다고 말했다. 약을 먹고 지금 막 잠이 들었다고 했다. 나는 여자에게 종숙모의 상태를 물었다.

"저도 잘은 모르겠어요. 문 앞 계단에서 발을 헛짚으셨대요. 여기 계단에는 난간이 없거든요. 정수리에서 피가 많이 났어요. 병원에 모시고 가야 하는데 그러지 못했어요. 나도 늦게야 알아서."

여자는 내가 그곳으로 와주기를 바라는 눈치였다. 집에 애들만 있는데 앓는 노인을 두고 갈 수가 없어서…… 하고 말꼬리를 흐리는 여자에게 나는 내일 모시러 가겠다고 말하고 전화를 끊었다. 내 느낌대로라면 여자는 노인을 두고 돌아가지는 않을 것이었다. 만일 밤사이 무슨 일이 생긴다면…… 그렇더라도 종숙모는 잘 견뎌내리라 나는 믿었다. 그녀의 삶은 질기고 질긴 견딤의 연속이었다.

나는 진한 커피를 타 마시고 식탁에 앉아 읽다 접어둔 『고요한 돈 강』을 펼쳐 들었다. 몇 군데의 과외 선생 노릇을 그만둔 후 나는 열 권 이상의 대하소설 다섯 종을 구입했다. 『고요한 돈 강』은 세 번째 읽는 장편소설이었다. 소설들은 대부분 지루했다. 집집의 초인종을 누르고 몸을 비트는 아이들을 견디듯 나는 소설을 읽었다. 마지막 소설을 다 읽을 때까지 다른 일자리를 찾지 못한다면 정말 나도 소설가가 될 작정이었다. 지루하고 고통스럽고, 어디에도 출구가 보이지 않는 이야기라면 나도 많이 알고 있었다. 끊임없이 이어지는 전투, 열병을 앓는 아크시냐를 남겨두고 그레고르가 떠나가는 장면에서 나는 책을 덮었다. 그는 전장으로 가야만 하는 것이다. 남자들에게는 언제나 정당한 핑곗거리가 있다.

처음 내게 소설을 써보라고 말한 사람은 영수였다. 그는 내 안에 사나운 새 한 마리가 살고 있다고 말했다. 그 새를 밝은 곳으로 끌어내지 않으면 내가 그 속으로 딸려 들어갈 것이라 했다. 고작 대학 이학년의 남자아이로서는 놀라운 통찰이었다. 다만 그는 내가 이미 그 어둠 속에 있다는 사실은 알지 못했다. 그 사실을 알아채는 데 그는 삼 년을 더 소비했다. 그후에도 한동안 영수는 내 주위를 맴돌았지만 나는 그가 떠나리란 것을 알고 있었다. 잊을 만하면 한 번씩 취한 걸음으로 찾아오는 그가 애틋하다 못해 짜증이 날 즈음 나는 영수에게 나를 둘러싼 세 여자의 이야기를 들려주었다.

그 이야기의 위력은 놀라웠다. 습관적인 가출, 열여섯 살의 일년간을 골방에서 보내야 했던 결핵에 대해서 그토록 차분하던 영수의 눈이 탁한 물처럼 흐려지는 것을 나는 보았다. 그는 그때까지 버티던 군대에 자원 입대했다. 군복을 벗자마자 어떤 여자와 결혼식을 올리고 독일로 떠난 그를 두고, 나를 알고 그를 아는 사람들은 어떻게 그럴 수가 있느냐고 말했지만 나는 그를 이해했다. 나를 둘러싼 세 여자의 일은 가출이나 결핵처럼 과거가 될 수 없는, 영원한 진행형이었다. 그는 평범한 남자였다. 평범한 사람들이 불행을 감지하고 두려워하는 것은 자연스러운 일이다. 그의 마음보다 발이 먼저 진창을 피해 간 것이었다. 나는 그가 단단하고 마른 땅만을 골라 디디기를 바랐다. 독일에서 돌아오면 훌륭한 학자가 되기를 바랐다. 나와 결코 마주치지 않을 동네에서, 양지에서 살기를 바랐다. 그와 함께 있으면 나는 속내 가득한 독설을, 내 천성인 위악을 버리고 그에게 길들고 싶었다. 나는 착한 여자가 될 수 있으리라는 꿈을 꾸었다. 다시는 그런 꿈 따위는 꾸고 싶지 않았다.

3

종숙모는 끝내 뇌 자기 공명 사진을 찍기를 거부했다. 괘안은데 뭐 할라꼬 그런 거를 찍느냐며 팔을 휘휘 내저었다. CT를 찍을 때 이미 공포에 질렸던 그 눈을 보았던 나는 더 권하지 않았지만 의사는 종내 미심쩍은 표정을 거두지 않았다. 혐의가 분명한 피의자를 놓아주는 형사처럼 떨떠름한 얼굴로 그가 처방전을 쓰는 짧은 동안 종숙모는 문고리를 잡고 서서 기다렸다.

"피 쪼매 난 거 가주고. 여 오는 게 아닌데, 동네 병원에서 아까 징끼나 바르면 될 거를 가주고……"

문을 나서자마자 종숙모가 투덜거렸다. 나는 못 들은 척 이제 안경 맞추러 가야지요, 하고 말했다.

"두 달이 게와 지난 거로, 아깝그로……"

종숙모는 잃어버린 안경이 새삼 아까운 눈치였다.

"안경 집어간 사람은 횡재했제…… 알은 바꾸트라도 테만 해도 그기 어디로…… 큰맘 묵고 이십만 원 돈이나 주고 한 거를 가따 가……"

안과 진료실까지 가는 동안 지팡이를 짚고도 어기적어기적 걸음을 옮길 때마다 종숙모는 없어진 안경에 대한 미련을 늘어놓았다. 새벽에 눈뜨자마자 기듯이 내려가 풀숲을 뒤지고 있더라는 말은 그 집 며느리에게 이미 들은 터였다. 부자라고는 할 수 없지만 종숙모에게는 아직 이십만 원의 천 배쯤은 되는 재산이 있었다. 십여만 원이면 한 달을 충분히 살아가는 그녀로서는 이백 년을 더 살 수 있는 금액이다.

"안경은 내가 해드릴게요, 그만 잊어버리세요."

종숙모의 눈이 휘둥그레졌다. 나는 지금껏 그녀에게 손수건 한 장 선물한 적이 없었다. 대학 입학금을 건네주며 그녀는 내게 아무것도 기대하지 않으니 부담 갖지 말라고 말했다. 사 년 동안 나는 두 번 더 그녀의 도움을 받았지만 아무런 부담을 느끼지 않았다. 누구나 조금씩은 갖게 마련인 보상 심리가 그녀에게는 없는 것 같았다. 늘 혼자였지만 외로움을 타는 것 같지도 않았다. 홀로 잠들고 아무도 마주 앉은 사람 없는 식탁에서 밥을 먹는 사십여 년을 보낸다면 누구라도 그녀처럼 덤덤한 얼굴을 갖게 될 것이다. 종숙모는 세상 어떤 일에도 깊은 관심을 보이지 않았다. 그녀가 유일하게 뒷일을 궁금해하고 집착하는 것은 연속극이었다. 드라마가 그렇듯 세상 모든 일은 끝난 자리에서 다시 시작되고, 드라마 이상의 상처도 흔적도 남기지 않는 것으로 여겼다. 종숙모는 세상이 자신을 하찮게 대한다는 것을 알고 있었다.

시력 검사는 오래 걸렸다. 의사는 백내장 기운이 있다고 말했다. 자세한 검사를 위해 다시 검진 날짜를 잡아야 한다는 말에도 종숙모의 반응은 시큰둥했다. 그녀에게는 의사들이란 병을 만들어내는 사람이었다.

"백내장이믄 내가 이 나이에 수술을 할 꺼도 아이고, 뭐 자시이 보고 싶은 게 있다고."

"자세히 보시기 위해서가 아니라, 할머니, 눈이 먼다니까요."

의사가 아이를 타이르듯 말했다.

"뭐, 그래 되더라도 눈 깜고도 내 집구석 다 댕길 수 있을 건데 괜찮에요."

"아니, 성한 눈 갖고도 넘어지셨는데도 그러세요?"

낯선 방 177

빙긋 웃는 의사를 더 상대하기 싫다는 듯 종숙모가 말했다.
"끝났으믄 인자 가도 되지요?"
의사는 마지못한 듯 그녀를 놓아주었다.
종숙모는 잠실로 가고 싶어했지만 나는 못 들은 척 집으로 차를 몰았다. 어쨌든 나는 상처가 아물고 거동이 자유로울 때까지 종숙모를 보살펴야 하는 사람이다. 잠실과 영등포를 왕복하는 일로 하루를 시작하고 싶지는 않았다.
"이서방은 안 기시나?"
종숙모는 현관을 들어서며 안방 쪽을 기웃거렸다.
"메뚜기 제철 만났잖아요. 선거 끝날 때까지는 얼굴 보기 힘들 거예요."
나는 필요 이상으로 차갑게 말했다. 종숙모는 그제야 신을 벗었다. 남편과 종숙모 사이에는 이상한 적대감이 있었다. 두 사람은 처음 마주 앉는 순간부터 서로를 향한 경원을 감추지 않았다. 종숙모로서는 부모 없이 자라난, 반듯한 직장이나 직장을 가질 의사도 없는 깡마른 청년이 못 미더웠을 것이다. 그가 일하던 시민단체는 종숙모에게 오래전 사라진 그녀의 남편을 연상시켰다. 정다운 말은 커녕 얼굴도 똑바로 쳐다보지 못하던 새댁 시절 그네의 남편은 무슨 일엔가 연루되어 집을 나갔다. 전쟁 전의 어지럽던 시기였다. 서울 명문 대학의 이학년이었던 그네의 남편은 마을의 자랑이었지만 그가 사라지고 나자 그 마을의 금기가 되었다. 아무도 그 청년을 입에 올리지 않았고 그네의 집을 멀리 돌아 지나갔다. 북으로 갔다는, 대구 사변 때 죽었다는 풍문만 들렸을 뿐 끝내 행방을 알지 못한 채 그네는 모시던 시부모를 차례로 여의고 나이를 먹었다. 종숙모에게 남편은 그네의 남편처럼, 뭔지 알 수도 없고, 알고 싶지도 않은 일을 하고 다니는 사람이었다. 남편은 남편대로 평생 단 두 달 함께 살았을 뿐인 지아비를, 그가 남긴 흔적을 붙들고 사는 종숙모를 이해하려 하지 않았다. 동정을 넘어서 혐오스러운 일이라고 했다.

혼인 신고를 하러 갔을 때 그가 말했다. 너, 행여 그 노친네한테 기댈 생각이 있다면 지금 말해. 자못 위협적인 목소리였다. 나는 막 종숙모의 이름을 적던 참이었다. 쓰기를 멈추고 나는 그를 올려다보았다. 그는 긴장하고 있었다. 학교 다니고 직장 얻고, 이런 서류를 작성하기 위해 그 이름을 빌리는 것일 뿐이라고 내가 말했다. 그의 목울대가 움찔했다. 나중에 남편은 말했다. 나는 말이야. 내 이름도 네가 그런 식으로 빌려 쓰기 위해 필요할 뿐인 건 아닌가 생각했어. 어쩌면 그가 옳았는지도 모른다.

종숙모는 구석방 한쪽에서 손가방을 베고 잠들어 있었다. 그네는 대합실에서 이제 도착할 기차를 기다리다 풋잠이 든 노인처럼 보였다. 뺨 한쪽으로 고양이가 할퀸 듯한 긴 상처가 나 있었다. 갸르릉. 고양이처럼 낮게 코고는 소리가 들렸다. 잠든 그녀는 늙고 병들고, 오래 굶주린 고양이 같았다. 내일이면 종숙모는 예천으로 돌아가겠다고 우길 것이다. 나로서는 그녀를 말릴 수 없었고 말리고 싶지도 않았다.

골목 쪽에서 왕왕 스피커 소리가 들렸다. 막바지 선거 유세가 한창이었다. 벽시계는 두시를 가리키고 있었다. 그 방에서 자판을 두드리고 있을 시각이었다. 밝은 크림색의 벽을 보며 커피를 마시는 일을 나는 지난 두 달 동안 단 하루도 거르지 않았다. 때 낀 벽지 위에 작은 나방 두 마리가 꼬리를 맞대고 붙어 있었다. 다용도실 한구석에서 묵은 콩과 대추가 상해가고 있을 것이다. 내가 다가가

낯선 방 179

도 나방은 꼼짝하지 않았다. 맨손으로 나방을 찍어 누르고 나서 나는 월계동으로 전화를 걸었다. 내키지 않았지만 종숙모를 혼자 둘 수는 없는 일이었다.

4

방은 변하지 않고 나를 기다리고 있었다. 습관적으로 커피메이커를 들다가 나는 원두가 떨어졌다는 것을 깨달았다. 싱크대 서랍에는 인스턴트 커피가 들어 있었다. 미연이 입주한 얼마 후 내가 사다준 것이었다. 봉지를 뜯지 않은 커피를 나는 다시 서랍에 집어넣었다.

나는 메일 박스를 점검하고 응답기에 남겨진 메시지를 듣고 세 개의 이름을 수첩에 적은 다음 미연의 셔츠로 갈아입고 컴퓨터 앞에 앉아 몇 개의 문장을 썼다. 새가 있다. 새는 눈이 멀었다. 눈먼 새는 나무에 부딪힌다. 날개가 찢긴다. 나무 위에서 뱀 한 마리가 새를 노려본다. 긴 혀가 순간적으로 날름 내밀어지는 것을 새는 알지 못한다. 새는…… 초인종 소리가 들린 것은 그때였다. 나는 자판을 두드리던 손을 멈추고 귀를 기울였다. 삐리리, 새 울음처럼 초인종이 다시 울었다.

찾아온 사람은 젊은 남자였다. 문을 열자마자 막 안으로 들어올 기세이던 그가 움칠했다. 그는 도깨비 상자에서 튀어나온 못난이 인형을 보듯 나를 쳐다보았다. 남자와 나 사이에 팽팽한 긴장이 흘렀다. 이 남자다. 그가 입을 열기 전에, 그 목소리를 확인하기 전에 나는 남자를 알아보았다. 복도 저 끝에서 흰 수트를 입은 여자가 또각또각 발소리를 내며 엘리베이터 쪽으로 걸어갔다. 그의 눈길이 셔츠에 머물렀을 때 내가 말했다.

"이 방 주인은 이사 갔어요. 한 달 전에."

이상하게도 목소리가 떨려 나왔다. 그의 시선이 내 어깨 뒤로 방 안을 훑었다.

"이사를 갔다고요? 그 옷은 뭐죠?"

그의 음성에 짜증이 묻어났다. 그를 노려보는 동안 가슴 저 깊은 곳에서 천천히 차가운 기운이 올라왔다.

"옷뿐만 아니에요. 가구랑 집기도 다 두고 갔어요."

내키지 않았지만 나는 비켜서서 그가 들어올 수 있도록 했다. 그는 성큼 방 안으로 들어서서 화장실을 기웃거리고는 붙박이장을 열어젖혔다. 미연이 어딘가에 숨어 있다고 생각하는 것 같았다. 그가 싱크대 아래쪽의 문까지 열어보는 것을 나는 반쯤 열린 문에 기대서서 바라보았다.

"뭡니까? 애는 또 어디로 사라졌습니까?"

사라졌다, 는 말은 몹시 쓸쓸하게 들렸다. 떠난 후 미연은 단 한 차례도 연락을 해오지 않았다. 문득 그 애가 어디론가 사라졌을지도 모른다는 생각이 들었다. 남자는 화가 난 것도 같고 어처구니없어하는 것 같기도 했다. 나는 냉정하게 말했다.

"나는 이 집에 이사한 사람일 뿐이에요. 운이 좋아서 집기들을 물려받았죠."

그는 찬찬히 나를 노려보았다. 굶주린 이리처럼 눈매가 사나웠다. 얄따란 입술을 비틀며 그가 조금 웃었다. 미연이 사귀던 남자들은 모두 크리스털처럼 쉽게 금가는 아름다움을 지니고 있었다. 남자의 얼굴에도 그런 흔적이 있었다. 건드리면 부서지고, 그 날카로운 끝이 나를 찌를 것만 같았다. 나는 위험한 물건처럼 그를 쳐다보았다.

"이것 보세요. 댁이 찾는 게 누구든 알 바 아니지만 여긴 내 집이에요. 그만 나가주세요."

"갑니다. 나도 여기 있을 기분이 아니에요. 오 분만, 오 분만 있다 갑시다. 그것도 안 되겠습니까?"

그가 소파에 털썩 주저앉았다. 오 분 동안 나는 문고리를 잡고 서서 기다렸다. 남자는 소파 깊숙이 몸을 묻고 눈을 감았다. 눈을 감은 그는 딴사람처럼 보였다. 매끈한 흰 이마 아래 짙은 눈썹. 파르라니 민 면도 자국에 손을 대고 싶은 충동이 일었다. 저대로 잠들면 어쩌나 싶을 즈음 그가 벌떡 몸을 일으켰다. 붉게 핏발 선 눈으로 남자가 나를 쳐다보았다.

"뭔가 숨기는 게 있지요? 당신은 미연을 알고 있지요? 그렇지요?"

나는 남자를 마주 노려보았다. 표정을 감추는 일이라면 나는 언제라도 자신 있었다. 남자가 먼저 시선을 돌리고 책상과 책꽂이의 책들을 휘둘러보았다. 그대로 나올 듯하던 그가 아차 하는 순간 책상 위에 펼쳐져 있던 수첩을 집었다.

"여기…… 이건…… 내가 걸었던…… 뭐죠?"

그는 빠른 손으로 수첩을 넘기고 있었다. 나는 문에서 몸을 떼고 그에게로 다가갔다. 쾅, 소리내며 문이 닫혔다.

"그건, 수첩이에요. 댁의 이야기는, 응답기에 남긴 것을 적은 것뿐이고. 뭐가 궁금하죠?"

수첩을 탁탁 소리나게 손바닥에 부딪히며 그가 나를 노려보았다. 그는 영화 속의 불량배 같았다. 그의 얼굴이 바짝 내게로 다가

왔다.

"남의 전화를 대신 받아주고, 당신은 교환순가요? 그래 그 대가가 뭐죠?"

그때까지도 나는 그를 과소평가하고 있었다. 손을 뻗어 수첩을 잡으려는 순간 그가 내 팔을 뒤로 꺾으며 바짝 몸을 끌어당겼다. 코와 코가, 눈과 눈이 부딪힐 듯 맞닿았고 그에게서는 숨 막히는 냄새가 났다. 강렬한 수컷의 냄새. 나는 어지러웠다.

"가구만이 아니군요. 남자들까지 다 물려받았나?"

잠깐 느슨해진 틈을 타 팔을 빼내 그를 후려치려 했지만 그가 좀 더 빨랐다. 그의 흰 손이 내 머리채를 감아쥐었다. 손가락이, 가늘고 긴 손가락들이 내 뺨을 천천히 훑어내렸다.

"전화를 받고, 미연의 옷을 입고…… 그리고 또 무엇을 하죠? 떨지 말아요. 미연이는 결코 떠는 일이 없었죠."

그의 음성은 부드러웠다. 그 부드러움은 귀에 익었다. 먼 곳에서, 문 밖에서 서성이는 사람처럼 미연의 이름을 부르던 목소리. 그가 미연의 셔츠 위로 내 가슴을 쓰다듬었다. 두려움과 팽팽한 긴장감이 발끝까지 뻗어나갔다. 나는 더 이상 그를 제지할 수 없음을 깨달았다. 그곳은 격리된 공간이었다. 소리를 질러도 아무도 달려오지 않을 것이며 누구라도 또 다른 낯선 사람을 이 방에 들이고 싶지 않았다. 그의 손가락이 내 귓불을 간질이고 목 뒤를 돌아 등을 죽 훑어내렸다. 나는 숨을 멈추고 이 순간이 지나기를 기다렸다. 키스 정도는 참아주리라, 그 이상이라면…… 책상 서랍 속의 가위와 싱크대의 과도를 떠올릴 즈음 남자의 팔에서 천천히 힘이 빠져나갔다. 남자는 고개를 푹 꺾은 채 내 앞에 서 있었다. 긴 정적이 흘렀다. 그도, 나도 숨을 쉬는 것 같지 않았다. 우는 것인가, 생각했지만 남자는 끝내 눈물을 흘리지는 않았다.

5

 "이실이가? 앓는 사람 놔두고 어딜 갔디노."
 현관 문이 닫히기 무섭게 나무라는 소리와 무언가 후닥닥 치우는 기척이 들렸다. 두 사람은 화투판을 벌이던 중이었던 모양이었다. 한쪽으로 밀쳐놓은 방석 아래 쑤셔넣은 화투장과 비죽이 나온 천 원 다발이 보였다. 떨어져나온 화투장 위의 목단이 피처럼 붉었다.
 "아이구, 야야. 여 형님이 이래 흉한 꼴을 하고 있는데 꼴난 사진 몇 장 찍으이 뭐 하노. 어데 약이라도 한 재 지어야 안 될라. 저물기 전에 내 아는 한약방에 갈라 캐도 니가 와야재."
 책잡힐 일이 있을 때 흔히 그렇듯 월계동 여자의 목소리가 한껏 청승스러웠다.
 "지도 볼일이 있겠재, 자는 내 들따보고 앉았을 건 뭐로."
 내 대신 종숙모가 느릿느릿 대꾸할 때까지 나는 화투장을 노려보고 있었다.
 "심심풀이로…… 형님이 쑤시고 아프다 캐서……"
 내 눈치를 힐끔거리던 월계동 여자가 방석 쪽으로 기신기신 몸을 옮겨 앉았다.
 철든 이후 몇 차례나 화투판을 엎었을까. 기억의 저 안쪽, 젊은 날의 여자는 언제나 화투판과 함께 떠올랐다. 학교에서 돌아오면 오종종한 신발들과 한 방 가득한 여인네들이 있었다. 나무젓가락이 꽂힌 자장면 그릇. 어두운 방에서 이따금 터져나오던 탄성과 욕설들. 집 앞 공터에서 아이들과 고무줄놀이를 할 때도 내 눈은 언제나 언덕 저 아래로 향해 있었다. 혹 나타날지 모르는 아버지 때문이었다. 알맞은 때 아버지의 출현을 알린 날이면 부리나케 빠져나가는 아낙들 뒤에서 그네는 사이다 사 먹어라, 하며 내게 종이돈 한 장을 쥐여주었다.

　어느 날인가 아버지의 반들반들 윤이 나는 구두가 내 앞에 와 설 때까지 나는 공기놀이에 빠져 있었다. 금색 테두리 안경 안쪽에서 아버지의 눈이 웃고 있었다. 나는 앉은 자리에서 벌떡 일어섰다. 아버지는 내 흙 묻은 손을 잡고 볕 따가운데 밖에서 노는구나. 엄마는 안에 있나? 하고 다정하게 물었다. 아버지의 손을 잡고 나는 열린 대문 안으로 들어갔다. 가슴이 마구 뛰었다. 닫힌 방 안에서는 아무 소리도 나지 않았다. 모르는 사이 다 가버린 것인가 싶을 즈음 화장실에라도 가려던 참이었을까, 방문이 열리고 부스스한 여인네 하나가 나왔다. 아버지를 본 여인이 어어, 이상한 소리를 질렀다.

　여자들은 공습 경보를 들은 훈련병들 같았다. 그들은 일제히 방을 나와 재빨리 대문 밖으로 사라졌다. 방 안은 말끔했다. 대낮부터 웬 여자들이 몰리다니요, 했을 뿐 아버지는 그네를 나무라지 않았다. 당신이 통 안 오시니 심심해서 동네 여자들 좀 불렀지요. 이 바구나 하자꼬. 그네는 샐쭉한 표정을 지었다. 방문을 닫고 나왔을 때 마당 가득 들어찬 햇빛이 눈을 찔렀다. 그제야 나는 깨달았다. 나는 겁이 난 것이 아니었다. 나는 무슨 일인가 일어나기를 기다리고 있었다. 어쩌면 나는 골목을 올라오는 아버지를 보았던 것도 같았다. 나는 그때까지 쥐고 있던 공깃돌을 화단 한가운데로 힘껏 던졌다.

그후로도 숨바꼭질은 계속되었지만 아버지는 어리석은 술래였다. 아버지가 알게 된 것은 참다못한 주인 여자가 방을 비워달라고 했을 때였다. 젖먹이에게 짝이 맞지 않는 화투장을 쥐여주고, 줄줄 침을 흘리면서 그것을 빠는 아이를 뉘어놓고 화투를 치던 그네는 집을 팔고 딸을 팔고, 자신의 젊은 날을 송두리째 말아넣고도 화투장을 버리지 못했다. 이곳으로 오기 전 그네는 손에 익은 화투 한 모를 주머니 깊숙이 넣었을 것이다. 셈이 느리고 눈이 어두운 종숙모는 그네에게는 좋은 먹이였다. 정작 자신이 그 많은 노름판의 살찐 먹이였음에도 그네는 그것을 알지 못했다. 이제 나는 그네의 화투놀음에 대해 나무라지 않는다. 관성 때문에 노려보았을 뿐.

"저녁은 어쩌셨어요?"

계단 입구에 내놓은 그릇들을 못 본 척 내가 물었다. 넓적한 쟁반에는 붉은 소스가 묻은 고깃점이 남아 있었다.

"들오다가 보이 돈까스집이 생겼데. 그래, 내가 전화번호 외와놨다가 형님하고 시켜 먹었다. 먹을 만하드라."

화투장을 치운 그네는 갑자기 자신만만해졌다. 무릎을 꾹꾹 주무르며 앓는 소리를 냈다.

"그누무 전철이 똑 내가 가믄 떠나고, 떠나고 하는 게라. 복잡기는 또 와 그리 복잡은동."

한낮의 전철이 복잡할 리가 없었다. 그네는 종숙모가 머무는 한 내게 자신이 필요하다는 것을 잠시 잊었던 것이 억울한 눈치였다. 전화를 걸었을 때 그네는 어이, 뭔 소리고? 다치다이? 하고 놀라더니 이내 새침한 목소리로 나도 여기 지부 일이 있어서, 몰따, 가 낼랑강, 하며 능청을 떨었다. 여느 때라면 내 전화가 없었더라도 종숙모가 다쳤다는 것을 알자마자 한달음에 달려왔을 것이다. 아이고, 형님, 이게 웬 변이니껴, 형님이나 내나 좋은 세상 보고 가야지, 이라믄 어예니껴, 하고 한바탕 넋을 빼는 위로를 늘어놓았을 것이다. 그 할마시는 고시랑고시랑 하면서 오래도 산다, 하던 그 목소리로. 거기 일당을 셈해주겠다고 했을 때에야 마지못한 듯 돈이사, 뭐. 그기 중한 게 아이고, 하면서 그네는 줄다리기를 끝냈다.

잠들 때까지 종숙모는 너덧 대의 담배를 거푸 피웠다. 미처 빠져나가지 못한 연기가 좁은 방을 가득 채웠다.

"할마시도. 뭔 담배를 저래 피우노. 내사 숨이 막혀 죽을따. 하기사 뭔 낙이 있을로마는."

잠든 줄 알았던 그네가 문을 열고 나오며 중얼거렸다. 나는 식탁 앞에서 책을 읽고 있었다. 몇 장인가 넘어가 있었지만 무얼 읽었는지 기억이 나지 않았다. 샤워를 했어도 코끝에 남자의 냄새가 맴도는 것 같았다. 나는 책을 펼친 채 맞은편에 와 앉는 그네를 바라보았다.

"왜, 주무시지요."

"니, 요새 뭐 하고 댕기노?"

천성적으로 호기심이 많은 여자였다. 엉뚱한 상상과 어설픈 추리로 사람을 놀라게 하는 것 또한 그네를 당할 사람이 많지 않았다.

"아아들 가르치는 것도 고만뒀다믄서 와 그리 바쁘노 말이다. 이서방은 통 기척도 없고. 느그 요새 괜찮나?"

"무슨 말을 하려고 그러세요? 이서방은 어제 보셨다면서요. 유세장에서."

나는 마주 앉은 그네에게 눈길을 주지 않았다. 그네는 아둔한 편이었지만 남녀 문제에만은 특이한 감각을 갖고 있었다.

"내가, 니 오기 전에 집을 구석구석 좀 치웠다. 분통같이 해놨으이, 니 함 봐라. 집이, 당최 사람 사는 집 같잖애 내 하는 말이다. 이서방이사 요새 바쁘니까 그렇다 치고, 니는 밥도 안 해먹나? 그릇에 먼지가 소복하이, 어째 그래놓고 사노. 그라고, 암만 바쁘다 캐도 사나흘에 한 번이라도 들오믄 따신 밥 해 믹이야지, 사나아는 뭐라 캐도 상에 찬 많고 잠자리 편으믄 입 다무는 뱁이다…… 그 카고 보이, 느그 잠자리는 하나?"

나는 눈을 똑바로 뜨고 그네를 노려보았다. 그네에게 세상을 지배하는 것은 식욕과 성욕이었다. 영수와 헤어졌을 때 맨 먼저 그네가 물은 것도 니, 여자는 지켰지러? 였다.

"야는, 이미가 딸한테 그만은 말도 못 하나. 뭐 그리 도끼눈을 하노."

나무라면서도 그네는 눈에 띄게 기세가 죽었다. 그네는 나를 두려워했다. 내가 달아나는 것을 두려워했다. 내가 없다면 그네의 줄다리기는 끝이 날 것이었다. 나는 그네의 평생을 지탱해준 든든한 줄이었다. 그네의 목소리가 은근하고 나직해졌다.

"니, 종숙모 말이다. 니, 안직 어무이라꼬 안 부르재? 말은 안 해도 섭섭은 모양이드라. 호적상 어무이도 어무이 아이가. 돈 드는 것도 아이고, 한번 그래 불러주라믄."

종숙모의 호적에 편입된 것은 일곱 살 때였다. 나는 아버지의 호적에 오르지 못하는 월계동 여자의 딸일 수 없었으며 안암동 여자는 나를 거부했다. 자신의 아들보다 내가 먼저 태어났다는 이유에서였다. 안암동에 들어가던 날, 너를 돌보지만 나는 네 엄마가 아니다, 라고 그네는 말했다. 종숙모의 딸이 되어야 했던 이유를 말해준 사람도 안암동 여자였다. 이름이 누구에게 속하건 중요한 것은 아니다만 적덕(積德)이라고 생각해라, 하고 그 여자는 말했다. 열네 살, 나는 적덕이 무언지 알지 못하는 나이였다. 그러나 나는 그 일로 안암동 여자를 원망하지 않았다. 호적 맨 위에 엉뚱한 여자아이의 이름이 적힌다면 누구라도 불쾌할 것이다. 안암동에 살게 된 이후 나는 누구에게도 더 이상 엄마라는 호칭을 쓰지 않았다.

"새삼스레 무슨 호칭 타령이에요?"

"섭섭은 마음에 양자고 뭐고 없던 일로 하자꼬 나오믄 어예노 말이다. 이날까지 고생한 거 다 헛거 만들 수야 없잖으나. 저 뿔뚝꼴 성질에 누가 아노. 니도 니지만 눈치 보고, 기분 맞촤주고, 예삿일이 아이랬다. 다 니 위해 하는 말이따. 모르기는 해도 안즉 남은 게 수월찮을 거로. 그 집이 어떤 집이랬는데. 신행 갈 때 참 볼 만했디라. 양동 아지뱀 인물도 그래 훤하디마는, 그꾸 허무하게 될 줄 누가 알았겠노."

나를 위해서, 라고 했지만 파양(罷揚)이 된다면 당장 타격을 입을 사람은 그네였다. 서울에 올 때면 종숙모가 봉투를 건네는 것을 나는 알고 있었다. 나는 종숙모의 재산 같은 것은 바라지 않았다. 내게 필요한 것은 이름뿐이었으며 혼인 신고를 끝으로 그 필요성조차 사라졌다. 내 이름은 이제 남편에게 속해 있었다.

"아이고, 뭔 죄가 많아서 내 자식 주고도 눈치 보니라꼬 말 한마디 대놓고 못 하고……"

아무 대꾸가 없자 그네는 나직이 신세 한탄을 늘어놓기 시작했다. 자식도 서방도 나놔 하이, 이 무슨 팔자가 이러노 말이다……

아직까지 나를 나누고 있다고 믿는 그네에게 나는 화가 치밀었다.

"들어가 주무세요, 저 피곤해요."

"아아가 있나, 서방 밥을 한 끼 해주나, 피곤하기는 뭐가 피곤하노? 몇 달 만에 만난 에미한테 매정시리도 군다."

나는 탁, 소리나게 책을 덮었다. 움찔 놀란 얼굴로 그네가 몸을 일으켰다. 방으로 들어가면서 그네가 중얼거렸다. 성질도, 똑 그 여편네 한가지라. 클 때는 안 그르티마는 그 집구석 드갔다꼬 어예 그래 그 집 닮노.

6

세 여자가 나란히 앉아 있는 정경은 한 폭의 오래된 그림 같았다. 종숙모는 벽에 기댄 채 반쯤 눈을 감고 있었다. 손가락 끝에 걸린 담배에서 흰 연기가 피어올랐다. 월계동 여자는 콩을 고르고 있었다. 쟁반 위에는 딱정벌레 같은 검은콩이 가득했다. 안암동 여자는 세탁물을 개고 있었다. 그네는 옷을 펴놓고 다림질하듯 손바닥으로 꼼꼼히 문질렀다. 새것처럼 반듯해진 내 셔츠와 남편의 속옷들이 켜켜이 쌓여 있었다. 내가 들어서자 세 여자가 일제히 고개를 들어 나를 쳐다보았다.

"오셨어요?"

대답을 한 것은 월계동 여자였다.

"내기 아께 전화했다. 형님도 함 와보셔야 안 될라 캤디마는 저녁답에 오싰네. 꼼거리 사오시서 우린 잘 먹었다. 니도 한 그릇 먹을래? 내 채리주까?"

치마폭을 털며 일어서는 그네에게 안암동 여자가 말했다.

"그냥 계세요, 내가 차려주지요."

엉거주춤 자리에 앉은 그네가 무어라 입속말을 중얼거렸다.

밥 생각은 없었는데도 나는 한 그릇을 다 비웠다. 국물은 구수하고 나물은 향긋했다. 안암동 여자는 유별난 손을 갖고 있었다. 그 손을 거치면 음식에는 윤기가 돌았다. 아버지는 그네의 음식 솜씨를 즐기면서도 이따금 두려워했다. 몇 날을 집을 비웠건, 잡아먹을 듯 서로 노려보았던 저녁이건 변하지 않고 정갈하게 차려내는 밥상을 받으면 그는 주눅 든 얼굴이 되었다.

"천천히 먹으면서 들어라. 병원에서는 뭐라더냐?"

착 가라앉은, 돌연 나를 긴장시키는 목소리였다. 나는 힐끗 방 쪽을 쳐다보았다.

"괜찮다. 텔레비전 틀어놓고 나왔다. 의사가 뭐랬는지 모르겠지만 내 보기에 그냥 넘길 성싶지 않다."

"왜요? 낮에 무슨 일이 있었어요?"

그네의 푸릇한 얼굴에 희뜩 무언가 스치는 것 같았다.

"잠만 주무시는 게…… 벌써 영(靈)이 나간 사람이다. 오래나 끌지 않았으면 좋겠다만."

나는 숟가락을 내려놓았다. 그네는 조심스러웠다. 그네의 표정 없는 맑은 눈이 나를 가만히 마주 쳐다보았다. 섬뜩한 느낌이 등을 쳤다.

"글쎄, 어떻든 저대로 내려가시게 하지는 마라. 바쁘더라도 며칠은 집에 있도록 하고. 새 일 시작했니? 통 집에 있는 것 같질 않더구나."

나도 모르게 움찔 몸이 움츠려졌다. 어제도, 그제도 나는 그 방을 찾아가고 똑같은 순서로 응답기와 메일 박스를 점검했다. 새로운 아이디와 익숙한 목소리들. 그 남자는 다시는 전화를 걸어오지 않았다. 무슨 말인가 더 하려던 그네가 입을 다물었다. 문이 열리는 소리 때문이었다. 월계동 여자가 쯧쯧 혀를 차며 방을 나왔다.

"아까븐 콩을 벌거지 다 먹도록 이래 내뻴 놔두나. 다 파먹고 껍데기뿐이라."

벌레 먹은 콩을 버리면서도 그네의 눈이 탐색하듯 식탁 쪽을 훑고 있었다. 안암동 여자가 내 어깨에 살풋 손을 올려놓았다가 방으로 들어갔다. 손은 새의 깃털처럼 가벼웠다.

한밤중에 나는 무언가에 놀라 깨어났다. 창으로 스며든 골목 가로등의 노란 불빛이 침대 발치에 걸려 있었다. 꿈에서 새를 본 것 같았다. 누군가 나를 부른 것도 같았다. 나는 씀벅한 눈을 비비면서 마루로 나갔다. 텔레비전에서는 여전히 개표 방송이 진행 중이었다. 몇 개의 채널을 바꾸면서 남편이 선택한 후보를 찾고 있을 때 전화벨이 울렸다. 남편이었다.

"봤어?"

남편의 음성은 가라앉아 있었다.

"잠깐 잠들었었는데, 끝났어? 어떻게 됐어? 아까는 이기고 있던데."

초저녁의 출구 조사에서는 접전이 예상된다고 했었다.

"이겼어. 몇십 표 차로."

남편은 전혀 기쁜 것 같지 않았다. 잘됐네, 축하해, 라는 내 목소리도 시큰둥하게 나왔다. 지금 가겠다는 남편에게 나는 종숙모와 월계동 여자가 와 있다고 말했다. 전화선 저편에서 깊은 한숨 소리가 들렸다. 지친 그의 얼굴이 손에 잡힐 듯했으므로 나는 자세한 이야기를 하지 못했다.

"여기 어디 여관에서 자고 아침에 갈게, 그럼."

그리고 전화가 끊어졌다. 텔레비전을 끄고 막 방으로 들어가던 나는 다시 리모컨을 눌러 화면을 살려냈다. 남편이 선택한 후보가 인터뷰를 하고 있었다. 당선 소감을 이야기하는 그의 옆, 화면이 가까스로 잡히는 부분에 남편의 얼굴이 있었다. 수염 자리가 거뭇한 지친 안색의 남편. 마치 나를 향한 듯 그의 눈이 두어 번 깜박거렸다. 만면에 희색이 가득한 당선자, 환히 웃고 있는 사람들 틈의 남편은 몹시 낯설었다.

당선자의 얼굴이 확대되어 잡히고 남편이 화면에서 사라진 후에도 그의 몽롱한 눈빛만은 내 망막에 남았다. 그는 엉뚱한 역에 내린 여행자처럼 보였다. 다시 차에 오르더라도 그가 어쩌면 영영 원하던 곳으로 갈 수 없으리라는 생각이 들고 가슴 한쪽에 저릿한 통증이 일었다. 날이 훤히 밝을 때까지 나는 뒤척이며 다시 잠들지 못했다. 살풋 선잠이 들었는가 싶은 찰나 나는 억눌린 비명을 들었다. 목이 졸린 듯 나지막한 비명. 야야, 이실아아아아, 그 목소리는 나를 부르며 내 방 앞으로 다가오고 있었다. 월계동 여자였다. 귀신을 본 듯 해쓱한 얼굴을 보는 순간 나는 종숙모에게로 달려갔다.

7

종숙모는 사흘이 지나도 깨어나지 못했다. 의사는 이틀이 고비라고 말했다. 스물네 시간 안에 의식을 회복하거나 숨을 거두거나. 그후로는 몇 달, 몇 해가 지나도 똑같은 상태를 유지하는 경우도 적지 않다고 했다. 중환자실 앞 복도의 의자는 언제나 만원이었다.

복도 한쪽에 있는 빈 환자용 침대에 올라가 새우잠을 자는 사람도 있었다. 월계동 여자도 그중 한 사람이었다. 그네는 돌아가려 하지 않았다. 남편과 내가, 안암동 여자가 차례로 권했지만 막무가내로 도리질을 쳤다. 그네는 걸핏하면 아이고, 형님, 아이고…… 하며 울음을 터뜨렸다.

사흘째 아침, 아버지가 나타났을 때 그네의 통곡은 절정에 다다랐다.

"세상에, 내 그래 무서븐 적은 첨이래요. 세상에, 옆에 누워 자던 사람이 숨기가 없이 싸늘하이, 내사마, 똑……"

흑흑 느끼는 그네의 등을 아버지는 다정하게 토닥였다.

"아픈 사람은 구처 없고, 사람 꼴이 이게 뭐로? 밥이나 제때 먹나?"

"저는 아침 먹었어요. 모시고 가서 뭐 좀 사드리세요."

나는 잠깐 동안만이라도 그네의 눈을 벗어나고 싶었다. 두 사람이 탄 엘리베이터 문이 닫히자마자 자리바꿈하듯 옆 엘리베이터에서 안암동 여자가 내렸다. 그네의 손에 색이 예쁜 도시락이 들려 있었다. 도시락을 보자마자 갑작스런 허기가 몰려왔다. 복도 한옆의 쉼터에서 무릎에 도시락을 올려놓고 나는 그것들을 차례로 비웠다. 무서운 식욕이었다. 그네는 내가 다 먹기를 기다려 물잔을 건네고 보온병을 열어 김이 오르는 커피를 따라주었다. 그제야 서 있는 그네가 눈에 들어왔다. 옆의 의자에는 휴대폰으로 속삭이듯 통화하는 남자와 여자들이 있었다. 머쓱해진 나는 자리에서 일어나며 말했다.

"앉으세요, 여기."

"그보다 너 배부를 텐데 좀 걷지 않을래?"

그네가 창밖을 가리켰다. 막 빗줄기가 쏟아질 듯 하늘은 잿빛으로 가라앉아 있었다.

바람이 불 때마다 우수수 벚꽃 잎이 떨어져내리는 길을 그네와 나는 천천히 걸었다. 굽이진 산책로를 다 지날 때까지 그네는 말이 없었다. 저만치 주차장에서 빠져나오는 아버지의 차가 보였다. 조수석에 앉은 월계동 여자의 부스스한 얼굴을 보았으련만 그네는 조용했다.

"간병인을 두어야 하지 않겠니? 얼마가 걸릴지 모르는 일인데."

화단 옆 벤치에 앉았을 때에야 그네가 입을 열었다.

"며칠 더 봐서 결정하죠, 뭐."

지난밤 남편이 물었을 때도 나는 그렇게 말했다. 종숙모는 더 나아지지도 나빠지지도 않는 상태였다. 일 년, 이 년, 어쩌면 십 년이 넘는 시간을 그네는 산소 호흡기와 링거 주사로 살아갈 수도 있었다. 초록빛 가운을 입고 무균실을 지나 종숙모를 보러 갈 때면 나는 호흡기를 빼고 싶은 충동에 시달렸지만 또한 그네가 그네의 돈을 다 털어넣을 때까지 숨을 놓지 않기를 바라기도 했다. 삶과 죽음의 경계를 오가는 종숙모를 보는 일은 고통스러웠다. 무슨 일인가 일어나기를 바라면서도 나는 갑작스러운 종말이 두려웠다.

"시간이 있을 때 이야기하마. 너는…… 네 엄마에 대한 심정은 내가 잘 안다. 너로서는 그러는 게 당연하다 싶겠지만 세월이 더 지나면 그런 것들도 다 사라질 날이 있을 거고…… 그때가 되면 지금이 오히려 행복했다 여겨질 거야. 내 말뜻은 너도 알겠지. 내 살아온 날들을 봐왔으니까."

그네는 감정이 실리지 않은 목소리로 책을 읽듯 느릿느릿 말했다.

"나는 글쎄, 나는…… 늘 다른 곳에 있다고 생각하며 살았다. 나를 멀리, 낯선 곳에 옮겨놓는 거지. 견디기 힘들 때마다 그렇게…… 그런 일이 잦아지고 가끔 남들이 보지 못하는 것이 보이기도 하고…… 생각처럼 나쁘지는 않았다. 그렇게 해서 나를 지키고 네 아버지를 잡을 수 있었고 동생들도 그런대로 제 길을 가게 되었지…… 다른 사람인 양, 다른 곳에 있는 듯 생각하다 보면 눈앞의 일들이 다 사소해 보이고, 결국 견딜 수 없는 일이란 없지 않은가, 여겨지게 마련이니까."

그네가 몸을 돌려 나를 바라보았다.

"그렇다 하더라도 그런 인생은 나 하나로 족하지 싶다. 내가 잘못 보지 않았다면 너는 나를 닮아가는 것 같구나."

나는 그네에게 손을 내밀었다. 따뜻한 손이 내 손을 마주 잡았다.

"종숙모에게 너를 보낸 건…… 그건 지금도 잘한 일이라 생각한다. 엮일 것이 없는 사람이었으니까. 네 엄마나 내게서 떨어져야 한다, 싶었거든. 자란 후에라도 휘둘리지 않고 살길 바랐지. 지금 저리 되고 나니…… 생각이 많다. 어쩌면 빚갚음하라는 뜻인 것도 같고……"

그 말을 끝으로 그네는 입을 다물었다. 나는 아무런 말도 하지 않았다. 한 걸음 물러서고, 두 걸음 비껴나고…… 그네가 그렇게 살아온 것을 나는 알고 있었다. 그네는 언제나 그림자처럼 희미했지만 그네의 그림자는 십대의 나를 온통 지배했다. 그네는 잘못 보지 않았다. 나는 그네를 닮고 싶었다. 아무런 것에도 휘둘리지 않는, 차갑고 가라앉은 사람이고 싶었다. 빗방울이 후드득 떨어졌다. 산책로의 사람들이 종종걸음으로 눈앞을 지나갔다. 문득 비워둔

방이 그리웠다. 병원 현관에 이르렀을 때 나는 잠깐 다녀올 데가 있다고 말했다. 그네는 서늘한 눈으로 나를 보다 천천히 고개를 끄덕였다.

8

 엘리베이터 문에는 점검 중이라는 팻말이 걸려 있었다. 나는 물이 뚝뚝 떨어지는 우산을 들고 로비를 가로질러 경비원에게 다가갔다. 경비원은 자리에 앉은 채 내게 경례를 했다.
 "엘리베이터 때문에 그러시죠? 아침부터 고장이에요. 정비기사가 왔다 갔는데 금세 또 그러네요."
 19층까지 걸을 엄두는 나지 않았지만 이대로 돌아가 한 방울씩 떨어지는 링거액을 쳐다보고 싶지도 않았다.
 "화물용 엘리베이터가 있어요. 우선 그걸 이용하세요. 오후가 되면 수리될 겁니다. 죄송합니다."
 비상구 쪽을 가리키며 경비원은 미안한 표정을 지었다.
 비상구 안쪽은 어두웠다. 습기 먹어 일그러진 빈 박스들이 얼기설기 놓인 구석 쪽은 쥐라도 튀어나올 듯 음침했다. 엘리베이터는 19층에 멈추어 있었다. 까닭 없이 가슴이 서늘해졌다. 버튼을 누르자 덜컹, 엘리베이터가 움직이는 소리가 울리고 숫자판의 글자가 차례로 바뀌기 시작했다. 나는 엘리베이터가 내 앞에 멈추기를 초조하게 기다렸다. 어쩐지 방이 사라졌을 것만 같은, 누군가 알지 못하는 사람이 그 방의 주인인 양 나를 맞을 듯한 엉뚱한 생각이 들었다. 엘리베이터는 그러나 1층을 지나 곧바로 지하 주차장으로 내려갔다. 계단 통로를 타고 엘리베이터 문이 열리는 소리, 누군가의 구둣발 소리가 들렸다. 그 소리의 주인이 지금이라도 계단을 올라와 내 앞에 불쑥 나타날 것만 같았다. 엘리베이터가 다시 올라오고 내 앞에 서고 문이 열리기까지의 시간은 무척 길었다.

방을 들어서는 순간 낯선 냄새가 코를 찔렀다. 나는 문에 기대서서 방을 훑어보았다. 책상 위 접시에 비벼 끈 꽁초가 세 개. 컴퓨터와 전화기와 의자에 걸쳐놓았던 미연의 셔츠. 꽁초만 아니라면, 그 역한 냄새만 아니라면 방은 나흘 전 그대로였다. 손 댄 흔적은 없었지만 알 수 없는 일이었다. 방은 더 이상 격리된 공간이 아니었다. 누군가 이 방의 열쇠를 가지고 있다. 어쩌면 한 사람 이상일 수도 있었다. 가슴이 무섭게 뛰었다. 나는 꽁초를 버리고 접시를 깨끗이 씻은 후 전화를 걸어 열쇠 수리공을 불렀다.

도어 록을 바꾸고 새로운 열쇠를 받아 들었어도 마음은 가라앉지 않았다. 이제 아무도, 설령 미연이 돌아온다 하더라도 이 방에 들어올 수 없게 되었지만 불안함은 여전히 남아 내 마음을 지그시 누르고 있었다. 빗줄기가 거세게 창을 때렸다. 나는 메일을 점검하고 빗물이 주르르 흘러내리는 창을 바라보며 응답기의 메시지들을 들었다. 맨 마지막에 그 남자의 목소리가 흘러나왔다. 지난번에는…… 미안했습니다. 나는 공항에서 막 내려서, 제정신이 아니었어요…… 이틀째 들렀는데 만나지 못하고 갑니다. 이제 돌아가는 길입니다. 다시 전화를 할지…… 그건 모르겠네요…… 나는 메시지를 몇 번이고 반복해서 들었다. 그는 내게 되풀이 사과하고 미안해했지만 그의 사과를 받아들이고 싶은 마음은 일지 않았다. 그를 다시 만나리라 기대했던 것은 아니었다. 다만 방을 지키고 싶었던 것뿐이었다고 나는 생각했다. 그가 내 앞에서 거친 숨을 몰아쉬었던 것은, 차가운 손가락이 내 뺨을 훑었던 것은…… 그의 말처럼 그건 아무것도 아닌 일이었다.

그의 음성은 부드럽고 몹시 어색했다. 그가 미안해하는 것은 어쩌면 그 자신인 것 같았다. 냉정해지기 위해 나는 숨을 몰아쉬었다. 빗발이 한층 거세진 듯 창을 때리는 소리가 사납게 울렸다. 나는 창에 얼굴을 대고 오랫동안 서 있었다. 창밖 저 아래 흐린 빛의 강물이 서쪽으로 밀려가고 있었다. 도로를 달리는 차들 뒤로 하얗게 물보라가 일었다. 이윽고 뺨이 차가워지고 천천히 마음이 가라앉았다. 눈물 한 줄기가 차갑게 식은 뺨을 타고 흘러내렸다.

나는 테이프를 돌려 그의 음성을 지우고 전화국에 전화를 걸었다. 전화번호를 바꾸고자 한다고 말하자 안내원은 상냥한 목소리로 물었다. 본인이신가요? 나는 아니라고 말했다. 본인이어야만 하는가, 하고 나는 물었다. 명의인이 아니라면 인감 증명서와 명의인 도장이 필요하다고, 직접 방문해서 신청해야만 가능하다고 그 안내원은 말했다. 더 궁금하신 사항은 없으십니까? 그녀가 친절하게 물었다. 나는 말없이 송수화기를 내려놓았다. 미연이 떠난 후 처음 들어왔을 때처럼 나는 방 안을 찬찬히 둘러보았다. 샤갈과 보티첼리, 들라크루아의 화집이 나란히 꽂힌 미연의 책꽂이에 내 시선이 멎었다. 그 이름들은 미연이 머물 도시만큼이나 낯설었다. 미연은 지금 그들 중 누군가의 생가를 둘러보고 있을지도 몰랐다. 도어 록을 교환하고, 비록 미연이 이 방으로 들어올 수 없다 하더라도 방은 미연에게 속해 있었다. 그녀의 이름을 부르는 남자들은 언제까지고 전화를 걸어올 것이었다. 그녀가 돌아올 날이 일 년을 넘겨 십 년이 되더라도, 영영 돌아오지 않더라도 이 방은 미연의 것이었다.

나는 컴퓨터를 켜고 지금까지 쓴 글을 삭제했다. 미연의 셔츠를 벗어 옷장 속에 넣었다. 응답기를 켜고 미연의 음성 대신 내 목소리를 녹음했다. 이미연의 집입니다. 이미연은 지금 집에 없으며 언제 돌아올지는 알 수 없습니다. 메시지를 남기더라도 연락은 없을 겁니다. 나는 교환수처럼 상냥한 목소리를 냈다. 다시 들어본 목소리는 내 것 같지 않았다. 블라인드를 내리자 방은 금세 어둠에 잠겨들었다. 엘리베이터는 아직 점검 중이었다. 멀리서 천둥 소리가 들렸다. 나는 심호흡을 하고 컴컴한 비상 계단을 천천히 걸어 내려갔다.

불꽃 없이 끓는 방

 함박눈으로 변한 눈송이가 제설기가 쏟아내는 눈발들과 섞여 회오리치며 흩날리고 있었다. 웅웅 울리는 기계 소리는 흡사 눈들의 아우성 같았다. 슬로프는 비어 있었다.
 "야간 스키 시작 시간이 아직 좀 남았거든요. 여섯시부텁니다."
 프런트의 남자는 상냥했다.
 "이것 좀 작성해주시겠어요?"
 남자가 종이 한 장을 내밀었다. 까만 정장에 한 올 남김없이 단정히 넘긴 머리. 남자는 그대로 잡지에 등장해도 괜찮을 것 같았다. 이름과 주소, 기간, 인원, 그런 것들을 채워넣는 짧은 동안 남자는 동시에 울려대는 세 대의 전화기의 버튼을 번갈아 누르며 무어라 대답을 했다. 그러면서도 그는 내 손의 종이를 날렵하게 채가고 플라스틱 카드 열쇠를 건네주고 예의 바른 미소와 까딱 고개를 숙이는 것도 빠트리지 않았다. 붉고 노란 스키복을 입은 사람들이 둔중한 걸음으로 내 뒤를 지나갔다.
 십이층. 눈이 녹는 냄새, 축축하고 음습한 냄새가 나는 복도를 지나 꺾어든 첫번째 방이었다. 문을 열고 벽 한쪽의 열쇠함에 키를 꽂자 깜박깜박, 억지로 잠 깨는 아이처럼 형광등이 켜지고 구석부터 방이 희미하게 밝아왔다. 격자무늬 천의 이인용 소파. 작은 티브이. 빨간 전화기. 한쪽의 싱크대와 철제 식탁. 적당히 때가 낀 물내 나는 화장실. 세면기 위에 떨어져 있는 긴 머리카락 하나. 나는 우두커니 선 채로 실내를 둘러보았다. 방은 스키를 타러 온 사람들을 위한 곳답게 단출했다. 열아홉 평이라고 했던가. 방은 좀 후지지만, 그래도 참 따뜻해. 직원들도 친절하고. 그런데, 아가씨 스키 탔었어요? 휴가예요? 회원 카드를 빌려주며 새언니는 눈을 동그랗게 떴다. 그녀에게 나는 쉬는 일, 무언가 즐기는 일과는 상관없는 사람이었다. 나는 스키를 타지 않으며 타고 싶다는 생각조차 해본 적이 없었다. 미끄러져 내려오기 위해 실려가는 일. 다른 많은 일처럼 스키는 허무하고 부질없는 놀이라고 나는 생각했다.

스테인리스 냄비와 식기들을 하나씩 들었다 놓아보고 싱크대 문을 열고 다시 닫고 마치 퇴실 점검을 하는 직원처럼 방 안의 집기들을 차례로 둘러보다 나는 풀썩 소파에 쓰러지듯 앉았다. 여전히 어깨에 매달려 있던 검은 비닐 가방이 툭, 무릎을 치며 바닥으로 떨어졌다. 이 방은, 이 방은 생활을 위한 공간이 아니다. 사흘을 머물겠노라고 예약한 방이었지만 단 한 시간도 지나지 않아 내 앞의 시간이 엄청난 무게로 나를 짓눌렀다.

후회하는 것은 아니었다. 나는 한번 내린 결정을 돌이키고 되씹는 타입이 아니다. 선택을 했으면, 그것으로 충분한 것. 선택에 대해 후회하는 것은 그것을 더 어렵게 만들 뿐이라고 나는 믿었다. 어쩌면 그 믿음이 나를, 남편을 오래도록 더 힘들게 했을지도 모른다. 아니, 틀림없이 그랬을 것이다. 한 번의 선택으로 이전의 선택을 뒤집어야 하는 것. 모든 문제는 그로부터 비롯된다는 것을 나는 인정하려 하지 않았다. 그러나, 그렇더라도 지금 나는 후회하지 않는다. 후회하지 않기 위해서 나는 억지로 몸을 추스르고 일어났다.

불꽃 없이 끓는, 빨갛게 달아오른 표시조차 내지 않는 전기 스토브에 냄비를 올리고 물을 부었다. 물이 끓기를 기다리는 동안 세 번쯤 냄비 뚜껑을 열고 안을 들여다보았다. 송골송골 땀 같은 물방울이 가장자리에 맺혀 있을 뿐 물은 도무지 끓을 기색이 아니었다. 냄비 안에는 3분짜장 하나, 그리고 이즈음 애용하는 데워 먹는 밥이 포장 용기째 들어 있었다. 퇴근 후 허둥지둥 저녁을 준비할 때는 그렇게도 대견해 보이던 물건. 얄따란 스테인리스 냄비 안의 밥은 플라스틱처럼 아무런 맛도, 냄새도 없을 것 같다.

제대로 작동을 시키긴 한 건가, 내가 모르는 또 다른 장치가 있는가, 의심할 즈음에야 스르릉, 가르릉, 툭, 이상한 소리를 내며 물이 끓기 시작했다. 쉭쉭 물 끓는 소리가 좁은 방 안을 가득 채웠다. 그것은 마치 거대한 가마솥에 가득 찬 물이 끓어오르는 것 같았다. 이윽고 가벼운 냄비 뚜껑을 밀어올리며 쿨럭쿨럭 물이 넘쳐 올라왔다. 달아오른 열판 위로 포드득 구슬 튀듯 물방울들이 튀었다. 방 안 전체가 들들 끓는 것 같을 즈음 나는 더 참지 못하고 스위치를 끄고 두 개의 저녁거리를 들어냈다.

옹송한 사발에 반을 덜어낸 밥과 자장을 붓고 지하 슈퍼에서 사온 김치를 꺼내고 수저 한 벌을 찾아드는 것으로 식사 준비가 끝났다. 어머니의 정성 그대로. 이렇게 씌어 있는 포장 김치는 눈살이 찌푸려질 만큼 신 냄새가 났다. 어머니의 김치 맛이 어떤지는 잊은 지 오래였다. 결혼 후 어머니는 김치를 한 번도 담가준 적이 없었다. 김치 같은 것은 먹지 않고도 살 수 있을 것처럼, 아니, 세 끼 밥을 다 굶어도 그 사람만 곁에 있으면 그만이라는 듯 그렇게 결혼한 처지에 김치 타령을 할 수는 없는 일이었다.

　겨울의 초입이면 어머니는 내 시간 같은 것은 아랑곳하지 않고 전화를 걸어 다짜고짜 야단을 쳤다. 너는 집에 있으면서 김장하는데 왜 안 오냐. 허리 아파 죽겠구먼. 나는 대개 컴퓨터 자판을 두들기는 손을 멈추지 않은 채 스피커폰으로 말을 했다. 죄송해요, 일이 밀렸어요. 그러나 나는 별로 죄송하지 않았다. 어머니가 허리 아픈 것은 안방과 부엌 사이를 너무 많이 들락거렸기 때문일 것이다. 김장하는 날이면 손끝에 고춧가루 하나 묻히지 않고 사람들 사이를 정신없이 오가면서 타박을 늘어놓는 것이 어머니의 역할이었다. 몇 해 전부터는 올케와 언니가 꾀를 내서 김장날에는 어머니를 어딘가―대개 골프장―로 가게 했는데 이따금 부킹이 안 된 해에는 어김없이 잔소리를 들어야 했다. 그런다고 해서 내가 김장 같은 일을 거드는 법이 없다는 걸 알면서도 어머니는 그랬다. 한번 시작한 일은 거르면 안 되는 것. 나는 어머니를 닮았다.

　좁은 그릇 안에 뭉친 자장밥이 꼭, 예전 어느 땐가 내 손으로 만들었던 개밥처럼 보였다. 끼니때면 거지가 한두 명씩 밥 좀 주소오―길게 빼던 시절에 기르던 개가 있었다. 토니라고, 이름만은 퍽 세련된 그 똥개는 내가 열한 살 되던 해 생일날 쥐약 먹은 쥐를 먹고 죽었다. 그때나 지금이나 내 생일을 기억하는 건 나뿐이라 강아지하고 노는 것이 유일한 내 계획이었으므로 그 계획마저 틀어진 것이 슬퍼서 나는 엉엉 울었다. 그깟 강아지 때문에 시끄럽게도 군다고 아버지에게 맞고도 나는 울음을 그치지 않았다. 나는 한번 울면 제풀에 지칠 때까지 누구도 달랠 엄두를 내지 못하는 아이였다. 내 스스로 울음을 그칠 만한 합당한 이유를 찾아낼 때까지 나는 울었다. 그 이유란 것이 간단히 찾아지는 것이 아니었으므로 내 울음은 거의 언제나 잠으로 이어지곤 했다. 잠에서 깨어나면 울었던 일이 꿈처럼 여겨지는 것을 나는 알았다.

자장은 너무 달았지만 내 미각을 비웃으며 나는 천천히 오래오래 밥알을 씹었다. 냄비 속의 물은 뒤늦게, 오래도 끓더니 잠잠해지고 스키장 쪽이 소란스러워지고 있었다. 야간 스키 시간이 시작된 모양이었다. 이따금 복도 쪽에서 절걱절걱, 쇠사슬에 발목이 묶인 포로들의 걸음 같은 발소리가 들렸다.

갑작스레 전화벨이 울렸다. 전화를 걸어올 사람이 없을 때 울리는 전화벨은 참으로 생뚱맞다. 그저 벨소리만 울리는 물건. 너는 혼자다, 너는 혼자다, 지금 전화를 받지 않으면 영원히 혼자로 남을 것이다, 절박하게 일러주는 것만 같았다. 벨이 열 번쯤 울렸을 때 전화가 끊어지고 소리 뒤의 정적이 천천히 먼지처럼 가라앉았다. 남편이었을까. 그가 내 행방을 수소문해서 알아내고, 그리고 전화를 걸어본 것일까, 생각하다 나는 쿡, 웃음을 터뜨렸다. 그런 일은 백 년쯤 후에나 가능할 것이다. 남편에 대한 생각만으로도 속이 메슥해지고 들큰한 자장 냄새가 목을 넘어올 것만 같았다. 나는 열쇠를 뽑아들고 방을 나왔다.

그 여자가 내 시선을 끈 것은 밍크코트 때문이었다. 파스텔 톤의 탁자와 주물의자들 사이에 새까만 밍크코트를 입은 그 여자는 갑자기, 어디선가 나타난 커다란 짐승처럼 보였다. 불빛을 받아 올올이 반짝이는 털끝. 바닥에 닿도록 긴 털코트를 입고 있는 여자는 어쩐지 추위를 느끼는 듯 보였다. 너무 옹송그리고 있어서였을까. 여자는 손 시린 사람처럼 두 손으로 잔을 꼭 감싸고서 소중한 무엇이라도 들어 있는 듯 그 안을 들여다보고 있었다. 여자를 뚫어져라 보았던 것은 아니었다. 커피숍의 손님이라고는 여자와 나, 둘뿐이었으므로 그저 벽에 걸린 액자를 보듯 힐끗 보았을 뿐이었다. 전철역에서 들었을 법한 음악이 흐르고 있었고 앞머리를 길게 늘어뜨린 청년이 카운터에 비스듬히 기대서서 음악과는 상관없는 발짓을 까딱까딱 하고 있었다. 시켜놓은 커피에 각설탕 두 개를 넣고 천천히 저은 다음 세 모금에 나누어 마시고 나서 나는 딴 세상처럼 비치는 창밖을 바라보았다.

휘황한 조명이 비치는 슬로프 위로 이따금 생각났다는 듯 한 사람씩 스키어들이 미끄러져 내려왔다. 눈발 사이로 젊은 남자의 악에 받힌 듯한 노랫소리가 울려 퍼졌다. 약속해줘, 서로만 바라보다 먼 훗날 우리 같은 날에 떠나아아아아…… 절규하는 노랫소리 때문에 스키어들의 속도가 턱없이 빨라 보였다. 커피숍의 창으로는 리프트도, 그것을 타기 위해 줄을 선 사람들의 행렬도 보이지 않았다. 다만 미끄러져 내려오는 사람, 사람, 사람들. 보이지 않는 어느 곳에서 눈을 만들듯 사람을 찍는 기계가 있는 것이 아닐까, 싶을 만큼 똑같아 보이는 사람들이 산 어느 어름에서 나타났다 눈앞을 스쳐 아래쪽으로 사라져갔다. 노래가 열 번쯤 반복되었을 때 귓가에 왕왕 울리는, 무슨 소리인지 통 알 수 없는 안내 방송이 흘러나왔다. 아마도 야간 스키 시간도 끝난 모양이었다. 사람들이 몰려와 붐비기 전에 나는 자리에서 일어났다. 내가 일어서기를 기다렸다는 듯 밍크코트의 여자가 내 뒤를 따라 일어났다.

여자와 나는 나란히 서서 엘리베이터가 내려오기를 기다렸다. 여자는 고개를 들어 나를 잠깐 바라보고는 나와 눈이 마주치기 직전 무슨 죄라도 지은 듯 급히 고개를 숙였다. 바랜 염색 머리. 밀린

파운데이션 자국. 숙인 목덜미에 여자의 숨길 수 없는 나이가 주름져 있었다. 엘리베이터 안에서도 두어 번 나를 훔쳐보며 무슨 말인가 할 듯하던 여자가 내린 것은 나와 같은 십이층이었다.

"괜찮으시면…… 저기……"

여자가 주저주저 말을 걸었다. 나는 막 열쇠를 찾아 든 참이었다. 카드 키를 꽂다 말고 나는 여자 쪽을 바라보았다.

"혹시 혼자 오셨으면 내 방에서 차 한잔 하지 않을래요?"

여자의 눈이 똑바로 내게로 향했다. 거절하면 울음을 터트리기라도 할 듯한 눈이었다.

여자의 방은 1209호. 내 방의 바로 옆이었다. 슬로프 쪽으로 난 긴 창으로 스키장 전체가 한눈에 들어왔다. 비닐 소파 옆에 커다란 트렁크가 놓여 있었다. 해외 여행에나 어울릴 법한 바퀴 달린 잿빛 트렁크 표면에는 푸르고 붉은 스티커들이 가로세로로 어지러이 붙어 있었다.

"앉으세요."

정작 자신은 엉거주춤 선 채로 여자가 말했다. 방은 더웠지만 여자는 코트를 벗지 않았다.

"커피, 드실래요? 둥굴레차도 있어요. 홍차도 있고."

여자가 다른 차 이름을 더 읊기 전에 나는 커피로 주세요, 라고 말했다. 여자는 커피잔과 받침을 행주로 닦고 작은 스푼을 담아 하나뿐인 쟁반에 놓는 일들을 천천히, 달그락 소리 하나 내지 않고 해치웠다. 중요한 임무를 수행하는 사람처럼 여자의 눈빛이 긴장으로 굳어 있었다. 커피는 너무 달았다.

"저기……"

여자가 또 머뭇거렸다.

"그러니까……"

그냥 두면 여자는 밤새도록 저기……와 그러니까……를 번갈아 외고 있을 것 같았다.

"남편이 바람을 피웠나요?"

불쑥 내가 물었다. 여자의 눈이 휘둥그레졌다. 웃음을 참으려 했지만 잘되지 않았다. 나는 결국 피식 웃고 말았다. 여자의 얼굴이 붉게 물들었다.

"내가…… 그렇게 보이는 모양이지요? 그래, 그럴 것 같았어요. 이런 옷을 입고 이런 차림으로 오는 게 아니었는데."

여자는 여태 밍크코트 차림 그대로였다.

"모르겠어요. 그이가 왜 그러는지. 여자를…… 거의 병적이에요……"

여자는 마흔다섯이라고 했다. 결혼 이십 년. 그의 남편이 애들 사고 치듯 연애놀음을 벌인 것이 수도 없다고 했다.

"그 사람은…… 자신이 연애를 한다는 사실을 은근히 흘리고 내 반응을 훔쳐보기를 즐기는 사람이지요. 선명한 화장품 자국이나 늦은 밤의 수상한 전화 따위, 그런 것이 아니라…… 주의를 기울이지 않으면 알아챌 수 없는 것들 말이에요. 예쁘장한 성냥갑. 낯선 라이터. 자동차 한구석에 놓인 강원도 어느 길목의 주유소 마크가 찍힌 휴지통. 숨기려고 하면 얼마든지 그럴 수 있는 것들을 아이들이 과자 부스러기 흘리듯 일부러 여기저기 놓아두는 거지요. 무심코 상영 중인 멜로 영화 이야기를 하다 아차, 싶은 눈으로 나를 봐요. 누구랑 함께 봤느냐고 물어주기를 바라는 거지요. 이래도? 하는 표정으로…… 그러면서도 또 그런 바람을 숨기려 애쓰는 척하는 것, 웃기죠?"

여자가 피식 웃었지만 나는 웃지 않았다. 그다지 웃기는 이야기가 아니었다. 두어 달에 한 번쯤은 남편의 외도, 당신은 어떻게 할 것인가, 따위의 기사가 실리는 여성지 기자 노릇을 나는 십 년째 하고 있는 터였다. 여자의 남편은 습관성의 유형인 모양이었다. 아내를 철저히 속이지 않는 것은 관심을 끌고자 하는, 마마보이 기질 탓이기 쉬웠다.

"그런 걸 알면서도 나는 그에게 아무런 것도 묻지 않았어요. 왜냐하면……"

여자는 적절한 표현을 찾기 힘든 것 같았다. 여자의 눈동자가 끊임없이 움직였다. 내 얼굴을 뚫어지게 바라보고 있었지만 여자의 눈동자에 담긴 것은 내가 아니었다. 잔뜩 힘을 주어 팽팽해진 눈자위. 무언가 곧 뿜어져나올 듯 당겨지던 시선에 어느 순간 커튼이 쳐지듯 부연 막이 끼다 다시 녹아내릴 듯 흐물흐물 풀어지기를 반복했다. 후딱, 생각났다는 듯 냉장고를 열고 까만 소주병을 꺼내며 여자가 물었다.

"술 한잔 할래요?"

여자는 아마도 몰래 술을 마시곤 했을 것이다. 싱크대 구석. 신발장 한쪽. 침대 밑. 마시다 만 술병들을 숨겨두고 가족들이 모두 나간 오전. 신문을 보다 말고 한 모금만 마시리라 생각하며 맥주 한 병. 밤에 잠 깨어, 어쩐지 허전한 기분을 가시게만 할 요량으로 찔끔찔끔 약 붓듯이 소주를 흘려넣었으리라. 하나 둘 쌓인 빈 술병이 더 이상 숨길 곳이 없어질 만큼 늘어나면 깔끔한 쇼핑백을 골라 빈 술병들을 넣고, 혼자만의 산책길에 동사무소 뒷문 옆 분리 수거 쓰레기통에 넣었을 것이다.

"남편에게 그것은…… 일종의 게임이었지요. 내 반응 정도에 따라 속도를 가감하는 그의 바람기. 그 사람은 내가 파르르 떨며 라이터를, 성냥갑을, 휴지 케이스를 들이밀기를 바라는 거지요. 신혼 시절처럼. 그때는 그랬지요. 한바탕 격렬한 말싸움을 치르고 난 후 내 눈물과 자신의 눈물을 함께 핥으며 과장된 사과를 늘어놓는 거예요. 도대체 왜 그랬을까. 내가 정말 사랑하는 것은 당신뿐인데…… 그것이 남편의 단골 메뉴였지요. 물리지도 않는 음식 먹듯 나는 그 말을 납죽납죽 받아먹고, 그리고…… 얌전해졌지요. 억지로 그런 건 물론 아니었어요. 나는 그때마다 그의 말을 믿었거든요. 거짓이라면, 그렇게나 절절한 눈으로 거짓말을 하는 거라면 탁월한 연기력을 봐서라도 눈감아줘야 하는 것이 아닌가 싶게 매번 남편의 사과는 감동적이었어요."

결혼한 남성의 70퍼센트는 외도의 경험이 있다, 고 쓴 것이 언제였던가. 70이라는 숫자가 느낌이 좋다는 데스크의 주문 때문이었다. 50은 편가르기 같아 안 되고 80이 넘으면 대다수가 되어버려 긴장감이 떨어진다는 거였다. 외도는 여성지를 먹여 살리는 젖줄이었다. 색색의 종이로 모자이크를 하듯 나는 자료집의 숫자들을 조합해서 기사를 만들었다. A아파트의 P부인을 인터뷰하는 것이야말로 내 단골 메뉴였다. 사진이 필요할 때면 까만 안대를 덧붙인 내 사진을 끼워넣기도 했다. 확대된 사진 속의 나는 남편의 외도로 고통받은 여자처럼 부옇게 뜬 얼굴을 하고 있었다.

"언제부터인가 나는 남편의 게임에서 벗어났지요. 그가 좀더 과감하게 자신이 연애 중임을 드러낸 날이었어요. 휘파람을 불며 현관을 들어선 남편. 응, 당신 왔어요? 의례적인 인사를 한 것. 이것마저 끝내고 저녁 먹자고 바느질거리를, 나는 퀼팅을 배우고 있었거든요, 들어 보인 것. 그때까지는 여느 날과 다름없는 저녁이었지요. 그런데…… 무언가 이상했어요. 설명할 수 없는, 어떤 악의랄까, 섬뜩함 같은 것이 느껴지는 거예요. 나는 바느질거리를 젖혀놓고 거실 쪽의 남편을 바라보았어요. 그는 양복을 입은 채로 석간을 들고 소파에 앉아 있었어요. 그 사람은 그렇게 양복 차림으로 한동안 앉아 있기를 좋아해요. 괜히 남의 집에 온 듯이 한쪽 주머니에 손을 찌르고 거실을 두어 번 왔다 갔다 하는 거지요. 거실 전면에 대형 거울이 있거든요. 슬쩍 거울을 쳐다보고 그러고는 가구 선전에 나오는 남자처럼 소파에 앉는 것이 순서지요. 한쪽을 꼬아 올린 긴 다리. 일부러 약간 흐트러뜨린 앞머리. 그대로 잡지 모델 사진을 찍어도 좋을 만큼, 마흔다섯이라는 나이가 믿어지지 않게 날렵한 자세였지요. 검은 아르마니 양복. 저녁마다 스스로 정성껏 다려 입는 드레스 셔츠……"

여자의 목소리에 은근한 자부심이 배어 있었다. 누군가 남편의 흉을 보기라도 할라치면 불쾌해하며, 저도 모르게 변명을 해주는 여자들. 사이사이 마시던 소주병이 어느새 비어 있었다. 쑥스러운 듯 머뭇거리던 여자가 새로운 병을 꺼내 오며 다시 물었다. 한잔 하실래요? 나는 고개를 저었다.

"그런데…… 어디까지 얘기했지요? 아, 그 넥타이."

넥, 타이라고, 여자는 마치 목 졸린 사람처럼 말했다.

"파란 바닷빛의 넥타이. 옅은 광택이 가슴 한가운데서 은은한 빛을 내뿜고 있었지요. 그저 넥타이일 뿐이었는데 왜 그랬을까요. 나는 천천히 그에게로 다가갔어요. 응, 다 끝냈어? 하던 그의 얼굴이 내 눈빛처럼 굳어졌어요. 왜 그래? 뭐가 이상해? 무슨 일이야? 한꺼번에 물음표를 몇 개나 달면서 그가 신문을 접었어요. 당신, 그 넥타이 어디서 났어요. 아침에 매고 나간 것 아닌데. 내 목소리가

불꽃 없이 끓는 방 211

갈라져 나왔어요. 뭐, 아 난 또 뭐라고. 낮에 하나 샀지. 내가 넥타이 좋아하는 거 당신도 알잖아……"

여자의 남편은 넥타이 수집광이라고 했다. 넥타이만을 위한 장을 사들여야 할 만큼 많은 넥타이를 색상별, 재질별로 나누어 정리하는 것이 남편의 취미라고 했다.

"좁다란 장을 열면 수백 개의 넥타이가…… 그걸 보면 숨이 막혀요. 그것들이 내 목을 조를 것만 같은…… 어쨌든 그 넥타이가…… 그게 문제였어요. 언젠가는 그것들이 문제를 일으킬 것 같았어요. 남편이……"

여자는 자주 말을 끊었다. 술을 마셔야 했기 때문이었다.

"그가 말을 끝내기도 전에 내 입가에 비웃음이 번졌을 거예요, 아마. 이제 그만 해. 피차 솔직하자구요. 대체 왜 이러는 거야? 나도 모르게 그렇게 말했어요. 내 목소리가 내 것 같지 않았어요. 차갑고 건조하고…… 아니, 그게 뭘 어쨌다구 어쩌구 하면서 더듬거리던 남편이 곧 어설픈 표정을 거두었어요. 그는 천천히 신문을 내려놓고 똑바로 나를 바라보았어요. 이렇게."

엄중한 표정을 지어 보인 여자가 갑작스레 웃음을 터뜨렸다. 무슨, 자기가 무슨 배우라고, 아하하…… 숨찬 듯한 웃음 사이로 여자의 말소리가 간헐적으로 새어나왔다. 서툰 배우 같은 어설픈 웃음이었다.

"남편은 결정적인 대사를 앞둔 주인공처럼 사이를 두고, 깊은 눈으로 나를 보았지요. 나는, 나는 그 사람이 뭔가 다른 말을 해주기를 바랐는지도 모르겠어요. 웬일이야. 당신답지 않게. 당신이 그런 거 신경 썼었어? 남편은 그렇게 말했어요. 새로운 여자가 생긴 것을…… 시인한 거지요. 내가 뭐랬을 것 같아요? 똑바로 쳐다보며 이랬어요. 당신 그거 병이야. 알아? 고질병이라구. 남편은 상처받은 어린아이 같은 표정을 지어 보였어요. 그이는, 그런 사람이에요. 다른 사람과는 달랐지요."

 그 말을 끝으로 여자는 꾸중 들은 어린아이처럼 숙인 머리를 들지 않았다. 고개 숙인 여자에게서 이따금 의미 없는 소리가 음음, 흘러나왔다. 여자의 집이, 그 남편의 표정이, 그 거실의 정경이 손에 잡힐 듯 떠올랐다. 여자는 잘못 알고 있었다. 여자의 남편은 다른 사람과 조금도 다르지 않았다.

 그이는 다른 사람들과는 달라요. 내 앞의 다른 여자도 그렇게 말했었다. 그이라니. 남편을 그렇게 부르는 여자를 나는 가만히 바라보았다. 참 기가 막혀야 옳았는데 나는…… 어쩐 일이었을까, 그 여자의 말마따나 그는 정말 다르다, 그런 생각이 들었다. 그가 좀 특별한 사람이라는 것은 어쨌거나 사실이니까. 바로 그 때문에 그와 결혼한 내게 그 여자가 그렇게 말하는 것이 우스워서 나는 조금 웃었다. 그 여자는 뜻밖이라는 듯 고개를 갸웃하고 나를 보았다. 그가 특별한 사람이라는 것을 알고나 있느냐는 듯 꼿꼿이 세워졌던 그 목덜미가 수굿해지는 것이 또 우스워서 이번에는 조금 더 오래 웃었다.
 여자는 당황한 것 같았다. 남편의 이름을 대면서 나를 만나야겠노라던 전날 밤의 그 기세를 회복하기 위해 여자가 물을 마시더니 담배를, 자신의 손가락처럼 가늘고 긴 담배를 피워 물었다. 아주 세련된 동작으로. 거기서부터였을 것이다. 나는 그 모든 일들이 지겨워지기 시작했다. 결혼 십 년. 겨우 생긴 아이. 기다렸다는 듯 나타난 남편의 여자. 연속극에서 본 듯한 찻집과 적당한 조연급 얼굴의 이 여자.

그래서, 당신은 내가 이혼해주기를 바라나요? 나는 칼날을 들이대듯 빠르게 물었다. 가엾게도 여자는 하얗게 질린 얼굴을 숨기지 못했다. 보기에도 민망하게 허둥대다 물컵을 엎고, 재를 떨어트리고, 연기가 목에 걸려 재채기를 해대는 것이었다. 아마도 남편은 말했으리라. 아내는 고지식한 여자다. 헤어지려고 하지 않을 것이다. 게다가 천신만고 끝에 얻은 아이가 이제 겨우 백일이다…… 그리고 또 그가 뭐라고 덧붙였을까. 피붙이 하나 남아 있지 않은 자신의 가족사 때문에 가족 누구도 그를 반기지 않았다는 것. 반기지 않은 그를 선택했던 탓에 나까지도 그 가족의 범위에서 제외됐었다는 것. 이제 비로소 인사를 트고 지낼 만하다는 것. 그런 것들까지 이야기했을까.

그 사람을 보고 있으면 내가 외롭다는 것이, 오히려 자랑스럽게 여겨져요. 그것이 힘이고 기쁨이라는 것을 그 사람이 깨닫게 해주었지요. 여자가 그렇게 말하는 순간 나는 길게 한숨을 내쉬었던 것 같다. 남편은, 턱 보면 누구라도 알 수 있게끔 외로움을 주렁주렁 달고 있는, 여자들의 모성 본능을 바닥부터 훑어내는 눈빛을 하고 있었다. 내가 아니면 안 되겠구나. 이처럼 나를 필요로 하는 사람을 어느 생에서 또 만날까. 그를 떨치고 가서 내가 어떻게 행복해질 수 있을 것인가. 어처구니없는 절박감에 시달리면서 오히려 그가 떠나갈까 봐 조바심치며 그를 따랐었는데…… 그런데 여자가 말하는 남편의 외로움은 정말이지 낯설었다.

나는 여자를 차근히 바라보았다. 갸름한 얼굴. 버릇인 듯 살짝 찡그릴 때마다 약간 당겨 올라가는, 그래도 내겐 안 통해요, 하는 듯한 단호한 입매. 그러면서도 부드러운 속내를 숨기지 못하는 깊은 눈빛. 남편이 좋아할 만한 타입이었다. 몇 살이에요? 나는 불쑥 여자의 나이를 물었다. 스물일곱. 가엾은 나이였다. 남자의 얼굴에 떠오른 표정만으로도 그 남자를 다 안다고 감히 믿게 되는, 그런 자신의 판단이 틀림없다고 속고 마는, 그 판단을 일구어낸 자신의 더 어린 날들을 스스로 대견해하는……

여자에게 말하고 싶었다. 이제 그만 집으로 돌아가라. 가서 세수하고 이 닦고 물 한잔 마시고, 그리고 사흘, 나흘을 죽은 듯이 잠들어라. 잠 깨면 또 그렇게 세수하고 이 닦고 사흘을 자보아라. 아마도 그때쯤이면 네가 말하는 그이의 얼굴은 어느 잡지에서 본 것처럼 덤덤해질 것이다. 그래도 안 되겠으면…… 그렇게 세 번쯤 해도 안 되겠으면 다시 내게로 와라. 그때는 두말없이 이혼해주마…… 아마도 그런 일은 없겠지만.

그러나 나는 여자에게 아무런 말도 하지 않았다. 그 여자가 연습한 듯 분명한 어조로 날짜까지 꼽아가며 남편과의 날들을 늘어놓는 동안 나는 여자의 담뱃갑을 아예 내 쪽으로 당겨놓고 연이어 다섯 대의 담배를 피웠다. 임신과 수유 기간 동안 니코틴 기운을 잊었던 몸이 소스라치다 못해 뭉실뭉실 피어오르는 연기처럼 풀어지고 있었다. 몽롱한 시야 위로 여자의 말들이 동동 떠다녔다. 그를 사랑해요. 도저히, 정말이지 포기할 수가 없어요. 그리고 여자는 울기 시작했다.

나는 더 이상 참지 못하고 자리에서 일어섰다. 정말이지 지겹기 짝이 없었다. 그렇게도 세련된 동작으로 담배를 피우던 여자의 입에서 나오는 유행가 같은 대사라니. 좀더 산뜻하게, 좀더 우아하고 절제된 말들을 쓸 수도 있지 않냐 말이다. 그 순간 나를 화나게 한 것은 남편이 바람을 피웠다는 사실보다, 이제 겨우 목을 가누는 아이를 안고 어르던 그의 천진한 표정 뒤에 숨은 이 엉큼함이나 비겁함보다 여자의 상투적인 말들이었다. 고개를 꼬며, 손가락을 만지작거리며 속삭이듯 하는 그 어투였다. 부스스한 얼굴에 탁한 눈의 너는 더 이상 내 상대가 아니라는 듯, 오직 자신만이 사랑을 받을 자격이 있다는 듯한, 이제 시효를 상실한 너는 그만 물러나라는 듯, 그러나 교양 있고 지적인 자신은 어디까지나 애절한 눈빛으로 호소할 뿐 강요할 수는 없다는 듯한 낮은 목소리였다. 그런 상투적인 말을 하는 여자의 상대가 되고 있는 자신에 대해서 견디기 어려운 짜증이 솟구쳤다. 나는 우는 여자를 버려두고 성큼성큼 걸어 나왔다.

"눈이 내리네요."
문득 고개를 든 여자가 말했다. 붉게 충혈된 눈이 취기로 번들거렸다. 잠시 그쳤던 눈이 초저녁의 기세를 회복하려는 듯 맹렬히 퍼붓고 있었다. 여자가 천천히 방 안을 오가기 시작했다. 저녁 산책이라도 하는 듯 여유로운 걸음이었다. 여자의 발걸음이 미세하게 흔들렸다.
"이 방은, 참 이상하지요? 들어서자마자 도망치고 싶더라구요. 혼자 이런 곳에 온 건 처음이거든요. 그런 느낌이 싫어서 쌀을 씻어 안치고 국도 끓이고 해서 밥을 먹었지요."
개수대 위에 나란히 얹힌 냄비 두 개. 그 옆의 재떨이를 보며 나는 백을 찾았다.
"아, 담배라면 제게도 있어요. 여기."
얌전히 입구가 뜯긴 담뱃갑에는 두 대만큼의 공간이 비어 있었다.
"저녁을 먹고 나니 달리 할 일이 없더라구요. 말짱한 얼굴로 나를 노려보는 재떨이를 가져다놓고 담배를 한 대, 척 물었지요."

여자가 나를 따라 담뱃불을 붙였다.

"집에서 남편의 담배를 한 개비, 아니면 재떨이에서 뭉개진 장초를 조심스레 펴서 필터에 불이 붙을 지경이 될 때까지 피우고 나면 그 쪼그라든 필터가 꼭 내 모습 같아서 늘 언짢았던 터였거든요. 아까 슈퍼에서 호기롭게 담배 두 갑도 샀지요. 그러고는 뭘 했게요?"

여자가 무얼 했든 나는 관심이 없었다. 이제 그만 이 방을 나가고 싶었다. 취하기 시작한 여자의 이야기가 주정으로 변해가는, 그 보이지 않는 경계를 나는 위태롭게 지켜보았다.

"우습게 들리겠지만 방 청소를 했어요. 그러리라 생각했었지만 먼지투성이였어요. 걸레를 다섯 번이나 빨아야 했어요."

그제야 여자가 코트를 벗지 않는 이유를 알 것 같았다.

"그러고는…… 볼링장엘 내려갔지요. 공을 냅다 던지는 오십대 후반의 한 남자를 보고 나서는 나도 용기가 생겼어요. 첫번째 공은 레인을 절반도 못 가서 샛길로 빠졌는데 고랑이 매끄러운지 절로 끝까지 굴러가데요. 두번째는 두 개, 그리고 세번째는 무려 여섯 개의 핀을 쓰러뜨렸지요."

여자는 걸음을 멈추고 공을 굴리는 자세를 취해 보였다.

"그러니까, 도합 스무 번의 공을 굴려서 한 게임을 마치고 나니 43점의 점수가 나왔어요. 생애 처음 볼링공을 잡은 것치고는 괜찮은 점수다, 자위하며 둘째 게임을 하려는데 아까부터 뒤에서 나를 보고 있던 청년 하나가 아줌마, 또 치실 거예요? 그러는 거예요. 내가 한 게임 더 하면 한 대 칠 기세더라구요. 어버버 하는 사이에 아가씨가 자판을 톡톡 두들기더니 새 게임을 하게 만들었고 그 청년과 친구인 듯한 젊은이 세 명이 분주히 볼을 닦더군요. 그 담에는…… 그렇지요. 커피숍엘 갔어요. 거기서 댁을 만났구요…… 댁을 보는 순간 어쩐지 내 이야기를 하고 싶었어요. 이 사람이라면…… 그런 거 있잖아요. 그런데 뭐 하는 분이세요? 왜 혼자세요? 혹시 나처럼 바람피운 남편을 버리고 나왔나요? 이번만은 그냥 지나칠 수 없다, 이젠 끝이다, 그러고 나왔나요? 집을 치우고 창이 잠겼나 꼭꼭 확인을 하고…… 그러고 나왔나요? 그런데…… 정말 한잔 안 하실래요?"

여자는 이제 자신이 무슨 말을 하는지 의식하지 못하는 것 같았다. 비어버린 두 개의 소주병이 까만 눈으로 나를 보았다. 여자의 말처럼 내게 그런 분위기가 있는지 모를 일이었다. 이야기를 털어놓고 싶은, 무어든 다 말하고 싶은.

그날 그 여자도 그랬다. 남편과의 비밀스런 여행. 그가 해준 말들. 선물들. 여자는 다정한 언니에게 하듯 내게 이야기를 늘어놓았다. 여자와 헤어지고 나오는 길에 겨울 햇살이 미치도록 환하게 퍼붓고 있었다. 차가운 공기를 쨍, 가르는, 벼려진 칼날 같은 햇살. 눈앞에 둥둥 떠다니는 햇살 조각들 때문에 절로 찌푸려지는 눈을 한 채 나는 허허 웃었다. 그래, 헤어져주지 뭐. 까짓 것. 남편이 알고 있듯 나는 고지식한 여자였다. 결혼을 했으면 최소한 아내에게 이런 일은 겪지 않도록 해야 한다는 것이 내 생각이었다.

남편의 외도를 알게 된 아내들의 첫번째 반응은 분노, 라고 나는 썼었다. 그것은 신성한 결혼의 서약에 대한 명백한 위반이며 배신이다, 운운. 그러나 나는 분노하지 않았다. 두번째 반응은 허탈, 이라고도 썼었다. 나는 허탈했던가. 아니다. 나는 우스웠다. 멜로물처럼 살기로 결심한 남편이 가여웠다. 벌떼 같은 반대를 딛고 이룬 드라마틱한 결혼. 고난 끝에 얻어낸 건축사 자격증. 서른다섯의 아내. 아이. 뒤늦게 나타난 운명 같은 사랑. 그의 삶은 멜로물로 부족함이 없었다.

나는 내 나이를 생각했다. 서른다섯이면 그렇게 나쁜 나이는 아니다. 탱크 탑에 청바지를 입고 나서면 이따금 아가씨, 라고 부르는 사람도 있고. 검은 색이라도 멜라치면 학생 소리도 심심찮게 듣는 내가 아닌가. 어쩌면 남편이 내 나이 마흔다섯에 바람을 피우지 않은 것이 고맙기까지 했다. 아이가 가엾지만 뭐, 그런 이중인격자라면 아빠 같은 것은 차라리 없는 편이 나을 것이라고 나는 생각했다. 휴직원을 낸 잡지사에 다시 다니면서 싱글로서의 자유를 만끽하리라. 그때 사직을 하려는 나를 만류한 것도 남편이었으므로 나는 또 한 가지 그에게 고마워할 이유를 꼽으면서 미워하지 말자, 치사해지지 말자, 스스로에게 다짐을 거듭했다.

잠깐 이웃에 맡겼던 아이를 데려와 아침에 씻긴 아이를 또 욕조에 넣어 한바탕 작은 몸이 발개지도록 씻겨 재운 다음 나는 일을 시작했다. 간단한 짐을 꾸리고 저금통장과 카드, 혹시 필요할지 모를 여권까지 찾아 넣으면서도 나는 남편이 샀거나 함께 산 물건들은 가능하면 남겨두었다. 물론 그 일은 생각만큼 쉽지 않았다. 잡지사 일이란 턱없이 시간에 쫓기기 십상이어서 찬거리와 자질구레한 생필품, 심지어 내 속옷에 이르기까지 쇼핑은 대개 남편의 몫이었다. 인테리어 디자이너답게 그는 물건을 고르고 홍정하고 사는 것을 즐기는 편이었으며 그가 사는 물건들은 언제나 내 취향을 배반하는 법이 없었다.

남편이 사준 물건들을 골라내는 것. 그 일이 쉽지 않았으므로 나는 숙제를 하듯 일에 열중할 수 있었다. 일을 하는 동안 아이가 깨서 칭얼거리는 바람에 두 번 자리를 뜬 시간을 제외하고 꼬박 여섯 시간을 나는 물건 분류에 몰두했다. 양말 한 짝, 시집 한 권까지 빠짐없이 챙긴 헝겊 가방 세 개의 지퍼를 닫았을 때까지도 창가에는 햇살의 잔영이 남아 있었다. 고작 하루의 해가 지기도 전에 정리되는 세월. 그와의 십 년이 세 개의 가방으로 충분한 것이 나는 놀라웠다.

남편이 돌아와 구질구질한 변명을 늘어놓을 것에 대비해서 나는 간단한 편지를 쓰기로 했다. 당신과 아침을 맞게 되지 않으면, 그렇게 될 수 없다면 차라리 죽고 말겠다는 여자가 있더군요. 나로 인해 한 여자가 죽고 싶도록 절망에 빠지는 것은 바라지 않아요. 이렇게 쓰고 나서 나는 죽죽 커서를 밀어올려 전문을 지웠다. 마치 내가 그 여자를 위해 아내의 자리를 물려주는 듯한 어투가 아닌가. 나는 그렇게 희생적인 인간이 아니었다. 아마도 당신에게는 더 이상 내가 필요하지 않은 것 같군요, 라고 쓰고 나서 나는 또다시 삭제 키를 눌렀다. 이번에는 남편을 위해 내가 떠나간다는 뜻 같았다. 결국 어떻게 쓰더라도 상관없으리라는 생각이 들었고 그건 곧 쓰지 않아도 그만이라는 뜻이었다.

세 개의 가방과 어질러진 방. 한 줄도 쓰지 못한 편지. 그것만으로 끝날 것 같았던 남편과의 날들은, 그러나 쉽사리 마무리 지어지질 않았다. 문제는 남편이 돌아왔을 때. 그의 얼굴을 보는 순간부터 다시 시작되었다. 집이…… 왜 이래. 어눌한 음성으로 그가 중얼거렸을 때 나는 눈앞에 떨어져 있던 슬리퍼 짝을 그에게 집어던졌다. 나쁜 놈. 잠깐 사이에 사태를 파악한 그가 취한 다음 행동은 몸을 돌려 집 밖으로 나가는 것이었다. 닫힌 현관 문에 부딪혀 나머지 신발 한 짝이 맥없이 툭, 소리를 내며 떨어졌다.

"술 마신 것 때문에, 술기운으로 우는 것이 아니에요. 미처 말할 겨를이 없었네요. 내가 여기 온 것은 울기 위해서였거든요…… 여자 나이 마흔이 넘으면 남들 앞에서 해서는 안 될 일들이 참 많아져요. 댁은 아직, 모르죠? 우는 것, 눈물을 흘리는 것도 그 중 하나지요. 하기는 낫살깨나 먹은 여자가 토끼 눈처럼 빨개가지고 징징거리는 건, 그리 아름다운 풍경이 아니겠지요. 눈물은 십대의, 아니면 이십대 초반의, 커다란 눈망울의 여자가 떨어트릴 때나 아름다운 거지요. 당신은 우는 모습도 예뻐, 그렇게도 차마 말하지 못하고 손수건을 건네줘야 하나 말아야 하나 쭈뼛거리다가 이때다, 하며 슬며시 어깨를 감싸 안아보는 순진한 눈의 남자가 옆에 있다면 금상첨화겠구요…… 뭐, 내게도 이십대가 있었고 그때 그렇게 해주는 사람도 있었지요…… 지금의 남편. 아니, 그러고 보니 그는 그때도 내가 울면 슬쩍 얼굴을 찡그리며 깔끔한 손수건을 줬던 것 같네요. 물론 요즘처럼 인상을 북 그으며 영감처럼 어허, 그러진 않았지요. 어쩌다 남편과 이야기 도중에 내 눈에서 비직비직 눈물이 비어져나오려 하면 남편은 이렇게 말하지요. 당신이 무슨 소녀인 줄 알아?"

여자는 울고 있었다. 여자의 말처럼 그리 아름다운 풍경이 아니었다. 여자는 쿨쩍쿨쩍 소리내며 울었다. 탁자 위의 휴지를 뽑아 온 얼굴을 문질러가며 울었.

"그러니까 울고 싶어도 울 수 없는 나이가 된 거지요. 그래도 울고 싶을 땐 울어야 살 수 있거든요. 제가 찾아낸 울기 좋은 장소는…… 처음엔 뭐, 남들처럼 화장실이었지요. 울음소리는 수도꼭지를 틀어놓으면 되고 남편이나 아들애가 오는 기색이면 어푸어푸 세수를 하면 감쪽같거든요…… 그보다 좋은 장소는 목욕탕, 사우나실이에요. 이건 저도 우연히 발견했는데, 자꾸 울다 보면 그런 것도 알게 되더라구요. 그러니까 건식 사우나 말고 습식이어야 해요. 안개 같은 수증기가 부옇게 서린 곳 말이죠…… 온몸의 땀구멍에서 솟은 땀이 물처럼 줄줄 흘러내리니까 눈에서 눈물이 나오는 것이 하나도 이상하지 않아요. 아니, 오히려 안 나오는 게 비정상 같지 뭐겠어요. 그곳에서는 수건 뒤집어쓰고 아무에게도 들키지 않고 오 분 간격으로 울 수 있어요. 오 분마다 찬물에 얼굴 씻고 또 오 분 울고…… 그렇게 대여섯 번만 하고 나면 기운이 지쳐 울 수 없게 되거든요. 나올 때쯤이면 울었던 사실조차 잊어버리고 그저 집에 가서 잠이나 푹 자야지, 하게 되지요. 어쩌면, 눈에서도, 땀이 다 났었지, 그거죠."

흠씬 땀을 흘린 사람처럼 여자의 얼굴이 젖어 있었다. 공들인 화장이 지워지고 검은 아이섀도가 번진 눈가가 함부로 장난친 도화지 같았다.

"젖은 수건을 얼굴에 덮고 있으면 엉뚱하게도 습지를 거푸 덮어 씌워서 질식에 이르도록 한다는 예전의 사형법이 생각나곤 했어요. 공개된 장소에서, 공개된 죄목으로 처벌할 수 없는 부녀자들에게 쓰던 방식이라지요. 젖은 한지를 한 꺼풀 썼을 때 그건 그저 선뜩, 차가울 뿐 숨을 막을 수는 없지요…… 조금 시간이 지나 한지가 꾸덕해지고 그 위에 젖은 한지가 또 한 꺼풀 씌워지면 그 두께만큼 갑갑해지겠지요. 그것이 말라갈 즈음에 또 거듭 습지가 올려지고…… 점차 숨이 가빠지지만 결박당한 몸처럼 얼굴의 근육 하나, 신경 한 다발 움직여볼 수 없지요. 그러면 가득 차오른 탄소가 막힌 꺼풀을 뚫지 못하고 몸 안에서 요동치며 가슴을 압박할 테죠. 서서히 손가락 끝부터 굳어지고 온몸이 차갑게 굳을 때까지, 이미 가려진 시야에 속속들이 어둠이 내릴 때까지……"

중간중간 끊어지던 말소리가 완전히 멈추고 여자의 얼굴이 창백해지고 있었다. 얼굴 위로 천천히 젖은 한지가 올려지는 듯 여자의 숨결이 잦아들어갔다. 한 꺼풀, 또 한 꺼풀. 보이지 않는 그 손은 본 적 없는 여자의 남편의 것이 아니었다. 젖은 오징어처럼 희고 축축한 손가락. 그것은 남편의 손을 닮았던가. 아니, 어쩌면 그건 내 손일지도 몰랐다. 여자들을, 외도를 일삼는 남편에게 절망하고, 맞바람을 피우거나 혹은 그런 일은 일어나지도 않았다는 듯 무시하며 호기롭게 살아가는 여자들을 한갓 이야기로만 취급하던, 그림이 되는지 어떤지 단지 그것만을 저울질해온 나의 손. 무자비한 가위질에 잘려나갔던 그 수많은 여자들……

비어 있던 방에서는 먼지 냄새가 났다. 따르릉, 전화벨이 울리다 제풀에 지쳐 그치고 나서 나는 여자처럼 방 안을 서성이며 술을 마시기 시작했다. 다른 사람과 다르다고? 여자는 잘못 알고 있었다. 내가 그랬듯이. 다른 것은, 다른 사람만이 알 수 있는 법이다. 여자처럼 내 기사를 벗어나지 않는 사람은 그런 것을 알 수 있을 리 없다. 그런 것은, 오로지 기사를 쓰는 사람만이 아는 것이다. 모든 것을 볼 수 있는 사람. 결코 기사 속의 인물이 되기를 거부하는 사람…… 여자에 대한, 나에 대한, 세상 모든 여자들에 대한 혐오와 연민이 번갈아 솟구치고 내 속에서 무언가 조용히 끓어올랐다. 불꽃조차 없는 스토브처럼 건조한 그 무엇은 서서히 달아오르다 잉걸불이 되어 활활 타들어갔다. 불길을 삭이기 위해서, 오로지 그 생각만으로 나는 천천히 술을 마셨다. 이윽고 끓어 넘치는 물처럼 무언가가 내 얼굴 위로 흘러내렸다. 한 가지는 여자가 옳았다. 이 방은 울기 좋은 방이다.

미련함에 대하여

주판

    오늘 오전, 잠깐 짬을 내어 읽은 소설에 주판이라는 단어가 나왔다. 괄호 안의 역주에는 "오늘날의 계산기가 보급되기 전 동양 여러 나라에서 쓰였던 계산 기구"라고 씌어 있었다. 주판이라는 것이 역주가 필요할 만큼 그토록 낯선 물건인가. 나는 서랍을 열고 그 속의 주판을 꺼냈다. 가지런한 주판알들을 손가락으로 톡톡 밀어 올리다 손을 놀려 1부터 10까지의 숫자를 더해보고 좌르륵 소리나게 밀어보기도 했다. 내 손은 빠르게 주판에 적응했다. 갑자기, 나는 나이 든 할머니가 된 기분이 들었다.

    중학교 2학년 때 주산을 배웠다. 아이들이 고개를 숙이고 숫자들을 더하고 빼는 동안 담당 선생님은 절도 있는 걸음걸이로 책상 주변을 천천히 맴돌았다. 그만, 하는 구령과 함께 주판알 굴리는 소리가 멈추고 우리는 틀린 문항 수만큼 손바닥을 맞았다. 학기가 끝나기 전에는 급수를 따는 시험이 있었다. 몇몇 아이들은 그렇게 딴 주산과 부기 급수로 여상에 진학했고 대부분의 아이들은 졸업과 동시에 주판을 버렸다.

나는 손재주가 좋은 편이었다. 가장 뛰어난 아이보다는 뒤졌지만 두번째 정도로는 빠르게 주판알을 튕겨냈고 거의 틀리지 않은 답안을 제출했다. 만약 그래야 했다면 나는 가장 빠른 속도로 계산을 하고 남보다 높은 급수를 따내서 여상에 진학했을 것이다. 그때의 나는 이상하게도 단조롭고 일정한 일, 변하지 않고 답이 분명한 세계에 매혹되어 있었다. 제복을 입고 창구에서 기계적으로 돈을 세고 무표정한 낯으로 또 다른 사람의 통장을 받아 드는 내 모습을 그려보는 일이 나는 마음에 들었다.

다른 한편 나는 변하지 않는 일상이 힘에 겨워 몸을 비트는 아이이기도 했다. 내일, 또 내일 내가 똑같은 교복을 입고 도시락을 싸들고 등교하리라는 생각을 하면 숨이 콱 막히는 거였다. 가랑잎이 굴러도 웃는 나이, 라고들 하지만 그때의 나는 잘 웃지 않는 아이였다. 사소한 일로 웃음보를 터뜨리는 급우들을 보면 혐오감이 솟아올랐다. 나는 굴러가는 가랑잎을 쓸쓸하고 심각하게 바라보는 타입이었다. 슬픈 영화를 보면 슬퍼서, 주인공이 성공하는 소설을 읽으면 그 뒤의 성공하지 못한 다른 인물 때문에 비감해하는, 좀 웃기는 아이였다.

내 짝은 결막염을 앓고 있었다. 그 아이는 김정호라는 가수를 좋아했는데 그 가수가 늑막염으로 세상을 떠났을 때 그 애는 친오빠가 죽은 듯이나 애달파했다. 하얀 나비, 라는 노래를 청승맞게 부르던 그 아이는 자신도 언젠가는 병이 도져 죽게 될 거라고 내게 속삭이곤 했다. 나는 열등감에 싸여 있었다. 결막염이라는, 듣기에도 그럴듯한 병을 앓는 그 애가 부러웠고 체육 시간이면 내 두 배는 멀리 던지는 다른 아이의 수류탄(우리는 쇠로 된 수류탄으로 멀리던지기를 했다)을 경이로운 눈으로 쳐다보았고 이번 시험에도 나를 앞서간 친구를 맥 빠진 시선으로 바라보았다.

나는 지극히 평범한 여자 중학생이었고 그런 내 자신이 마음에 들지 않았다. 나는 늘 다른 곳, 다른 나를 꿈꾸기 시작했다. 매일 일기를 쓰면서, 한밤의 라디오 방송을 들으면서, 친구에게 편지를 쓰면서 나는 일어나지 않은 일들에 대한 내 동경을 적는 일에 길이 들었다. '밤을 잊은 그대에게'인지 '별이 빛나는 밤에'인지, 심야 프로에 편지를 보냈던 것은 중학교 3학년 때였다. 청취자들이 고민을 적어 보내면 무슨무슨 전문가들이 심각하게 그에 대한 상담을 해주는 코너였다. 두 번의 자살 기도에 실패한 염세적인 여고생, 새 아버지와 그 아버지의 아들인 오빠, 등등 거의 소설 수준의 장문의 편지를 필체를 바꾸어가며 몇 통인가 보냈지만 며칠을 기다려도 내 사연은 소개되지 않았다.

편지를 보낸 사실조차 잊고 있던 어느 날 진행자(황인용 아나운서였다)가 어떤 목사님이 보낸 글을 읽어주는데, 세상에나, 그건 내가 보냈던 어떤 사연에 대한 위로 편지였다. 나는 바짝 긴장했다. 진행자는 그 밖에도 이러저러한 사람들이 격려와 위로의 글을 보내왔다고, 용기를 내어야 한다고 진지하게 말을 이었고 상담자(소설가 구혜영 선생님이었다)가 젊은 날의 열병에 대해 심각하게 의견을 토로하며 용기, 희망 등등을 이야기했다. 나는 야릇한 기분에 빠져들었다. 그건 정말이지 예상 밖의 일이었다. 꾸민 이야기를 (나는 강신재의 『젊은 느티나무』를 읽고 그 거짓 사연을 지어냈다), 이토록 긴 시간을 들여 소개하고 토론하고 또 누군가 위로와

동정의 글을 보내고…… 좀 머쓱하달까, 시시하달까…… 그런 느낌이었다.

다시 한 번 필체를 바꾸어서 장난을 쳐볼까, 싶던 며칠 뒤였다. 늦은 밤, 라디오를 켜자마자 구혜영 선생의 흥분한 목소리가 흘러나왔다. 선생은 예의 내 사연이 꾸며진 것임을 알았다고 그 스토리 라인이 『젊은 느티나무』를 빼다 박았다고, 몇 구절은 거의 그대로 베꼈다고 분노에 찬 음성으로 말했다. 아, 들켰구나, 싶어 나는 혼자 있는 방에서도 몸을 움츠렸다. 그러면서도 궁금하기 짝이 없었다. 그걸 왜 이제야 알았을까. 어젯밤에야 『젊은 느티나무』를 읽었나. 문제는 역시나 필체였다. 그간의 사연을 정리하다 우연히 몇 통의 필체가 비슷하다는 것을 발견했다고, 한결같이 약간쯤 비현실적인, 지극히 소설적인 이야기였다고, 이런 짓은 다른 사람뿐 아니라 자신까지도 속이는 중대한 잘못이라고 선생은 준엄하게 꾸짖었다.

고작 열다섯 살이었지만 내게는 나이답지 않게 차분하고 냉정한 구석이 있었다. 내 거짓 사연이 불러낸 소동을 들으면서 나는 통쾌하지도 부끄럽지도, 우습지도 않았다. 왜 그랬는지 나는 라디오를 끄고 이불을 뒤집어쓰고 울었다. 화가 치밀고 무언지 모르게 몹시 억울했다. 한참 만에야 나는 천천히 깨달았다. 가짜로 자살을 하고 있지도 않은 의붓오빠를 사랑하고, 시한부의 삶을 살아가는 친구로 인한 괴로움 등등, 거짓의 사연을 그처럼 필체를 바꾸어가며 적어 보내는 아이에게, 고작 너를 속이는 일이다, 라는 말밖에 해줄 수 없었던 것일까 싶었다. 대체 왜 그랬는지, 그래야만 했는지, 그 이유가 무엇인지, 그 심리의 저변에 있는 진짜 문제는 어떤 것인지 물어줄 수도 있지 않았나 싶었다.

웃기는 일이었다. 거짓말을 해놓고, 거짓말을 해야 했던 심정을 알아주지 않아 억울해했으니. 그러나 어떻든 그 일은 내게 중요한 교훈을 남겼다. 세상은 쉽게 속아주지 않는다는 것? 그보다는 좀 더 복잡했다. 나는 거짓을 말하는 법, 거짓을 말하고 난 후, 사실이 밝혀졌을 때와 그 반대의 경우와 그 결과에 대해 골똘히 생각하고 분석했다. 그러면서 나는 중요한 사실을 발견했다. 그 일이 내게 위로가 되었다는 것.

그 거짓이 내 연원을 알 수 없는 염세적 기질의 변형임을 나는 어렴풋이나마 알고 있었다. 그것이 뒤틀린 방식으로 나타난 것이 그때의 내게는 중요하지 않았다. 내게는 잠들 수 없는 밤, 허튼 공상이 꾸며낸 내 거짓말들의 고통이 진짜 그런 고통을 겪는 이의 그것과 구별되지 않았다. 이기적이어서가 아니다. 그때 나는 내게 일어나지 않았으나 세상 어딘가에 있을 일을 아파하고 힘겨워하는, 설명하기 어려운 야릇한 감정의 혼란을 겪고 있었다. 나는 그러니까 이미 일어난 일과 일어나지 않은 일, 실재하는 세계와 환상의 경계선에 서 있었던 것이다. 나는 자주 꿈과 현실, 소설 속의 일과 내 일상을 섞고 그리하여 늘 말이 없는, 침울하고 조용한 아이로 남아 있었다.

시계

점심 시간, 과 사무실 탁자 위에 풀어놓고 깜박 잊은 내 시계를 돌려주던 강사가 내게 이렇게 말했다. 선생님 시계였군요. 술 값 대신 시계 맡기던 시절이 있었다잖아요. 선생님은 그 세대는 아니죠? 술을 마시고 시계를 맡긴 기억은 없다. 다만 그런 친구를 본 기억이 있으니 나 역시 그 세대에 속한다 할 수 있다. 이즈음 들어 스스로 느끼는 것보다 더 나이 들었음을, 내 자신의 인식에 비해 생물학적 나이가 훨씬 많다는 사실을 깨닫게 하는 일이 자주 일어난다. 그럴 때 나는 우습고, 또한 무섭다. 아직도 날아다니는 꿈을 꾸면서도 영화「아메리칸 뷰티」를 보고는 한껏 공감을 하는, 내 속에는 여태도 자라지 않은 아이 하나가 살고 있는 것만 같다.

대학생일 때 정작 나는 어른처럼, 나이 든 아줌마처럼 맥없이 살았다. 꼬박꼬박 강의실에 들어가 맨 앞자리에서 강의하는 교수님을 올려다보고, 뭐라 한마디 하실 때마다 재빨리 필기를 하는 모범생이었다. 점심 시간이면 학생식당에 가서 콩나물이나 배추 우거지가 드문드문 떠 있는 국물을 사서(100원이었다) 도시락과 함께 먹었다. 과대표였던 적도, 장학생이었던 적도 없는 내가 있으나 없으나 한 존재가 아닐 수 있었던 것은 순전히 서른 명 정원에 여학생이 달랑 두 명뿐이었던 덕분이었다.

남학생들은 무슨 일을 하든 나와 다른 여학생을 끼워넣고 싶어했다. 그 애는 무늬만 모범생인, 무언가 다른 일, 다른 세상을 기대하며 호시탐탐 일탈의 기회를 노리는 나와는 다른, 장학금을 받는 진짜 모범생이었다. 때문에 나는 강의가 끝나고 어슬렁거리며 오늘의 술자리를 찾는 남학생들의 표적이 되었다. 복학생이거나 현역이거나 가리지 않고 그때의 남학생들은 무슨 원수진 듯 술을 마셨다. 두부김치쯤 되면 성찬이었고 대개는 깍두기를 앞에 놓고 깡소주를, 누구 하나가 꼭지가 돌아 사고를 칠 때까지 마시는 것이다.

우리는 모두 열등감에 빠져 있었다. 국가보위비상대책위원회라는, 긴 이름의 단체가 국정을 막 접수했을 때였다. 서울의 봄, 이라 불리던 80년의 와삭거리던 분위기는 찬물을 끼얹은 듯 조용해졌고 목련과 벚꽃이 필 무렵, 그토록 아름답던 캠퍼스에는 패배감만이 감돌았다. 푸른 잎이 올라오는 나무들 사이로 누구나 할 것 없이 힘없는 걸음걸이로 느릿느릿 걸으며 우리는 눈이 마주치면 서로를 외면했다. 무슨 일이 일어나리라, 일어나라, 일어나고야 말아라, 하는 기분이 들던 어느 날, 우리는 놀라운 소식을 들었다.

　나는 어제처럼 또렷이 기억한다. 2교시, 음운론 시간이었던 것, 누군가 짧은 비명 같은 소리를 지르며 강의실 밖으로 나갔던 것, 그리고 궁금증을 억누르며 남은 강의를 듣고 있을 때의 그 조바심을. 강의가 끝나고 수런거리는 아이들 틈에서 귀에 익은 이름이 흘러나왔다. 과의 학우 하나가 삐라를 뿌렸다는 것이었다. 도서관 앞 잔디밭에서, 무어라 구호를 외쳤다는 것이었다. 어딘가에 숨어 있던 남자들이 번개처럼 달려 나와 순식간에 그 아이를 끌고 갔다는 것이었다. 속삭이듯 하던 이야기가 끝나고 우리는 모두 침묵했다. 감히 밖으로 달려 나가지도 못했다. 누군가 엿볼 것을 겁내듯 조심스레 도서관으로 갔을 때, 막 올라오는 잔디 위에 가득하던 거짓말 같은 햇빛.

　그 일은 과의 학우들을 또 다른 열패감으로 몰아넣었다. 남학생들은 누구는 잡혀갔는데, 나는 술이나 마시고 있다니, 하면서 미친 듯 술을 마셨다. 나는, 나로 말하자면 정말 무섭고도 놀라웠다. 잡혀간 그와 나, 그리고 다른 세 명의 친구는 학기 초부터 스터디 그룹을 만들어 책을 읽고 있었다. 전혀 특별해 보이지도 남달리 투지가 있어 보이지도 않던 친구의 행동이 나로서는 쉽사리 받아들이기 어려웠다. 정치적인 일에 관한 한 그때까지 나는 지극히 무지한 여자애였다. 독재는 나쁘다, 그렇지만 총으로 쏘다니 김재규도 나빴다, 하는 원시적 수준이었다. 수사 과정에서 이러저러한 일이 있었다, 12월 12일 모처에서 총성이 울렸다더라, 등등의 유언비어에 대한 내 생각도 소박하기 짝이 없었다. 오랜 공직에 계셨던, 강한 우익 성향의 아버지 때문이었다.

그 일은 나를 혼란스럽게 했다. 데모를 하고 잡혀가는 학생이야 늘 있었지만 이건 신문에 나는 일이 아니었다. 그는 어제까지 바로 내 옆자리에서 함께 시시콜콜한 책을 이야기하던 친구였다. 경희다방 한구석에서 커피 값 내기 짤짤이를 하던 그와 과격한 행동파로서의 그…… 나는 다른 학우들과 달리 그 사건에 대해 어떤 판단도 내릴 수가 없었다. 본래 조용하던 나는 더 말이 줄었다. 술을 마시지도, 맘껏 취해보지도 못했던 그때의 나는 내게 닥친 충격을 극복할 방법을 알지 못했다. 5월이 되고 알 수 없는 흉흉한 소문만 무성한 가운데 학교는 문을 닫았다. 탱크가 우뚝 서 있는 교문 앞을 배회하면 총을 멘 군인들이 인형처럼 무표정한 눈으로 나를 쳐다보았다.

그해 여름을 나는 아버지의 임지인 대구에서 보냈다. 무더운 도시의, 어두컴컴한 아파트에 틀어박혀 죽자고 책을 읽었다. 또래와 어울리지 않고 당신의 수발을 위해 내려온 나를 기특히 여긴 아버지가 옷 한 벌 해 입어라, 하며 주신 돈도 중앙통의 서점에 모조리 갖다 부었다. 길고 지루한 소설들. 도스토예프스키, 헤밍웨이, 토마스 만, 톨스토이 등등, 이른바 고전이라 알려진 작가들의 지겹고 지겨운 소설들을 나는 형벌을 견디듯 읽었다. 끝없이 이어지는 이야기들. 그해 여름은 영원히 끝나지 않을 듯 길었다.

가을이 되자 또 다른 사건이 기다리고 있었다. 스터디 그룹을 만들었던 다른 여학생(77학번 복학생이었다)이 무단결석 끝에 자취를 감춘 것이었다. 쭈뼛거리며 과 사무실을 찾았을 때 조교였던 선배가 심각한 얼굴로 말했다. 통 연락도 안 되고 말이야. 무슨 일이 생긴 건 아닌지 정말 걱정이야. 그래도 네가 그 애랑 좀 친했었지 않니. 강의가 끝나고 오후가 되면 나는 사라진 그녀의 흔적을 찾아 그녀의 자취방이 있던 보문동 일대를 헤매고 다녔다. 보문동 천변에 즐비한 포장마차 하나하나를 탐문하듯 뒤지다 다시 자취방을 돌아보기를 반복했지만 나를 맞는 것은 취기 어린 남자들의 눈, 그리고 불 꺼진 어두운 창뿐이었다. 그녀를 찾기에 그토록 골몰했던 것은 선배의 부탁이나 그녀와 친했었다는 사실, 그런 것들 때문이 아니었다.

　나는 불안했다. 간신히 말을 트고 지내기 시작한 몇 안 되는 사람들. 그들 중 두 명이 훌쩍, 연기처럼 내 시간에서 빠져나가고 있었다. 연락 두절의 그 남학생에게는 분명한 이유가 있었지만 그녀의 경우는 전혀 원인을 짐작할 수 없는, 그야말로 돌연한 실종이었다. 그녀를 찾아내고, 자취를 감추었던 이유를 꼭 들어야만 할 것 같았다. 그저 심심해서, 라는 맥 빠지는 이유를 대더라도 상관없었다. 그녀를 찾지 못한다면, 나를 둘러싼 사람들, 내가 지나는 시간들 어느 것도 이해하지 못한 채 몽롱한 날을 살아야만 할 것 같았다.

　오늘도 다녀간다, 는 쪽지를 방문에 붙이고 오기를 몇 번인가 한 끝에 나는 그녀의 전화를 받았다. 우리는 광화문의 한 다방에서 만나 시시한 이야기들을 나누었다. 나는 눈치를 보며 기다렸다. 이제나저제나 그녀의 입에서 사라진 몇 주간의 행적이 풀려나올 것을. 탁자 위에 놓여 있던 영화 전단을 만지작거리던 그녀가 엉뚱하게도 우리 이 영화 보러 갈까? 하고 말했다. 「U-보트」라는 독일 영화였다. 영화는 담백하고도 비장했다. 국제극장을 나왔을 때는 날이 저물어 있었다. 함께 저녁을 먹고 헤어질 때까지 그녀는 끝내 아무런 말도 하지 않았고 나도 묻지 못했다. 그후 우리는 두어 번 더 만났고 몇 통인가 편지를 주고받았다. 마지막 편지에서 그녀는 모르몬교에 입문했으며 선교사인 미국 남자와 사랑에 빠졌다고, 곧 그를 따라 미국으로 가게 될 것이라 적고 있었다.

그녀가 정말 미국으로 갔는지, 실패한 사랑으로 끝났는지 나는 알지 못한다. 내 쪽에서 더 이상 편지를 하지 않아 연락이 두절되었기 때문이었다. 나는 지쳐 있었다. 모르몬교, 미국 남자와의 사랑, 그 모든 것이 내게는 너무도 낯설었다. 그녀를 좇고 만나서 이야기를 하면 할수록 그녀는 점점 더 먼 사람, 이해할 수 없는 존재가 되어갔다.

그렇게 그녀는 내 삶에서 빠져나갔지만 오랜 시간이 지난 지금까지도 나는 이따금 그녀를 생각한다. 남자처럼 모난 턱선. 커다란 눈에 고집스러운 입매. 흘러내리는 머리카락을 슬쩍 귀 뒤로 쓸어 넘기던 마른 손가락…… 끝내 마음을 열지 않았지만 그녀는 내게 중요한 것을 가르치고 떠났다. 세상은 이해하기 어려운, 내가 수용하고 보듬을 수 있는 한계를 벗어난 일로 가득 차 있다는 것. 논리로도 감정으로도 설명할 수 없는, 모순투성이라는 것.

봄과 가을에 걸친 두 사건은 대학 생활 내내 나를 지배했다. 나는 주변의 사람에 대한, 그 사람들이 만드는 사건에 대한 내 판단을 유보하고 지켜보는 일에 더욱 길이 들었다. 누구하고나 어울렸지만 나는 아무하고도 친해지지 못했다. 짝사랑에 빠진 학우를 대신해 상대 여학생을 만나고 아끼는 후배와 친해지고 싶은 친구를 서로 소개해주고 흐뭇하게 바라보며 취한 복학생들의 횡설수설을 진지하게 들어주는 동안 나는 졸업반이 되었다.

4학년 가을이 되자 아버지는 남자들의 신상이 세세히 적힌 종이를 내밀기 시작했다. 좋은 대학을 우수한 성적으로 졸업하고 의사가, 검사가, 교수가 될 과정을 밟고 있는 남자들. 나는 그들 중 누군가를 만나는 일이 두려웠지만 만나지 않을 일, 그러니까 결혼을 하지 않는다면 대체 무엇을 할 수 있을지 생각하는 것도 똑같이 두려웠다. 이미 나는 소설 쓰기를 포기하고 있었고 아버지의 반대가 아니더라도 대학원에 진학하고 공부를 계속하는 상황에 대해서도 전혀 그림이 그려지지 않았다. 이따금 만나면 위안이 되던 친구 하나가 내게 했던 말, 어느 날의 일기장에 적혀 있던 그 말이 그때의 나를 고스란히 드러내준다. 애들을 만나면 말이야. 밥을 먹고 술을 마시고 이야기를 하면 아, 얘는 요즘 이렇게 사는구나, 이런 고민을 하고 있구나 싶은데…… 너는 도대체가 이상해. 만나서 몇 시간을 이야기하고 나서도 도무지 알 수가 없어. 무슨 생각을 하는지, 어떤 문제가 있는지……

어느 날, 나는 난생처음으로 술냄새를 풍기며 귀가했다. 당연히 아버지는 나를 불러 앉히고 조목조목 비판을 시작하셨다. 아버지로서는 많이 참고 계셨다는 것쯤은 나도 알고 있었다. 내가 다니는 학교, 만나는 사람들, 하고 다니는 일들, 그 어느 것도 당신 성에 차지 않았을 테지만 그때까지 아버지는 그에 대해 특별히 나무라시지 않았다. 대체 무슨 생각으로 사느냐, 고 아버지가 물으셨을 때 나는 하마터면 아무 생각 없이 삽니다, 하고 말할 뻔했다. 그랬다면 당장 벽력같은 고함이 터지고 엄마가 달려오고 온 집안이 초비상에 들어갔을 텐데…… 나는 평소처럼 꿇어앉아 묵묵히 아버지의 말씀을 들었다.

　대개의 아버지가 그렇듯 아버지는 항상 옳은 말씀만 하셨다. 다른 아버지와 다른 점이라면 당신이 바로 그 말씀처럼, 참으로 열심히 성실하게 사셨다는 것, 그리고 성공하셨다는 것이었다. 아버지의 말씀에는 어느 한구석, 논리로써 반박할 틈이라고는 보이지 않았다. 다소곳하게 수긍하고 잘못했습니다, 아버지. 잘하겠습니다 하는 것이 가장 빨리 그 방을 벗어나는 길임을 우리 형제는 누구나 알고 있었다. 그날, 무릎이 저려오는 것을 꾹 참고 듣던 나는 아버지의 말씀이 막바지에 이를 무렵, 아마도 취기 때문이었겠지만 불쑥 말해버렸다. 아버지, 저 휴학하겠어요. 도저히 견딜 수가 없어요. 아버지가 뭐? 휴학? 한 학기 남았는데 무슨 소리냐? 대체 이유가 뭐냐? 하셨다면 상황은 좀 달라졌을지도 모른다. 아버지는 나를 똑바로 쳐다보셨다. 입을 꾹 다물고 한 마디도, 숨소리조차 내지 않고 나를 노려보셨다. 저걸 인간이라고 내가 여태 먹이고 입혀 키웠나, 하는 표정으로. 나 역시 아버지를 똑바로 쳐다보았다. 난 생전처음이었다. 아버지의 눈은 정말 무서웠다. 어쩌다 한 번쯤 아버지를 본 친구들이 너 무서워서 어떻게 사니? 농담을 할 만큼 날카로운 그 눈이 나를 잡아먹을 듯 노려보고 있었다. 아버지와의 기싸움. 그건 애당초 승부가 난 것일지도 몰랐다. 얼마쯤 지났을까, 나는 고개를 푹 숙이고 말았다. 삐질삐질 눈물이 새어나왔기 때문이었다. 나는 참으려 애쓰며 쿨쩍쿨쩍 울었다. 초라하고 못난 자신이, 아버지 앞에서 가당찮게 고개를 발딱 들고 되지도 않는 투정을 하는 자신이 너무나 슬프고 부끄러웠다. 쯧쯧 혀를 차며 아버지가 올라가거라, 하셨을 때에야 나는 눈물 콧물이 범벅된 얼굴로 방을 나왔다. 나는 얌전히 내 방으로 올라가 심각하게 자신을 반성했다.

다른 말썽 없이 나는 남은 대학 생활을 보냈다. 졸업식 날, 아버지는 무사히 졸업한 셋째 딸을 축하해주기 위해 학교까지 와주셨다. 나는 엄마, 언니들, 언니의 약혼자가 안겨준 꽃다발을 한 아름 안고 자랑스레 웃으며 사진을 찍었다. 그리고 슬그머니 대학원 시험을 보고 눈치를 보며 조교 생활을 시작했다.

귀걸이

학교에서 돌아오면 세 돌이 막 지난 막내가 달려와 안긴다. 아이는 나를 끌고 들어오면서 조잘조잘 이야기를 시작한다. 오늘은 '패트와 매트' 비디오를 봤다거나 '빨간 모자'를 읽었다거나 만들기를 했다거나…… 엉망으로 어질러진 방을 보면 아이가 말하지 않아도 오늘의 놀이를 단박 알 수가 있다. 오늘, 아이의 놀잇감은 내 보석함이었던 모양이다. 방 안 가득 목걸이와 브로치, 짝이 달아난 귀걸이들이 널려 있다. 제 가슴까지 늘어지는 진주 목걸이를 건 아이가 파란빛의 귀걸이 한 짝을 들고 내게 조른다. 엄마, 나 이것 해줘. 나는 아이에게 짝짝이 귀걸이를 끼워준다. 거울 앞에서 제 모습을 바라보며 아이는 노래를 부른다. 가을은 가을은 파란색, 높은 하늘 보세요…… 나는 아이를 따라 노래를 부르며 널려 있는 장신구들을 치운다. 가짜 진주, 가짜 사파이어, 가짜 다이아몬드…… 하나 예외 없이 모두 싸구려 이미테이션들이다. 이상하게도 나는 보석에 대한 욕심이 전혀, 라고 할 만큼 없다. 황홀한 빛이 나는 반지, 목걸이를 보아도 갖고 싶다는 생각이 들지 않는다. 어쩌다 무슨 기념일에 남편이 선물한 진짜 보석은 냉큼 은행의 대여 금고에

넣고 까맣게 잊고 산다.
  장신구뿐만이 아니다. 옷 한 벌, 구두 한 켤레를 장만하더라도 세일하는 물건이 아니면 선뜻 사게 되질 않는다. 먹을거리는 반드시 할인점에서, 대량 포장된 것으로, 조목조목 값을 비교하며 산다. 값싼 물건에 대한 애착이 유별나거나 알뜰한 살림꾼이어서가 아니다. 남편이 들으면 코웃음을 치겠지만 남편 덕에 생긴 버릇이다. 그는 이것을 사지 말라거나 이런 것을 샀느냐고 나무라지 않는다. 내게 통째로 통장을 맡기고 월급은 고스란히 통장으로 입금해준다. 그런데도 나는 아직까지 이따금 남편의 눈치를 본다.
  스물넷, 어린 나이이기도 했지만 결혼 초의 나는 속으로야 어떻든 남편의 말에 무조건 순종하는 여자였다. 남편의 지나치다 싶은 근검도 학비를 받아 공부하는 유학생 신분임을 감안할 때 당연한 것이 아닌가 싶었고 대학원을 수료하고 간 내게 시티 칼리지(2년제 전문대학)의 등록을 권했을 때도 토플도 GRE도 보지 못하고 갔던 내 준비 부족을 탓했을 뿐 학비가 싼 때문이라고는 생각지 못했다. 미국인의 집에 방 하나를 얻어 들어가자는 제의도 영어를 상용하자면 그게 좋겠지, 하고 진지하게 받아들였다. 주말의 벼룩시장에서 노점을 벌이겠다고 했을 때는 어, 이건 이상하다 싶었지만 나는 별다른 반대를 하지 못했다. 반대는커녕, 싸게 파는 자투리 천을 사서 좌판에 씌우고 양쪽에 작은 못을 박아 철사줄을 걸고 그 위에 주렁주렁 색색의 장신구를 끼우는 작업을, 땀을 흘리며 거들었다.
  처음 장에 나간 날, 안개가 짙었던 것, 그리고 몹시 추웠던 것이 잊혀지지 않는다. 으스스 몸이 떨리고 입이 바짝 말랐지만 나는 남편을 따라 서투른 영어로 사람들을 부르고 원 달러, 투 달러 외치며 물건을 팔았다. 장이 파하고 돌아오면 남편은 꼬깃꼬깃 구겨진 지폐와 주머니 가득한 동전을 세고 그 액수를 장부에 적었다. 대부분 메이드 인 코리아의 귀걸이, 목걸이, 벨트, 선글라스, 그리고 중국제 장난감이 우리가 취급하던 아이템이었다.

시장은 요일별로, 각각 다른 소도시에서 열렸으므로 나는 흡사 장돌뱅이가 된 기분이었지만 내 자신의 그런 느낌이 그다지 나쁘지 않았다. 미국이라는 낯선 땅, 알지 못하는 남자였던 남편, 거기에 전혀 다른 세계인 장사꾼의 길에 들어선 자신. 그것이야말로 어쩌면 내가 바라던 것일지도 모른다는 생각이 들었다. 단 오십 센트라도 싼 물건을 사기 위해 악착같이 주중의 도매 시장을 돌고 한 개의 귀걸이라도 더 팔기 위해 맨 나중에 좌판을 걷는 내게 사람들은 미세스 박, 보기보다 악바리라고 혀를 내둘렀다. 원래 장사꾼 집안이란다, 아니다, 어려운 환경에서 돈 귀한 걸 알고 자란 사람이다, 추측하기도 했다.

여섯 과목, 18학점을 신청해 들으면서도 나는 꼬박꼬박 남편을 따라 주말의 장에 나갔다. 그의 시험 기간이거나 과제 발표가 있는 주에는 혼자 밴을 몰고 장에 나갔다. 무거운 좌판을 끙끙거리며 내리고 물건을 진열하고 점심도 거르면서 물건을 팔았다. 매상이 얼마나 되는지, 어느 만큼의 이윤이 났는지 그런 것을 따지고 챙기는 것은 남편 몫이었다. 나는 고용인처럼 성실하게, 한눈팔지 않고 일했다.

대체 왜 그랬을까. 남편은 지독한 구두쇠였는데 나는 정말이지 오랫동안 그걸 깨닫지 못했다. 여름 방학, 사 주간 미국 전역을 돌며 단 오백 달러를(닳고 닳아 어쩔 수 없이 교체한 타이어 값을 합쳐) 썼다고 했을 때 사람들은 미스터 박 나쁜 사람이라고 입을 모았다. 거의 차에서 잤다고, 한 야영장의 샤워 시설에서 동전이 아까워 벗은 몸에 미리 비누를 칠하고, 머리에는 샴푸를 뒤집어쓰고 그제야 동전을 넣고 쏟아지는 물이 끊어질까 미친 듯이 몸을 씻었다고 남편이 말했을 때는 모두들 입을 다물고 비스듬한 시선으로 우리를 바라보았다. 남편도 그쯤에서 입을 다물었다. 그것을 뛰어넘는, 무수한 에피소드를 다 이야기했다가는 정신병자 취급받을 분위기였다.

  남편에게, 그와 나의 생활에 대해 알지 못할 불안이 생길 무렵 나는 첫 아이를 임신했다. 배가 불러오고, 더 이상 운전을 할 수 없을 때까지 나는 장에 나갔다. 그 학기 나는 시티 칼리지에서 미국 역사, 스피치, 수화(手話), 초급 미술, 식생활과 영양, 등 중구난방의 과목을 닥치는 대로 신청해서 들었다. 대부분의 과목에서 나는 높은 학점을 받았다. 잘 알아듣지 못하면 몇 번이고 묻고 좋은 평가를 받지 못하겠다 싶으면 밤을 새워 자료를 찾아 보충 과제를 낸 덕분이었다. 대체 나는 왜 그랬을까. 무슨 학위를 딸 수 있는 것도, 상을 주는 것도 아니었는데.

  힘이 든다 싶으면, 그리고 누군가, 무언가 견딜 수 없게 그리워지면 나는 집주인 여자를 좇아 나가던 미국 교회에 나갔다. 대부분의 유학생과 그 부인들이 속해 있던 한인 교회에서, 그들이 일상을 의논하고 웃고 이야기하는 동안 나는 미국인 목사의 영어 설교를 듣고 영어로 부르는 찬송가를 서투르게 따라 불렀다. 예배가 끝나고 나오면 푸른 눈의 목사(필이라는 이름이었다)는 내 손을 잡고 무어라 긴 축복을 해주었다. 자투리 시간이 생기면 나는 집주인 여자와 함께 교회의 바자회에 참석하고 미국 아이들의 재롱 잔치에서 박수를 치며 주인 여자를 따라 웃었다.

아이를 낳고, 나는 만 이십사 시간이 지나지 않아 부랴부랴 퇴원을 했다. 시간을 넘기면 하루 치의 입원비를 더 내야 했으니까. 남편이 그렇게 하자고 해서가 아니었다. 그때쯤 나는 그런 방식에 철저히 길들어 있었다. 아이의 이가 나고 자주 젖꼭지를 물어 피가 나올 때까지 나는 모유를 먹이고 남들 다 쓰는 일회용 기저귀 대신 매일 한 다스가 넘는 천 기저귀를 빨며 지냈다. 아이가 잠들면 주인 여자의 눈치를 보며 재봉틀을 꺼내 아이의 옷을 만들었다. 아이를 낳고 나서 나는 자주 혼자 울었다. 왜, 무엇 때문인지는 내 자신도 알 수 없는 눈물이 흘러나오면 나는 그저 가만히 앉아 눈물이 그치기를 기다렸다. 그러고도 마음이 가라앉지 않으면 잠든 아이를 뒤에 싣고 집 뒤의 길로 차를 몰아 달렸다. 얕은 언덕, 끝없는 포도밭을 지나면 어딘가에 내가 버려두고 온 것, 감추어둔 시간이 불쑥 나타날 것만 같았다. 만약 미국 생활이 좀더 길었다면 나는 어떤 방식으로든 폭발했을 것이다. 다행히도 남편은 과정을 마치고 논문을 제출하자마자 쫓기는 사람처럼 비행기표를 끊었다. 남은 살림살이들, 낡아빠진 가구들과 접시 하나까지 몽땅 야드 세일을 하고 우리는 귀국길에 올랐다.

이불

저녁 무렵, 갑자기 날이 싸늘해졌다. 계절이 바뀔 때면 여자들은 바빠진다. 거실의 돗자리를 걷어내고 아이들의 옷가지도 챙겨놓아야 하고 방마다 이불도 바꾸어야 한다. 나는 먼저 이불 쪽을 선택한다. 장롱 문을 열자마자 두터운 요와 이불이 내 앞으로 쏟아져나온다. 혼수로 해온 공단이불, 아이들이 어릴 적에 썼던 작은 침대보와 아이를 업을 때 요긴했던 처네, 그리도 손바닥만 한 베개가 섞여 있다. 이번에는, 이번만큼은 처분해야지, 하면서도 나는 작은 물건, 큰 살림, 어느 것도 잘 버리지 못한다.

큰아이 방 침대 위에는 푸른 조각이불, 작은애의 몫으로는 분홍을, 그리고 안방에는 엷은 베이지와 갈색이 어우러진 이불을 펼쳐놓는다. 좁은 장롱 속에서 몸을 접고 있던 이불들의 꼬깃꼬깃 잡힌 주름을 나는 반듯이 손으로 쓰다듬는다. 이불에서는 묵은 곰팡내 같은, 쿰쿰한 냄새가 난다. 나는 탈취제가 든 분무기를 들고 이불 곳곳에 뿌린다. 갑자기, 한 귀퉁이의 실밥이 풀린 흔적이 내 시선을 잡는다. 안 되는데…… 밀린 원고가 산더미인데…… 하면서도 나는 반짇고리를 찾아 든다.

바늘을 잡으면 이상하게 마음이 편안해진다. 기억의 저 안쪽에 아주 어릴 적 어머니와 할머니가 고모의 혼수를 장만하는 정경이 있다. 한땀 한땀 이어 헝겊들을 엮는 단순하고 소박한 작업이 한 장의 이불로, 옷가지로 바뀌는 것이 나는 매번 경이로웠다. 바늘을 제대로 잡기 시작할 무렵부터 나는 어머니의 옷을 줄여 입거나 못난이 인형을 만들거나 쓸 수 없는 작은 이불을 짓곤 했다. 어머니는 그런 나를 칭찬하다 이따금 화를 내며 천 조각을 빼앗았다. 손끝이 매운 여자는 팔자가 세다나, 무서운 시어머니를 만난다나. 그렇지만 나는 가끔 생각한다. 글을 쓰지 않았다면 나는 작은 수예점 주인이 되어 있을지도 모른다고.

어머니의 재봉틀은 앉은뱅이, 그러니까 손틀이었다. 작은 바퀴가 돌아갈 때면 윗실과 밑실이 맞물리며 노루발 사이의 헝겊에 꼭꼭 무늬를 만들어내는 것이 너무 신기하고 재미있었다. 나는 어머니의 맞은편에 앉아 밀려 나오는 천이 반듯해지도록 잡고 있기를 좋아했다. 오르고 내리기를 반복하는 바늘. 어느 순간 천을 잡은 어머니의 손에 바늘이 꼭 박힐 듯한 아슬아슬함에 소스라치며 나는 바느질(바느질 시다)에 몰입했다. 여섯 남매와 할머니, 삼촌과 고모, 그리고 늘 외지에 계셨던 아버지의 수발에 경황이 없으면서도 어머니는 자주 재봉틀 앞에 앉아 나를 불렀다. 생각해보면 끊이지 않는 일, 수다한 사건에 시달리던 어머니에게 바느질은 오히려 휴식이었을지도 몰랐다.

　어머니의 그 심정을 이해하게 된 것은 96년, 셋째 아이를 임신했을 무렵이었다. 가을 학기까지 바바리코트, 두터운 스웨터로 배를 덮고 강의를 하고 나니 긴 겨울과 더 긴 봄이 내 앞에 다가와 있었다. 아이들과 남편이 나가고 난 집. 책을 잡으면 잠이 쏟아지고 한번 잠에 빠지면 아이들이 돌아올 때까지 깨어나지 않았다. 믿을 수 없을 만큼 길고 고단한 잠. 잠. 잠…… 이따금 걸려오는 전화에서 사람들은 왜 꼼짝하지 않느냐, 강의도 쉬고 대체 뭐 하느냐, 혹시 장편을 쓰느냐고 물었다. 전화를 끊고 나면 아무런 이유 없이 눈물이 흘러나왔다. 아이가 툭, 툭 발길질하는 기척을 느낄 즈음까지 나는 기를 쓰고 두 편의 단편을 완성했다. 소설 때문에, 아이 때문에 나는 먹고 입고, 지옥 같은 잠에서 빠져나와 나를 돌볼 수 있었다.

　그렇지만 거기까지였다. 앉아 있기도 힘들 만큼 배가 불러오고 나는 극심한 무기력에 빠져들었다. 한껏 부풀어, 마른 논바닥처럼 갈라진 뱃가죽을 들여다보면 기가 막히고, 그리고 너무나 무서웠다. 몸매를 생각했거나 아이를 낳는 일이 두려운 것은 아니었다. 알 수 없는, 혹은 표현하기 어려운 어떤 공포가 나를 짓눌렀다. 두 아이. 세 군데의 대학을 쫓아다니며 했던 주당 십수 시간의 강의. 끊임없이 다가오는 마감. 그럼에도 감히 새로운 아이를 낳기로 한 내가 뻔뻔하고 징그러웠다. 갈라진 뱃가죽. 내 오만이 그처럼 나를 갈라지게 하고 마침내 폭발시키고 말 것 같았다.

어느 일요일, 나는 아이들과 남편을 앞세우고 동대문 포목점으로 갔다. 무얼 어떻게 만들겠다는 생각 없이 나는 그저 눈에 띄는 대로, 아이들과 남편이 다 들지 못할 만큼, 무슨 한풀이하듯, 지갑이 탈탈 빌 때까지 갖가지 천을 샀다. 계단을 내려오면서 색색의 레이스와 바이어스와 단추와 지퍼를, 남편의 지갑을 빌려서 샀다. 집으로 돌아온 즉시 나는 작업에 들어갔다. 구석에서 먼지를 쓰고 있던 재봉틀을 꺼내 그날 당장 식탁보를 만들었다. 다 만들었을 때는 밤이 깊어 있었다. 남편을 깨우지 못하고 이쪽저쪽을 들어올려 거의 십여 분 이상을 소비한 끝에 무거운 유리를 들어내고 막 완성한 식탁보를 깔고 나서 나는 두어 발 물러서서 내 작품을 감상했다. 올리브 그린의 우아한 색이 형광등 아래 아름답게 빛나는 것을 나는 오래도록 바라보았다.

다음 날부터 나는 천을 사각으로, 삼각으로 손바닥만 하게 잘라 조각이불을 만들기 시작했다. 각각 다른 무늬의 조각 천을 손으로 잇고 이어진 것들을 다시 꿰매는, 퀼트 이불이었다. 바느질을 하는 동안 나는 아무런 생각도 하지 않았다. 이백 개가 넘는 조각을 이어 큰아이 방의 침대보를 완성했을 때 나는 기대하지 못했던 희열에 빠져들었다. 푸른빛의, 갖가지 무늬가 어우러진 침대보는 정말 아름다웠다. 나는 차례로 작은아이의 이불, 안방 침대보, 그리고 태어날 아이를 위한 이불을 만들었다. 작업 도중에 천이 부족하거나 다른 빛의 레이스가 필요하면 아침을 기다리지 못하고 한밤의 동대문시장으로 달려갔다. 남산만 한 배를 하고 통로를 누비는 여자에게 가게 주인들은 넉넉한 잣대로 천을 끊어주었다. 4월과 5월이 그렇게 지났다.

패딩 솜의 화학 성분 때문에 임신 중의 가려움증이 도진 것, 오래 앉아 있어 허리가 끊어질 듯 아팠던 것, 그런 기억이 희미하게 남아 있지만 나는 더 이상 자신을, 태어날 아이를, 그 후의 날들을 두려워하지 않고 무사히, 참으로 긴 봄을 보낼 수 있었다. 종일 일에 시달린 몸은 달고 깊은 잠에 빠져들었고 알락달락한 천들이, 아기자기한 이불들이 꽃밭처럼 널린 꿈을 꾸었다. 출산 예정일 하루 전, 양수가 터졌을 때 나는 딸아이의 원피스를 만들고 있었다. 완성하지 못한 그 옷을 상자에 넣고 나는 병원으로 갔다. 그리고 제 언니와 꼭 닮은 딸을 낳았다.

그리고 자전소설

한밤. 아이들과 남편이 잠들고 나서 나는 서재로 들어와 방문을 꼭 걸어 잠근다. 컴퓨터를 켜고 자판을 두들기기 시작한다. 소설은, 늘 그렇듯 잘 씌어지지 않는다. 나는 책상 위에 쌓인 책을 이것저것 뒤적인다. 참 좋은 글이 있고 이런 거 대체 왜 썼을까 싶은 것도 있다. 문득 몇 주 전 인터넷에서 읽은 누군가의 비판이 떠오른다. '문학을 사랑하는 아줌마'라고 밝힌 그 사람은 내 글에 대한 매우 혹독한 평 끝에 이렇게 써놓았다. 재능이 없는 사람은 작가가 되지 말아야 하는 것이 아닌가.

나는, 정직하게 말해 그 아줌마가 부럽다. 나도 그렇게 매몰차게 말하고 싶다. 아니, 한때 내게도 그처럼 자신과 다른 이의 글에 대해 가혹하던 시절이 있었다. 오정희와 이청준을 읽고 절망하고 정찬과 박인홍에게 탄복하던 그 한때 나는 소설 쓰기를 포기했었다. 내 스스로의 재능 없음을 나는 익히 알고 있었다. 혹 서푼어치의 재능이 있다 하더라도 기질상 나 같은 사람은 작가가 되어서는 안 된다는 막연한 깨달음 같은 것이 있었다. 어떤 기질? 하고 묻는다면 정확히 대답할 자신은 없다. 그런데…… 그런 주제에 왜 나는 소설 쓰기를 시작했을까. 이 역시 나는 정확한 답을 할 수가 없다.

세번째 창작집을 내고 얼마 지나지 않아 황순원 선생님께서 돌아가셨다는 전갈을 받았다. 그날 나는 병원에 있었다. 폐 사진을 찍고 심전도와 그 비슷한 몇 가지 검사를 하고 막 옷을 입고 있을 때 휴대폰이 드르르, 떨리는 기척이 났다. 선생님은 주무시다 영면하셨다 했다. 나는 화장실로 가서 잠깐 울었다. 빈소에서 만난 경희대의 한 선생님이 내게 책을 보내주어 고맙다고 인사를 하셨다. 그러고는 내게 이렇게 물으셨다. 웬 한이 그렇게 많아? 나는 서 선생 생각하면 참 이상하다 싶어. 그다지 어렵게 자란 것도, 무슨 남다른 사연이 있는 젊은 날을 보낸 것도, 지금 현재 무슨 절박한 처지에 있는 것도 아닌데 어떻게 그렇게 악착같이 소설을 계속 쓰는지 말이야. 나는 수줍은 척 웃었다. 사람들이 제게 욕심이 많다고 그럽니다, 라고 말하자 그 선생님은 아니야, 이건 욕심하곤 다른 거야. 뭔가 있어. 그게 대체 뭘까? 그러셨다. 나는 또 한 번 겸손하게 웃고 다른 조문객이 온 틈을 타서 슬쩍 그 자리를 피했다. 욕심하곤 다른 그 무엇, 그것에 대해 누가 알 수 있을까.

어젯밤 꿈을 생각한다. 나는 여러 사람들을 마주하고 있었다. 누구인지 알 수 없는 사람들, 그들은 모두 죽은 사람이었다. 나는 오싹 소름이 끼쳤던가? 아니 그렇지 않았다. 나는 편안했고 그들을 보며 왠지 모를 친근감이 들기까지 했다. 그러자, 이상한 일이었다. 꿈속에서도 이래서는 안 된다, 이 사람들과 멀어져야 한다, 는 강한 느낌이 들고 벗어나야 한다, 눈을 떠야지, 안간힘이 써지는 것이었다. 짧은 신음을 내지르며 나는 잠에서 깨어났다. 깨어나 부연 창밖이 보였지만 여전히 꿈에서 본 사람들, 누구인지 기억나지 않는 죽은 이들의 환영이 눈앞을 떠나지 않았다. 나는 손을 뻗어 잠든 아이를 꼭 끌어안았다. 아이의 따뜻한 발을 내 차가운 발로 부볐다. 그리고 매일 하는 다짐을 했다. 밤을 새지 말자. 잠을 제대로 자자. 끼니를 챙겨 먹자. 놀자. 사람들을 만나자. 웃고 떠들자.

그러나 지금 새벽 세시. 나는 자전소설을 쓴다. 이따금 나는 죽음을 무릅쓰고 글을 쓰는 듯 결연한 기분이 된다. 재능 없는 이의 글쓰기는 미련하고, 그래서 슬프다.

해설
호리병 속의 새에게도 날개가 있는가

우찬제

1. 거짓말 혹은 소설

"웬 한이 그렇게 많아? 나는 서선생 생각하면 참 이상하다 싶어. 그다지 어렵게 자란 것도, 무슨 남다른 사연이 있는 젊은 날을 보낸 것도, 지금 현재 무슨 절박한 처지에 있는 것도 아닌데 어떻게 그렇게 악착같이 소설을 계속 쓰는지 말이야"(p. 246). 이 소설집의 맨 끝에 실려 있는 「미련함에 대하여」를 읽다가 오랫동안 머물던 구절이다. 자전소설 성격이 강한 이 텍스트에서 주인공의 모교 선생님은 그렇게 질문한다. 이에 주인공은 "사람들이 제게 욕심이 많다고 그럽니다"라고 말하자, 그 선생님은 "욕심하곤 다른 그 무엇"이 있을 것이라 말한다. 둘 사이의 대화는 거기서 끝난다. 이어지는 서술자의 문장. "욕심하곤 다른 그 무엇, 그것에 대해 누가 알 수 있을까."

그게 무얼까. 왜 그녀는 때때로 "죽음을 무릅쓰고 글을 쓰는 듯 결연한 기분이"(p. 247) 되는 걸까. 작가에 따라서는 작품의 표면에 혹은 작가의 산문 같은 2차 문헌을 통해 자신의 글쓰기 동기를 비교적 명백히 드러내기도 한다. 그 동기는 작가의 수만큼 다양한 것이어서 몇몇으로 뭉뚱그려 요약하기란 쉽지 않다. 십여 년 전에 국제적인 서사학회에서 나왔던 근본적인 질문 중의 하나도 바로 그것이었다. '작가는 왜 글을 쓰는가?' 그 학회에서도 속 시원한 답을 구할 수 없었던 것은 물론이다. 내가 과문한 탓이겠지만, 서하진은 좀처럼 자기 속내를 내비치지 않는 작가인 것 같다.『현대문학』을 통해 등단한 것이 1994년의 일이니 벌써 10년을 넘겼다. 그리고 이번 소설집은 네번째이다. 그런데도 여전히 서하진은 작품으로만 말한다.「미련함에 대하여」가 단순히 한 편의 허구적인 소설로만 읽히지 않았던 까닭도 거기 있었다. 그녀가 응시한 그녀들의 이야기가 아니라, 바로 그녀 자신의 이야기라는 성격이 강했기 때문이다. 그 이야기는 나로 하여금 혹시 '그녀는 왜 이야기를 짓는가?'의 문제와 관련한 몇 가지 실마리를 발견할 수 있을지도 모른다고 유혹하고 있었다.

　우선 "이상하게도 단조롭고 일정한 일, 변하지 않고 답이 분명한 세계에 매혹"(p. 226)되었던 중학생 시절에 했던 거짓말 사건. 그런 평범한 자신이 마음에 들지 않아 "늘 다른 곳, 다른 나"(p. 227)를 꿈꾸기 시작한 그녀는 심야 방송 프로에 거짓말 사연을 지어 보낸다. 필체를 바꾸어 보낸 몇몇 사연들 중 하나가 소개되고 위로의 말까지 듣게 된다. 야릇한 기분에 다시 거짓 사연을 보내볼까 했는데, 자기 사연이 필체를 바꾸어가며 꾸며진 것임이 밝혀졌다며 호통 치는 그 프로그램의 상담자의 흥분된 목소리를 듣게 된다. 이에 열다섯 소녀는 몹시 억울한 느낌에 사로잡힌다. 비록 거짓말을 하긴 했지만 "거짓말을 해야 했던 심정을 알아주지 않"(p. 229)은 것이 퍽 야속했던 것이다. 세상은 결코 쉽게 속아주지 않았다. 소녀는 좀더 복잡한 생각을 해야 했다. 거짓말을 하는 방법에 대해, 혹은 거짓말을 했을 때 그것이 거짓이었음이 밝혀졌을 때와 그렇지 않았을 때의 결과에 대해, 생각하던 소녀는 거짓말하는 것이 자신에게 위로가 된다는 사실을 발견하게 된다. 아울러 그 거짓말하기가 "연원을 알 수 없는 염세적 기질의 변형"(p. 229)임을 소녀는 어렴풋하게나마 짐작하게 된다. 그러니까 보이지 않게 앓는 자였던 것이다. 비가시적인 심연의 상처로 인해 상징적 고통의 늪을 벗어나기 어려웠던 것이다. 말하자면 예의 염세적 기질이란 거짓말하기의 원인이자 곧 대상이었던 셈이다. 거짓말하기는 비가시적인 심연의 상처를 언어적 몸살로 실존케 하는 행위다. 동시에 그것은 자기 치유(위로) 효과를 알게 한다. 이것이 첫번째 실마리다.

연원을 알 수 없는 염세적 기질이 거짓말하기-소설쓰기의 '원인-대상'이기에, 그녀는 어쩔 수 없는 경계선의 실존자가 된다. 가령 이런 대목을 보자. "내게는 잠들 수 없는 밤, 허튼 공상이 꾸며낸 내 거짓말들의 고통이 진짜 그런 고통을 겪는 이의 그것과 구별되지 않았다. 이기적이어서가 아니다. 그때 나는 내게 일어나지 않았으나 세상 어딘가에 있을 일을 아파하고 힘겨워하는, 설명하기 어려운 야릇한 감정의 혼란을 겪고 있었다. 나는 그러니까 이미 일어난 일과 일어나지 않은 일, 실재하는 세계와 환상의 경계선에 서 있었던 것이다. 나는 자주 꿈과 현실, 소설 속의 일과 내 일상을 섞고 그리하여 늘 말이 없는, 침울하고 조용한 아이로 남아 있었다"(p. 229). 경계선에서 환영에의 교감이라고 불러도 좋을 그런 환각 체험은 그녀로 하여금 끊임없이 실재의 가장자리에서 원무를 추게 한다. 실재와 허구, 나와 남, 삶과 죽음, 현실과 꿈 등 이런저런 대립항의 경계선에서 환각처럼 혼돈스런 실존을 하면서, 혹은 말없이 조용하게 그것을 감내하기 위해 말을, 거짓말을 동경했던 것이 아닐까. 이것이 두번째 실마리다.

다음은 매우 조심스럽긴 하지만 부녀 관계.「미련함에 대하여」에 나타난 바에 따르면 아버지는 오랜 공직 생활을 성공적으로 했고, 우익 성향이 강한 인물이다. 이런 아버지로 인해 주인공은 아마도 착한 딸 콤플렉스에 시달리지 않았을까 짐작된다. 집 안에서는 착한 딸로, 집 밖에서는 "정치적인 일에 관한 한 〔……〕 지극히 무지한 여자애"(pp. 231~32)로 자란 것으로 보고 된다. 가령 텍스트에서 대학 4학년 가을 무렵의 삽화를 예로 보자. 정치적으로 신산스러웠던 1980년대 초반의 가을, 대학 4학년인 셋째 딸에게 아버지는 괜찮은 신랑감들의 신상명세서를 보여준다. 그들과 만나는 일도, 만나지 않는 일도 두렵기만 했던 딸은 어느 날 난생처음으로 술냄새를 풍기며 귀가한다. 당연히 아버지는 딸을 불러 앉히고 조목조목 딸을 비판한다. 여러 복잡한 생각에도 불구하고 딸은 그저 "평소처럼 꿇어앉아 묵묵히 아버지의 말씀"을 듣는다. 그렇게 견디다가 "아버지, 잘하겠습니다"란 말 대신에 취기에 기대어 "아버지, 저 휴학하겠어요. 도저히 견딜 수가 없어요"(p. 235)라고 불쑥 말해버린다. 그러나 그것으로 끝이었다. 아버지의 무서운 눈에 그만 기가 질려 고개를 푹 숙이고 만다. "삐질삐질 눈물이 새어나왔기 때문이었다. 나는 참으려 애쓰며 쿨쩍쿨쩍 울었다. 초라하고 못난 자신이, 아버지 앞에서 가당찮게 고개를 발딱 들고 되지도 않은 투정을 하는 자신이 너무나 슬프고 부끄러웠다. 쯧쯧 혀를 차며 아버지가 올라가거라, 하셨을 때야 나는 눈물 콧물이 범벅된 얼굴로 방을 나왔다. 나는 얌전히 내 방으로 올라가 심각하게 자신을 반성했다"(p. 236). 여기서 아버지의 '법'과 '말'을 좀처럼 거스를 수 없었던 착한 딸이 흘리는 눈물은 퍽 복합적인 심상을 자아낸다. 위반하지 않는다고 해서 어찌 위반하고자 하는 욕망마저 거세되겠는가. 다만 억압될 뿐 끝내 거세될 수 없는 위반에의 욕망, 바로 그것이 아버지의 상징적 질서를 벗어나 상상적 탈주를 감행하도록 한 실마리가 아닐까 짐작된다.

연원을 알 수 없는 염세적 기질, 경계선의 실존과 환각, 착한 딸 콤플렉스 등 세 가지 실마리를 일단 적어 두기로 한다. 물론 이는 작가의 전기적 정보에 대한 실증과 심층적 정신분석을 통해 좀더 면밀한 논리를 획득할 수 있는 것이겠지만, 이 지면의 성격상 일단 여기서 멈춘다. 지금, 우리에게 주어진 것은 오로지 작가가 내놓은 소설 텍스트뿐이기 때문이다.

2. 그-아버지, 그, 아버지-그

아비가 문제되는 이야기들이 참으로 많다. 『오이디푸스』가 그렇고 『햄릿』도 그렇다. 동서를 막론하고 이런저런 살부계 형식이 실재했듯이 문학에서 아비 죽이기 양식도 다채롭게 전개된 게 사실이었다. 아비는 때때로 운명을 상징하기도 하고, 더 많게는 이데올로기를 표상하기도 한다. 예컨대 미당이 '아비는 종이었다'라고 적었을 때, 거기서 8할은 운명의 냄새를 맡게 마련이다. 그런가 하면 김원일이나 이문열이 '아비는 남로당이었다'라고 했을 때, 혹은 김소진이 '아비는 개흘레꾼이었다'라고 했을 때는 확실히 이데올로기적이다. 이제 서하진의 경우, '아비는 성공한 우익이었다'라는 서사적 명제 하나를 제출하려는 것 같다. 이는 이전에 '아비는 남로당이었다'라고 선배 작가들이 제출했을 때보다 어쩌면 더 위기의 서사처럼 보여지기도 한다. 영웅 서사나 귀족 서사가 퇴행하고 서민이나 민중의 서사가 중심이 되었던 근대 이후의 서사적 편력 과정에서 오랫동안 빈자리였고, 특히 한국의 특수한 현대사의 전개 과정을 돌이켜볼 때 그러하다.

서하진 나름의 아버지 담론을 구체적으로 헤아리기 위해 우리는 「미련함에 대하여」의 아버지와 가장 비슷하게 닮은 아버지상을 제시하고 있는 「뱃전에서」를 주목할 필요가 있다. 성공한 우익 아버지와 착한 딸의 관계가 가장 특징적으로 형상화된 텍스트이기 때문이다.

나는 아버지를 두려워했다. 거의 본능적인 두려움이었다. 아버지는 내게도 오빠들에게도 큰소리로 야단을 치지 않았다. 손찌검을 하거나 견디기 힘든 벌을 세우는 것도 아니었다. 아버지는 언제나 바쁜 사람이었으므로 집에 머무르는 시간이 많지 않았고 집에 있을 때라도 우리들과 마주 앉아 이야기를 나눈다거나 하는 일은 상상하기 힘들었다. 무언가 잘못한 일이 있을 때, 성적이 떨어졌을 때 어머니는 아버지 아실라, 한마디만 하면 족했다. 우리들은 재빨리 잘못을 뉘우치고 반성했으며 성적을 다시 올리기 위해 밤 새워 공부했다. 소심하고 자긍심이 강한 편이었으므로 내가 아버지의 노여움을 사는 일은 거의 없었다고 할 수 있었다.(pp. 17~18)

성공한 아버지는 자기 삶뿐만 아니라 가족 모두의 삶의 주재자이고자 한다. 어머니도 아들도 딸도 그의 주재 아래 그의 뜻을 거스르지 않으려는 삶을 산다. 한마디로 아버지의 가부장권은 대단한 것이었다. 말 그대로 대문자로 된 대타자로서의 아버지, 즉 '그-아버지'의 초상이다. "오랜 세월 아버지의 뜻을 거스르지 않으려는 착한 아이로 남고 싶은 본능"(p. 18)이라는 본문의 표현이 강력하게 환기하듯, 주인공은 그런 아버지의 착한 딸이고자 했다. 그런데 앞에서 인용한 본문에 바로 이어지는 문장이 시사적이다. "그를 알게 되기까지는." 그러니까 그를 알게 되기 전까지는 성공한 아버지의 착한 딸로만 살았다는 얘기다. 그러던 주인공은 "거침없이 솔직하면서도 한없이 다정한" "선동가였고 또한 시인"이었던 그를 보게 되면서 새로운 삶을 살게 된다. 지금까지의 반쪽의 삶을 청산하고 새롭게 온전한 자기 삶을 사는 체험을 한다. 그도 그럴 것이 아버지의 딸, 그러니까 '그-아버지'의 법과 말에 전적으로 규율된 채로 살아가는 딸의 존재론으로는 진정한 자기 정체성을 확보하기가 어려운 법이다. 마치 「미녀와 야수」에서 미녀가 성숙한 여인으로 성장하기 위한 필요조건 중의 하나가 아버지를 떠나 동년배의 남자(야수)에게로 옮겨가야 했듯이, 착한 딸도 그와 같이 존재 전이가 필요한 것이다. 그녀에게 그를 만난 것이 획기적인 사건으로 받아들여지는 것은 그런 면에서 보면 차라리 당연하다. 그러나 사정은 「미녀와 야수」처럼 그리 단순하지 않다. 어쨌든 「미녀와 야수」에서 무기력한 아버지는 딸이 야수에게 가는 것을 금지하지 않는다/못한다. 반면 소설 속 성공한 '그-아버지'는 야수와도 같은 그에게 가는 것을 금지한다. 언니의 표현대로 "그의 외모, 그의 가정, 성향, 출신지, 어느 것 하나 거슬리지 않는 것이 없"(p. 18)었던 그가 급기야 교내 시위를 주동하고 수배자 명단에 올라 있다는 사실을 아버지가 알고 있었기 때문이다. 그와의 만남을 금지하기 위해 아버지는 딸이 대학 졸업식에 가는 것까지 막는다.

이런 '그-아버지'의 억압적인 금지 명령으로 인해 그녀는 점점 더 자기 안으로 위축된다. "몸 어느 부분인가 금속처럼 굳어지는 꿈"을 꾸기도 하면서 "나는 내 안으로 기어 들어갔다. 거기 어두운 동굴 속의 벽 모서리에 겨울잠을 자는 벌레처럼 나는 매달려 있었다"(p. 19). 어두운 동굴 속 벌레 이미지는 「아내는 소설가」에서 보이는 호리병 속의 괴물 이미지와 흡사하다. 또 「낯선 방」에서라면 자기 안에 살고 있는 사나운 새 한 마리, "그 새를 밝은 곳으로 끌어내지 않으면 내가 그 속으로 딸려 들어갈 것"(p. 175) 같은 그런 새의 이미지로 변주된다. 어쨌든 그녀는 아버지에 의해 갇힌 존재가 된다. 갇힌 상태에서 '그'가 아닌 다른 '그'와 결혼하게 된다. 그녀가 욕망하는 '그'가 아니라 아버지의 욕망에 값하는 '그'라는 점에서, 남편은 '아버지-그,' 그러니까 아버지적인 존재에 버금간다. 그녀가 마음속에 여전히 '그'를 품고 있는 사이에 '아버지-그'는 바람을 피게 되고, 그들의 결혼은 파경을 맞게 된다. 이런 상황에서 이혼 상담을 어머니가 아닌 아버지에게 먼저 한다는 것 또한 이채롭다. 과연 아버지의 착한 딸이어서였을까. 한 번만 더 참고 기다려보라는 아버지의 말씀에 "예, 아버지, 한 삼 년 다시 또 살아볼게요"하고 싶은 충동이 인다. 그 충동에 대한 서술자의 문장. "그것은 습관이었다. 오랜 세월 아버지의 뜻을 거스르지 않으려는 착한 아이로 남고 싶은 본능이었다"(pp. 24~25). 그 습관, 그 본능 때문에 착한 딸은 가슴이 찢어질 듯 아픈 고통을 느낀다.

'아버지-그'만이 문제인 것은 아니다. '그' 또한 그녀에게 고통을 주는 존재이긴 마찬가지다. 운동권이었던 그는 지금은 변절한 정치인이 되어 있다. 현실 정치에 휘둘리면서, 그녀의 순수한 마음을 받아줄 마음의 자리를 남겨두지 않은 지 이미 오래된 것처럼 보인다. "그를 보내야 한다, 나는 생각했다. 아니, 어쩌면 이미 그는 떠났을 것이었다"(p. 31). 어쩌면 이미 떠났을 지도 모를 그를 보내기 위해, 그를 잊기 위해, 마음 한 자락에 남아 있는 그를 끊어내기 위해, 그녀는 몹시 고통받는다. '아버지-그'는 물론 '그' 마저 잊기 위해 캄보디아 앙코르와트 여행을 준비하지만, 중간에 '그-아버지'가 개입하여 혼자의 여행도 무산된다. 여전히 아버지의 착한 딸의 모습이다. 그 여로의 마지막 대목에서 그녀는 메콩 강이 역류한 흔적을 응시한다. 허리까지 잠긴 흔적이 있는 나무들이 물속에 뿌리를 내리고 있는 모습이다. "우기가 되면 나무들은 가지 끝만을 내민 채 뿌리를 박고 서 있을 것이었다. 휩쓸리지 않으려 안간힘을 쓰지만 더러는 가지들이 부러지고 더러는 둥치째 뽑히기도 할 것이었다"(p. 34). 강물의 역류로 인해 위태로운 나무의 존재론, 바로 그녀의 초상이 아닌가. 그녀를 위태롭게 하는 역류의 초상은 곧 '그-아버지' '아버지-그' '그' 등의 그들임은 두말할 나위도 없겠다. 이런 서사의 핵심을 요약하면 다음과 같다.

① (성공한) '그-아버지'는 딸('그녀')의 행복을 욕망한다.
　　①' 그녀는 '그'와의 사랑을 욕망한다.
② '그-아버지'는 그녀에게 '그'와의 사랑을 금지한다.
　　②' 그녀는 '그'와의 사랑을 계속 욕망하지만, '그'로부터 잊혀진다/배신당한다.
③ '그-아버지'는 그녀에게 '아버지-그'와의 결혼을 명령한다.
　　③' 그녀는 '아버지-그'와 결혼하지만, '아버지-그'로부터

배신당한다.

요컨대 '그-아버지'에 의한 금지 사건이든, 명령 사건이든 할 것 없이 그녀는 배신당하고 불행에 빠지게 되는 이야기다. 이 대목에서 서하진의 강점 중의 하나는 이런 여성의 고통을 가능하면 냉정한 시선으로 그린다는 것이다. 다시 말해 흔히 많이 등장하는 청순가련한 여인상을 그림으로써 감상벽을 자극하는 일 따위를 하지 않는다는 점이 서하진의 장기 중의 장기다. 문제는 아버지였다. 아버지로 인해 사랑의 사막에 내동댕이쳐진 사랑의 실향민, 존재의 실향민이 된 여성의 이야기인 셈이다. 사막에서 그녀는 이런 문제적인 아버지를 위반하는 서사를 기획한다. 지금까지 우리가 많이 보아왔던 서하진의 소설은 대개 '그-아버지'에 대한 상상적 탈주의 형상에 가깝다.

이전의 소설들에서 서하진의 그녀들, 대개 30대 여성 인물들은 거의 한결같이 정상적이고 행복한 생활을 누리지 못한다. 특히 가족 로맨스로부터 철저하게 소외되어 있거나 억압되어 있다. 대부분 결혼했음에도 불구하고 정상적인 부부 관계를 맺지 못한 채 불화·단절·왜곡 등 일그러진 관계 속에서 살아간다. 「타인의 시간」에서 미친 여자의 딸이고 다른 남자를 사랑한 적이 있는 여주인공은 이것을 의식하는 남편과 거의 파탄에 가까운 생활을 가까스로 지탱하는 곤욕을 치른다. 「나무꾼과 선녀」의 지수나 「홍길동」의 영주, 「사랑하는 방식은 다 다르다」의 정애·여진·천혜 등 대부분의 여자들도 사정은 거의 엇비슷하다. 중편 「깊은 물 속」의 여주인공은 "남편은 나를 사랑하고 있을까"(p. 235)라는 물음을 떠올리면서, "내가 무엇 하나 제대로 알고 있는 것이 없다"(p. 235)는 것을 깨닫는다. 「타인의 시간」에서는 "절망의 끈으로 이어진 남편과 나"라는 표현까지 빚어진다. 이런 여성들은 남편과의 관계는 물론이고 부모와의 관계도 단절을 겪으며, 나아가 자기 박탈감으로 이어진다. 이렇듯 서하진이 만들어낸 이야기에서 대부분의 가정은 행복이란 단어와는 거리가 멀다. 일그러진 가정은 더 이상 행복한 공간일 수 없다. 그러기에 가족 구성원들은 누구랄 것도 없이 갖은 방식으로 일탈을 꿈꾼다. 혹은 일탈 행위를 통해 허망한 관계를 예각적으로 들추어낸다. 많은 소설들에서 서하진의 인물들은 일그러진 가족 관계로 인한 상처를 지니고 있다. 가출한 어머니를 찾아 나섰다가 병을 얻어 일찍 타계한 「모델하우스」의 아버지, 사업에 실패하고 자살한 「스케이트보드를 타는 남자」의 아버지, 재혼한 뒤 병들어 쇠약해 있는 「무월(霧月)의 시간」의 아버지 등은 상실감이나 결핍감을 느끼게 하는 아버지의 초상들이다. 「회전문」의 아버지는 가부장적으로 군림함으로써 다른 측면에서 상처를 입히는 존재다. 아버지만 그런 게 아니다. 어머니의 모습 또한 온전한 모성상에서 많이 비켜나 있다. 낯선 남자를 따라 가출하거나(「모델하우스」), 물화된 가짜 욕망으로 아이들을 키우다가 망가지거나(「스케이트보드를 타는 남자」) 하는 식이다. 이 같은 부모들로 인해 아이들은 상처받아 웅크린 채 자라난다. 아이들은 성인이 되어 결혼을 통해 온전한 가정을 꾸밈으로써 그 상처를 치유하고 싶어 하지만, 문제는 거기서 다시 생겨난다. 결혼은 사태를 잠시 개선시키는 듯 보이지만, 결국은 악화되는 쪽으로 귀결되기 십상이다. 상황이 이러하기에 서하진의 인물들은 일탈에의 정념에 들려 있는 것이다. 요컨대 서하진의 가족 서사를 추상적인 수준에서 바짝 줄여 말한다면, '탈난 가족 상황—일탈에의 욕망—1차 해결로서의 결혼 혹은 성 관계—배반으로 인해 다시 탈난 가족 상황—끊임없이 미끄러지는 일탈에의 욕망'의 이야기라고 할 수 있겠다.

이런 이야기의 심층에서 '그-아버지'로부터 벗어나기 위한 상상적 탈주 의지를 발견해내기가 그리 어려운 일이 아니다. 게다가 무기력한 아버지상 혹은 배반당하는 아버지의 모습이 성공한 아버지, 빈틈없는 아버지를 위반하고 싶었던 착한 딸 콤플렉스의 다른 형상일지도 모른다는, 혹은 다른 종류의 백일몽일지도 모른다는 추측은 왜 그다지도 조바심처럼 빈번하게 다가오는 걸까. 이번 소설집에서 '그-아버지'를 초극하기 위한 상상적 탈주 전략은 좀더 강도 높게 전개되는 것을 볼 수 있다. 일단 「사심(邪心)」에 나오는 아버지는 사악한 어머니로부터 두 번씩이나 당하는 한심한 모습이다. 정실부인이 따로 있는 아버지는 어쩌다 그녀의 생모에게 걸려들어 딸을 낳아 집으로 데리고 온다. 아내는 평생 남편을 원망하다가 한 번도 생산을 하지 못한 자궁 종양으로 일찍 목숨을 거두어간다. 기다렸다는 듯이 그녀의 생모가 집으로 들어온다. 새로운 임신을 향한 노력이 진행되던 중 생모는 남편이 생식 불능자임을 알게 된다. 이에 그녀의 씨를 받았던 남자와 새로이 간부처럼 교통하여 임신하게 된다. 이 사실을 아버지는 모르고 그녀만 알게 된다. 이렇듯 영락없이 배신당하는 아버지상, 철저하게 속아넘어가는 무기력한 아버지상은 확실히 앞서 본 '그-아버지'상의 안티테제처럼 보인다. 「아내는 소설가」에서 그녀의 아버지는 마흔 중반에 열일곱 살 딸과 작은 입씨름을 한 후 집을 나가 방파제에서 몸을 던져 죽는다. 물론 우울증을 앓고 있었다고는 하지만, 살부 충동의 우회적인 표현일 수도 있다. 물론 씨 없는 아버지에 대한 연민도, 자신과 다투다 자살한 우울증의 아버지에 대한 죄책감도 딸에게는 한

결같이 고통의 '대상-원인'으로 작용한다. 「사심」에서 위악적인 딸의 포즈와 무의식은 아버지에 대한 연민과 어머니에 대한 증오가 얽히고설킨 결과로 볼 수 있으며, 「아내는 소설가」에서 그녀의 우울증은 그대로 아버지의 우울증과 교통하는 증후다. "몇 해를 연애하고 또 몇 해를 살 섞고 산 여자의 웅크린 그 무엇"(p. 94)을 그녀의 남편도 두려워할 정도다. "마치 호시탐탐 탈출의 기회를 노리는 호리병 속의 괴물 같은"(p. 111) 그것 때문에 그녀는 몹시도 고통받는다. "아버지에 대한 죄책감이, 한 번 틈입하면 그것은 곧 걷잡을 수 없는 돌풍이 되어 가슴속에 거대한 동공을 뚫고 말리라는 인식에서도 놓여나지 못"(pp. 111~12)한다.

'그-아버지'의 말과 법을 수락하는 서사든, 그것을 위반하는 탈주의 서사든 그녀들-딸들의 운명은 결코 순탄치 않다. 대개 어두운 동굴 속에 갇힌 벌레의 형상이거나, 호리병 속에 갇힌 괴물, 혹은 가슴속에 갇힌 사나운 새의 형상을 하고 있기 때문이다. 그것은 마치 호리병 속에 갇혀 날개 꺾인 새의 형상과도 흡사하다. 일찍이 막스 베버가 자본주의 사회에서 소외된 인간상을 '철의 새장 속에 갇힌 새'의 모습으로 비유한 바 있는데, 서하진의 그녀들 혹은 새들은 막스 베버의 새보다 훨씬 가혹한 형국이다. 호리병 속에 갇힌 새들에게도 날개가 허용될 것인가. 그들에게도 새로운 비상의 가역반응이 과연 가능할 것인가. 서하진의 질문의 초점이 바로 여기에 모인다. 호리병 속의 새들은, 그러니까 서하진의 그녀들은, 그러나, 쉽사리 비상을 도모하려 하는 것 같지 않다. 의식적인 상승 운동보다는 무의식적인 하강 운동을 통해 좀더 본원적인 상처의 밑자리를 확인하려는 것 같다. 그녀들이 겉으로는 어떤 표정을 짓든 그 심층의 내면, 무의식은 어두운 궁륭이나 한가지다. 더 어두운 심연으로 내려갈수록 코라chora 에너지는 심화된다. 현존 상징적 질서를 안정적으로 지배하고자 하는 '그-아버지'의 부성적 지배 욕망에 대한 도전의 형식을 역설적으로 지니게 된다. 서하진의 그녀들은 점점 더 호리병 속으로, 동굴 속으로, 심연으로, 침강한다. 그럴수록 그녀들은 말하는 주체로 거듭날 수 있다. 그런 면에서 서하진의 소설은 호리병 속의 새들을 위한 혹은 괴물을 위한 변명 혹은 거짓말에 가깝다.

3. 호리병, 그녀의 방 혹은 비밀

반복이 되겠지만, 그녀들의 마음속에는 호리병 속의 괴물이, 새들이 자라고 있다. 언제나 그 괴물들을 잠재울 수 있을지, 혹은 언제나 그 새들을 해방시킬 수 있을지는 그녀들 자신도 잘 알지 못한다. 사정이 그러한즉 그녀들의 속내를 '그-아버지'나 '아버지-그'들이 모르는 것은 차라리 자연스럽다. 아니, 그들은 그 괴물을 자라게 하는 원인이며 숙주인지도 모른다. 그래서 그녀들은 호리병 속으로 점점 더 들어간다. 그녀들의 심연의 심리적 공간이 호리병이라면, 그에 상응하는 현실의 물리적 공간은 그녀의 '방'이다. 그녀들은 한결같이 자기만의 방을 원한다. 「알 수 없는 날들」에서 남편 지훈은 결혼 전에 주인공 가현을 처음 만났을 때 원하는 것이 무엇이냐고 묻는다. 이에 그녀는 그저 "나는 내 방이 필요해요. 그 안에서 무엇을 하든, 얼마를 있든 상관하지 않을 것도. 다른 것은 아무래도 좋아요."(p. 42)라고 대답한다. 아니, '그저'가 아니다. 오로지 그것만을 바랬다. 그녀만의 방 말이다. 「낯선 방」의 그녀는 친구 미연이 물려준 오피스텔, 그 낯선 방을 좋아한다. 열여섯 살의 일 년을 결핵으로 인해 골방에서 보내야 했던 그녀는 "격리된 듯 외로워지"(p. 168)는 그 느낌을 역설적으로 즐기고자 한다. 「불꽃 없이 끓는 방」의 그녀들도 그렇다. 결혼 십 년째인 주인공이나 이십 년째인 옆방 여자나 할 것 없이 홀로 스키장 리조트 독방을 찾아든다. 「비밀」에서 한정수, 이선희, 강민주 등 그녀들도 세상의 자기 집을 등지고 단식원의 빈방을 찾는다. 요컨대 그녀들은 방을 원한다. 「알 수 없는 날들」에서 가현이 분명히 했듯이 "그 안에서 무엇을 하든, 얼마를 있든 상관"(p. 42) 없을 그런 그녀의 방을 욕망하는 것이다.

여기서 우리는 다시 물어야 한다. 그녀들은 왜 그녀들만의 방을 원하는가. 이전에도 그랬듯이 역시 일그러지고 탈난 가족 상황이 우선 문제된다. 스스로 낯선 독방에서 고절감을 즐기는 「낯선 방」의 그녀는 한 아버지에 세 어머니를 둔 인물이다. 아버지의 첩실이었던 생모 월계동 여자와 아버지의 정실로 그녀를 길러준 안암동 여자, 그리고 호적상 어머니인 예천의 종숙모 등 세 여인이 그들이다. 정실인 안암동 여자가 자기 자식보다 먼저 호적에 올릴 수가 없다고 거절하는 바람에 생긴 일이고, 그보다 먼저 '그-아버지'의 행적 때문에 생긴 일이다. 어머니가 셋이긴 하지만, 그렇다는 것은 하나도 없다는 말과도 통한다. 가령 호적상 어머니인 종숙모를 두고 "학교 다니고 직장 얻고, 이런 서류를 작성하기 위해 그 이름을 빌리는 것일 뿐"(p. 179)이라고 말하는 그녀의 심사를 가히 짐작할 만하다. 이 말을 들은 남편은 후에 "내 이름도 네가 그런 식으로 빌려 쓰기 위해 필요할 뿐인 건 아닌가 생각했어"(p. 179)라고 말하는데, 이 또한 그가 옳았는지 모른다는 생각을 그녀는 한다. 탈난 가족 상황으로부터 시작된 그녀의 존재론적 처지는 그녀로 하여금 끊임없이 단속(斷續)의 배리로부터 자유롭지 못하게 한다. 단절하고픈 관계와 단절하지 못하고, 접속하고픈 관계에 접속하지 못한다. 일찍이 젊은 시절의 '그'였던 정수와의 접속이 차단되었고, 세 어머니와는 부조리한 단속을 계속할 뿐이다. 진보 진영이었다가 보수로 변신한 정치권의 남편과의 접속도 원활치 못하다. 그런 가운데 친구인 미연(외딴 방의 주인)과 접속을 원하던 남자가 엉뚱하게 그녀에게 접속을 폭력적으로 시도하기도 한다. 이러한 차단과 접속의 아이러니로 휘청거리는 가운데 그녀는 '내가 아닌 나'로서 불우하게 고독하게 공생한다.

「불꽃 없이 끓는 방」에서 스키장 리조트의 외진 방을 찾은 두 여성들은 남편 때문에 집이 아닌 곳에서의 방이 필요한 경우다. "두어 달에 한 번 쯤은 남편의 외도, 당신은 어떻게 할 것인가, 따위의 기사가 실리는 여성지 기자 노릇을"(p. 209) 십 년째 하고 있는 주인공이 "남편에 대한 생각만으로도 속이 메슥해지고 들큰한 자장 냄새가 목을 넘어올 것만 같"(p. 205)은 느낌이 든 사연은 그야말로 그동안 자신이 꾸며 쓴 여성지 기사와 비슷하다. "결혼 십 년. 겨우 생긴 아이. 기다렸다는 듯 나타난 남편의 여자. 연속극에서 본 듯한 찻집과 적당한 조연급 얼굴의 이 여자"(pp. 213~14). 옆 방의 마흔다섯의 여자 역시 사정은 비슷하다. 결코 기사 속의 인물이 되기를 거부했던 주인공은 "여자에 대한, 나에 대한, 세상 모든 여자들에 대한 혐오와 연민이 번갈아 솟구치고 내 속에서 무언가 조용히 끓어"(p. 223)오르고 있음을 느낀다.

「알 수 없는 날들」의 가현은 이 소설집 전체에서 가장 심하게 앓는 여성이다. 그녀는 자신만의 방을 위해서 사랑도 없이 지훈과 결혼을 한다. 결혼 전에 지훈은 아이가 있다는 말을 하지 않았고, 자기도 아이가 있다는 말을 하지 않았다. 다만 지훈의 아이는 결혼 직후 밝혀져 그녀와 만나게 되고, 그녀의 아이의 존재는 끝내 비밀스럽게 뒤로 숨는다. 그런 가운데 서른다섯의 가현은 원인을 알 수 없는 병으로 고통스러워한다. 내과 방사선과는 물론 신경정신과에서도 치료는커녕 그 병인조차 밝혀낼 수 없는 질환이다. 시어머니나 언니와 함께 시도했던 민간 처방 역시 신통력을 발휘할 수 없는 그런 병을 앓고 있는 것이다. 그런 가운데 그녀는 시종 자기 삶을, 자기 몸을 응시하는, 보이지 않는 시선을 의식한다. "누군가, 보이지 않는 곳에서 우는 그와 지켜보는 나를 가만히 쳐다보고 있다는 느낌이 들었다. 그것은 누구의 눈이었을까. 나는 잘 알 수 없었다" (p. 61). 그러니까 이 소설의 관건은 그 시선 따라잡기다. 시선은 의외의 곳으로부터 발원되고 있었다. 이복 오빠. "오빠의 얼굴이 떠올랐다. 처음 우리 집으로 들어오던 날, 새엄마의 뒤에 숨은 듯 서서 나를 보던 슬픈 눈. 그날 이후 나는 오직 한 사람만을 생각하며 살았다. 내가 가는 곳 어디에나 따라오는 그의 시선, 꿈결에도 들려오는 목소리. 아픔 없이는 그를 떠올린 적이 없던 날들"(pp. 65~66). 물론 이복 오빠와의 사연은 대단히 모호하고 압축적으로 처리되어 있다. 이어지는 문장. "사람들은 삶이 반복된다고 말한다. 고통은, 기억은 그러하지만 나는 행복이 되풀이되는 것을 믿지 않는다. 단 하루의 기쁨, 단 한차례의 불꽃같은 희열. 그것만으로도 충분하다고 나는 생각했다"(p. 66). 슬픈 눈을 지닌 이복 오빠와의 단 한번의 불꽃같은 희열로 인해 생긴 죄의식 혹은 죄의 사건이 병인이었던 것이다. 허망한 관계로 인한 죄의식, 그리고 자기 징벌

의식 때문에 그녀는 앓는 것이다. 그녀에겐 그 어떤 욕망도 허여되지 않았고, 다시 산다는 생 의지마저 거세된 것처럼 보인다.

「알 수 없는 날들」에서 가현의 아이가 어찌 되었는지 우리는 알 수 없다. 표제처럼 작가가 끝까지 비밀에 부쳤기 때문이다. 이와는 달리 「비밀」에서는 표제와는 달리 그 비밀을 엿보게 되는 고통스런 기쁨을 누리게 된다. 여기서 주인공 정수는 단식을 하고 있다. 그녀에겐 "스스로를 릴라이어블한 사람이라고 말하고 사람들은 그를 타고난 사업가라고 말"(p. 146)하는 남편이 있다. 그런데 문제는 남편, 그러니까 '아버지-그'와는 다른 '그'의 존재 방식에 있다. 사진작가인 그. 결혼 전 사랑했던 그는 그녀를 떠났다가 오 년 만에 다시 나타나, 아이를 데리고 어디든 같이 가자고 제안하기도 했다. 그러던 어느 날 그와 함께 있다가 유치원으로 아이를 데리러 가야한다는 사실마저 잊게 된다. 그 순간 아이는 교통사고로 죽고 만다. 참척(慘慽) 중에서도 가장 지독한 참척의 고통 때문에 무거울 수밖에 없었던 그녀를 가벼운 그는 견디지 못하고 다시 떠난다. 그러니까 비밀이란 아이의 죽음 자체가 아니었던 것. "사람들은, 남편은 내가 아이 때문에 말을 잃었다고, 달라졌다고 했지요. 정말은 그게 아니었어요. 아이가 사라진 후에도 나는 그를 만났어요. 나는 그를 따라갈 수 있으리라 생각했어요. 아이가 있을 때보다 더 절박했어요. 아이가 사라졌으니까, 그러니까 그가 다시는 나를 버리지 못할 거라 믿었지요. 그리고…… 그가 떠났다는 것을 알고도 나는 날마다 그를 기다렸어요. 전화를 걸어오고 불쑥 내 앞에 나타날 것만 같았지요. 나는…… 죽을 때까지 나를 용서하지 못할 거예요"(p. 165). 물론 이 텍스트에서 결혼의 파송자(派送者)로서 '그-아버지'의 존재와 기능은 드러나 있지 않다. 그러나 '그-아버지'에 대한 길항 텍스트, 혹은 탈주 텍스트의 성격은 분명히 지닌다.

이렇게 서하진의 그녀들은 '그-아버지' 때문에, '아버지-그' 때문에, '그' 때문에, 그리고 '그녀' 자신 때문에 고통받고 상처투성이인 삶을 연명한다. 그녀들은 한결같이 자신의 삶을 제대로 살지 못한다. 호리병 속의 새와도 같은 그녀들은 어쩔 수 없는 비밀 때문에 상처 받고, 또 상처 때문에 비밀을 간직해야 한다. 자신만의 방을 원하고 그리고 침강하려는 경향도 그런 이유에서 비롯된다. 그러나 자기만의 방도, 비밀도 어디 온전할 수 있겠는가. 그러다보니 때때로 스스로 호리병 속에 유폐된 채 자기 징벌의 형식으로 삶은 견디려는 독특한 실존의 미학이 창출되기도 한다. 「낯선 방」에서 남편도 자식도 남과 나누지 않으면 안 되었던 안암동 여자는 이렇게 말한 적이 있다. "나는 글쎄, 나는…… 늘 다른 곳에 있다고 생각하며 살았다. 나를 멀리, 낯선 곳에 옮겨놓는 거지. 견디기 힘들 때마다 그렇게…… 그런 일이 잦아지고 가끔 남들이 보지 못하는 것이 보이기도 하고…… 생각처럼 나쁘지는 않았다. 〔……〕 다른 사람인 양, 다른 곳에 있는 듯 생각하다 보면 눈앞의 일들이 다 사소해 보이고, 결국 견딜 수 없는 일이란 없지 않은가, 여겨지게 마련이니까"(p. 196). 그녀들은 젊었건 늙었건 간에 이런 식으로 겨우 견디며 사는 모습들이다. 혹은 사람 사이의 허망한 관계로 인해 상처 받은 이들이 보이는 견딤의 실존 미학이라는 점에서 주목을 요한다. 견디기 위해, 살기 위해 그녀들은 그녀만의 방에서 "아무런 것에도 휘둘리지 않는, 차갑고 가라앉은 사람이"(p. 196)기를 바라기도 하는 것이다.

서하진은 등단 이후 10년 동안 오로지 자기 스타일로 소설을 써 왔다. 매우 차분하고 사려 깊은 어조로 여성성의 깊은 밑자리를 탐문하며, 세상의 허망한 인간관계와 삶의 조건을 반성케 하는 성찰적 거울을 보여주었다. 가족 관계의 성찰에서 출발해 자잘한 나날의 삶의 결과 기미를 반성적으로 조망하는 데 작가는 독특한 장기를 보였다. 또한 차분한 어조로 격정적 정념을 포착하는 방식 또한 서하진 소설 담론의 개성을 알게 하는 대목이다. 다시 말해 질서정연한 의식의 언어로 혼돈스런 무의식의 밑자리를 현묘하게 탐문해 왔다는 얘기다. 30대 여성 인물들의 성찰적 어조를 바탕으로 펼쳐온 일련의 가족 서사들을 통해 탈난 관계, 탈난 존재의 형상을 무의식의 밑자리로부터 되짚어보는 작업에 상당한 성취를 거둘 수 있었다고 생각한다. 그 과정에서 보인 그녀와 그들의 구성적 역학 관계는 서하진 나름의 소설 담론의 특성을 알게 한다. 그녀에게 가해지는 그들의 억압을 역설적 자양분으로 하여 그녀는 기호학적 코라의 에너지를 심화한다. 그것을 바탕으로 말하는 주체로 거듭나고, 이야기꾼으로 나가는 셈이다. 서하진은 기존에 다루어졌던 기층 여성의 문제를 포함하여 이전에는 이데올로기적으로나 계급적으로 주요하게 취급되지 않거나 피상적으로 조망되었던 중산층 이상의 여성들의 여성성, 자기 정체성의 문제까지 확대 심화했다. 그녀들의 이야기를 통해 우리는 이 세상 어디에도 이데올로기의 진공 상태는 없음을 거듭 확인한다.

아직 서하진의 그녀들은 호리병 속의 괴물 혹은 호리병 속의 새들을 아프게 응시하고 있다. 혹은 그녀들이 바로 갇힌 새들이다. 호리병 속의 새에게도 날개가 있는가. 혹시 지나가다 호리병 속에서 가녀리게 울부짖는 새 울음소리가 들리거든 그냥 지나치지 말 일이다. 그 새들에게 어찌 날개를 달아줄 것인가, 그 새들은 어쩌다가 거기에 갇히고 말았을까, 아프게 번민할 일이다. 상상이 많이 미치지 않는다면 지금까지의 서하진 소설이나 지금부터의 서하진 소설을 새롭게 읽으면서, 다시 질문할 일이다. 호리병 속의 새에게도 날개가 있는가?

* 이 글에서 분석 대상이 된 텍스트를 수록한 작품집은 아래와 같다.
「타인의 시간」「나무꾼과 선녀」「사랑하는 방식은 다 다르다」「홍길동」「깊은 물 속」/이상 『사랑하는 방식은 다 다르다』(1998)
「모델 하우스」「스케이트보드를 타는 남자」「무월(霧月)의 시간」「회전문」/이상 『라벤더 향기』(2000)

작가의 말

집 근처 서점에서 한 작가의 사인회 정경을 보게 되었다. 희끗희끗한 머리카락, 색 바랜 청바지, 그리고 깡마른 얼굴. '한국 문학에 벼락처럼 쏟아진 축복'이라는 찬사를 받았던 바로 그 작가였다. 서가를 어슬렁거리면서, 이런저런 책을 들추어보면서 나는 마치 무척이나 친한 사이인 듯, 그의 책이 많이 팔리면 내가 무슨 큰 덕이라도 보는 듯 초조한 심정으로 끊어질 듯 이어지는 줄을 힐끔거렸다. 서가를 돌아 제법 긴 줄이 형성되었을 때야 나는 비로소 그의 책 두 권을 사들고 돌아왔다.

늘 그랬듯 그의 새로운 소설은 읽기 편안하지 않았다. 문장 하나, 장면 하나를 지나기가 너무도 힘에 겨워 목구멍 한가운데 피가 맺히는 기분. 이렇게 쓰자니 어찌 그처럼 여위지 않을 도리가 있겠는가 싶어 가슴이 다 아파오는 것이었다.

그래서, 그 때문에 창작집 교정지를 읽는 내내 나는 좀 우울했다. 나의 이야기들은 너무 사소하고 인물들은 보잘것없었으며 문장은 지극히 평범했다. 기질이 그러하고 재주 또한 그뿐이니 어찌

겠는가 중얼거려보았지만 전혀 위로도 변명도 되어주지 않았다. 스스로를 부추길 때 사용하는, 이류가 있어야 일류가 빛나지 않겠는가, 하는 논리를 떠올려보아도 자칫 삼류가 되는 것은 아닌가 싶은 공포가 밀려올 뿐이었다.

그 작가처럼 문학에, 소설 쓰기에 온몸을 던지는 사람을 보면 부럽고 두렵다. 무릇 소설가란 당대가 아닌, 다음 세대와 승부해야 한다던 어떤 선생님의 말씀을 생각하면 맥이 빠지고 창작집이 나온다는 말에 아, 그 책이 나오면 이제 서하진 소설이 어떤 형식으로든 정리가 되겠네, 하신 다른 선생님의 말씀에 이르면 정말이지 등줄기가 서늘해진다.

보잘것없는 글을 쓰기 위해 지새웠던 밤을 생각한다. 내 소설이 '벼락같은' 것이 될 여지는 없을지라도 모르는 사이에 마른땅을 적시는 촉촉한 이슬비 같은 것이 될 수는 있지 않을까, 싶던 그 간절한 바람을 생각한다. 앞으로도 어쩌면, 아니 틀림없이 등줄기 서늘한 이 느낌은 내게서 영영 떠나가지 않을 것이다. 나는 늘 부끄러워하고 낙담하고 자주 자괴감에 빠질 것이다. 그리고…… 그렇지만 그 서늘함을 붙들고 있는 한 내 소설 쓰기는 계속 되리라는 믿음으로 나는 나를 달랜다.

책을 내지 못했던 네 해 동안 많은 일들이 있었다. 어떤 사람을 지독히 미워했으며 어떤 이에게는 갚을 수 없는 빚을 졌다. 어리석은 마음과 어설픈 행동으로 일관할 때도 많은 이들이 나를 너그럽게 받아주었다. 예전에 나는 이런 자리에서 남편을, 혹은 아내를 거명하는 작가는 평소 죄지은 것이 많은 사람이라 생각했지만 이제는 내 생각을 수정할 때가 온 듯하다. 남편과 아이들에게 깊은 고마움을 전한다. 방을 빌려준 흑석동의 김희진씨에게도.
 해설을 써주신 우찬제 선생님, 첫 창작집을 냈던 죄로 나를 늘 보듬어주는 문학과지성사의 모든 분들께 머리 숙여 감사드린다.

2004년 봄
서하진